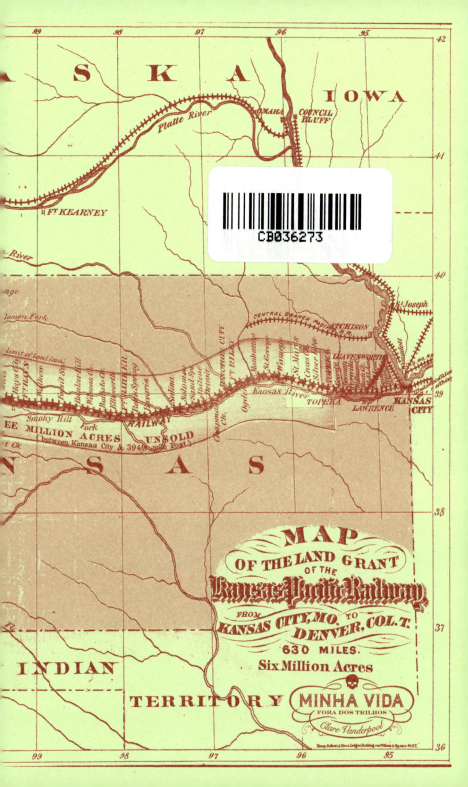

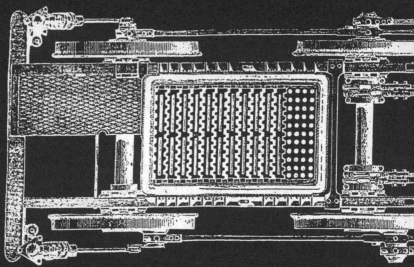

MOON OVER MANIFEST
Copyright © 2010 by Clare Vanderpool
Todos os direitos reservados.

Publicado mediante acordo com Random House
Children's Book, uma divisão da Random House LLC

Os personagens e as situações desta obra
são reais apenas no universo da ficção; não se
referem a pessoas e fatos concretos, e não
emitem opinião sobre eles.

Tradução para a língua portuguesa
© Débora Isidoro, 2017

Diretor Editorial
Christiano Menezes

Diretor Comercial
Chico de Assis

Diretor de Novos Negócios
Marcel Souto Maior

Diretora de Estratégia Editorial
Raquel Moritz

Gerente Comercial
Fernando Madeira

Gerente de Marca
Arthur Moraes

Editor
Bruno Dorigatti

Capa e Projeto Gráfico
Retina 78

Coordenador de Diagramação
Sergio Chaves

Revisão
Ana Kronemberger
Nilsen Silva

Finalização
Roberto Geronimo

Marketing Estratégico
Ag. Mandíbula

Impressão e Acabamento
Ipsis Gráfica

DADOS INTERNACIONAIS DE CATALOGAÇÃO NA PUBLICAÇÃO (CIP)
Andreia de Almeida CRB-8/7889

Vanderpool, Clare
  Minha vida fora dos trilhos / Clare Vanderpool ;
tradução de Débora Isidoro. — Rio de Janeiro :
DarkSide Books, 2017.
  320 p.

ISBN: 978-85-945-4031-7
Título original: Moon Over Manifest

1. Ficção norte-americana 2. Estados Unidos — Crise econômica
— 1929 — Ficção I. Título II. Isidoro, Débora

17-0668   CDD 813

Índice para catálogo sistemático:
1. Ficção norte-americana

[2017, 2024]
Todos os direitos desta edição reservados à
DarkSide® *Entretenimento* LTDA.
Rua General Roca, 935/504 – Tijuca
20521-071 – Rio de Janeiro – RJ – Brasil
www.darksidebooks.com

*Para minha mãe e meu pai,
por amarem uma boa história e uma boa risada
e por terem me dado uma vida incrível.*

INSURANCE MAPS of Kansas City

Personagens
CIDADÃOS DE MANIFEST
1917-1918

SHADY HOWARD
DONO DO BAR E CONTRABANDISTA DE BEBIDAS

JINX
VIGARISTA EXTRAORDINÁRIO

NED GILLEN

ASTRO DE CORRIDA NA MANIFEST HIGH SCHOOL

HATTIE·MAE·HARPER
JORNALISTA EM ASCENSÃO do MANIFEST HERALD

A HÚNGARA
PROPRIETÁRIA E OPERADORA DA CASA DE VIDÊNCIA DA SRTA. SADIE

IRMÃ REDEMPTA
A FREIRA, NÃO UNIVERSAL

IVAN DEVORE
· CHEFE DO CORREIO ·

VELMA T. HARKRADER

PROFESSORA DE QUÍMICA E PRODUTORA DE REMÉDIOS CASEIROS

SR. UNDERHILL
AGENTE FUNERÁRIO

OUTROS CIDADÃOS E SEUS PAÍSES DE ORIGEM

 DONAL MACGREGOR: ESCÓCIA · CALLISTO MATENOPOULOS: GRÉCIA · CASIMIR E ETTA {E A PEQUENA EVA} CYBULSKIS: POLÔNIA OLAF E GRETA AKKERSON: NORUEGA · MAMA SANTONI: ITÁLIA HERMANN KEUFER: ALEMANHA · NIKOLAI YEZIERSKA: RÚSSIA

EUDORA LARKIN
PRESIDENTE DAS FILHAS DA
REVOLUÇÃO AMERICANA
· DE MANIFEST ·

PEARL ANN LARKIN
FILHA DA SRA. LARKIN
E NAMORADA DE NED

LESTER BURTON
CAPANGA

HADLEY GILLEN
PAI DE NED E
PROPRIETÁRIO DA
LOJA DE FERRAMENTAS

ARTHUR DEVLIN
DONO DA MINA

FINN
TIO DE JINX

CIDADÃOS DE MANIFEST
1936

ABILENE TUCKER
A NOVA FORASTEIRA DA CIDADE

GIDEON TUCKER
PAI DE ABILENE

PASTOR SHADY HOWARD
UM POUCO SUSPEITO

HATTIE MAE HARPER
AINDA ESCREVE O
SUPLEMENTO DE NOTÍCIAS
do MANIFEST HERALD

IVAN DEVORE
AINDA CHEFE DO CORREIO

VELMA T. HARKRADER
AINDA PROFESSORA DE QUÍMICA

IRMÃ REDEMPTA
· · · ETERNA FREIRA · · ·

SRTA. SADIE
AINDA VIDENTE

SR. UNDERHILL
AINDA AG. FUNERÁRIO

LETTIE & RUTHANNE
AMIGAS DE ABILENE

SR. COOPER
· O BARBEIRO ·

SRA. DAWKINS
PROPRIETÁRIA DA DROGARIA
& LANCHONETE DAWKINS

SRA. EVANS
MULHER QUE SENTA NA
VARANDA E OBSERVA

ESTRADA DE FERRO SANTA FÉ
27 DE MAIO

SUDESTE DO KANSAS

O movimento do trem me embalava como uma canção de ninar. Fechei os olhos para a área rural empoeirada e imaginei a placa que só conhecia de histórias. A que ficava no limite da cidade e anunciava com grandes letras azuis — MANIFEST: UMA CIDADE COM UM PASSADO RICO E UM FUTURO BRILHANTE.

Pensei no meu pai, Gideon Tucker. O que ele faz de melhor é contar histórias, mas, nas últimas semanas, elas se tornaram mais raras e espaçadas. De vez em quando, ele me dizia: "Abilene, já contei para você que no meu tempo...?", e eu ficava quieta e ouvia com atenção. Normalmente, ele contava histórias sobre Manifest, a cidade onde um dia morou.

As palavras criavam imagens de fachadas de cores brilhantes e pessoas animadas. Ouvir Gideon falar sobre isso era como comer alguma coisa gostosa, suave e doce. E quando ele voltava a falar pouco, eu tentava me lembrar desse paladar. Talvez essa fosse a minha forma de encontrar um pouco de conforto, mesmo com ele tão longe. Rememorando o sabor das suas palavras. Porém, acima de tudo, eu sentia o gosto da tristeza na voz dele quando me disse que eu não poderia passar o verão com ele enquanto estivesse trabalhando na estrada de ferro em Iowa. Alguma coisa havia mudado. Começou no dia em que cortei o meu joelho. Ficou feio e infeccionou. Os médicos disseram que foi sorte eu ter me recuperado. No entanto, foi como se Gideon também tivesse se ferido. Ele não se recuperou. E foi doloroso o bastante para ele me mandar embora.

Enfiei a mão na sacola e peguei o saco de farinha que continha as minhas poucas coisas especiais. Um vestido azul, duas moedas brilhantes que ganhei juntando garrafas de refrigerante, uma carta de Gideon informando que eu seria recebida pelo pastor Howard na estação de Manifest, e o meu bem mais precioso guardado numa caixa forrada com um velho jornal *Manifest Herald* de 1917: a bússola do meu pai.

Dentro da caixa dourada, ela mais parecia um relógio de bolso, mas era uma bússola mostrando todas as direções. O único problema era que uma bússola funcional apontava sempre para o norte. Já o ponteiro desta pendia e balançava em qualquer direção. Ela nem era tão velha. Tinha o nome do fabricante e a data de fabricação no interior: "St. Dizier, 8 de outubro de 1918". Gideon estava sempre planejando mandá-la para o conserto, mas, quando eu estava de partida, ele disse que não precisava dela, pois tinha os trilhos do trem para guiá-lo. Mesmo assim, eu gostava de imaginar que a corrente daquela bússola quebrada era longa o bastante para esticar até o bolso dele, com Gideon de um lado e eu do outro.

Desdobrando o jornal amarelado pela milésima vez, dei uma lida na página esperando encontrar algum fragmento de notícia ou informação sobre o meu pai. Porém, só havia o mesmo velho relatório "Porcos e bovinos" de um lado e um "Suplemento de Notícias da Hattie Mae: Edição de inauguração" do outro, além de dois anúncios da Liberty Bonds e do Tônico Capilar do Billy Bump. Eu não sabia nada sobre Hattie Mae Harper, exceto o que ela escreveu no artigo, mas imaginava que a sua coluna no jornal havia protegido a bússola de Gideon por algum tempo, e me sentia grata por isso. Com cuidado, devolvi o jornal à caixa e guardei-a na bolsa, mas fiquei com a bússola. Acho que só precisava segurar alguma coisa.

O condutor entrou no vagão. "Próxima parada, Manifest."

O trem das 19h45 chegaria pontualmente. Condutores só se pronunciavam com alguns minutos de antecedência, por isso eu precisava correr. Enfiei a bússola num compartimento externo da bolsa e fui para o fundo do último vagão. Dessa vez, eu tinha comprado uma passagem, então não precisava pular do trem e sabia que o pastor estaria esperando por mim. Mas como qualquer pessoa que se preza sabe, é melhor dar uma olhada no lugar antes que ele dê uma olhada em você. Tinha vestido o meu macacão especialmente para a ocasião. Além do mais, só escureceria em mais uma hora, e eu teria tempo para me localizar.

No último vagão, esperei e ouvi como me ensinaram, aguardando até o estalo das rodas do trem reduzir o ritmo e acompanhar as batidas do meu coração. O problema é que meu coração acelera quando estou olhando para o chão passando depressa. Finalmente, vi um trecho de grama e pulei. O chão chegou depressa e duro, mas aterrissei e rolei enquanto o trem seguia em frente sem um obrigado ou um adeus.

Quando fiquei em pé e limpei a poeira da roupa, vi a placa a menos de um metro e meio na minha frente. Estava tão desbotada que não havia nem mesmo uma lasca de tinta azul para se ver. E parecia ter levado tantos tiros que a maioria das palavras havia desaparecido. Tudo que restava era MANIFEST: UMA CIDADE COM UM PASSADO.

27 DE MAIO DE 1917

SUPLEMENTO DE NOTÍCIAS DA HATTIE MAE

Estou muito satisfeita por começar esta inovadora coluna no *Manifest Herald*. Minha experiência no ano passado como editora-assistente do jornal da Manifest High School (Viva, viva os Grizzlies!) me deu a visão do que é interessante e o faro para o que é notícia.

Depois de conversar com o pessoal dele no jornal, o tio Henry decidiu me dar uma coluna. Com o país envolvido numa grande guerra e os nossos jovens deixando esta doce terra de liberdade, temos que nos manter vigilantes no front doméstico. O presidente Wilson pediu que todos nós cumpramos o dever patriótico de apoiar o esforço de guerra, e muitos já respondem ao chamado. Hadley Gillen diz que os Liberty Bonds, os títulos vendidos para promover e financiar parte dos custos do conflito, estão vendendo mais do que pregos na loja de ferramentas. A sra. Eudora Larkin e as Filhas da Revolução Americana estão costurando colchas da vitória.

Até a srta. Velma T. Harkrader dedicou generosamente a nossa última semana de aulas de química no ano da formatura para a produção de pacotes de ajuda, contendo alimentos e remédios, aos nossos rapazes nas Forças Armadas. Apesar de uma pequena explosão enquanto misturávamos seu elixir para dispepsia, os pacotes ficaram prontos, embrulhados em guingão vermelho, azul e branco, e tenho certeza de que serão recebidos com muito apreço.

Agora é hora de eu pendurar a minha coroa de Rainha Huckleberry Manifest de 1917 e trocá-la pela vida dura de uma jornalista. E aqui fica a minha promessa a você, fiel leitor: pode acreditar que serei verdadeira e confiável ao dar as minhas honestas notícias todas as semanas.

Assim, para saber tudo sobre as pessoas, os eventos, os motivos e os lugares, leia o verso do "Porcos e Bovinos" todos os domingos.

HATTIE MAE HARPER
REPÓRTER DA CIDADE

TÔNICO CAPILAR
DO
BILLY BUMP

Escute, amigo. Seu couro cabeludo está seco e com coceira? Queria ter mais cabelo? Seu cabelo está ficando da cor de um bode velho e cinza? Então, o Tônico Capilar do Billy Bump é para você. Esfregue uma pequena porção no cabelo e no couro cabeludo antes de dormir, e, quando acordar, já notará uma sensação de limpeza e formigamento. Isso significa que o seu cabelo está crescendo de novo, e com a mesma cor dos tempos do colégio. É isso mesmo, homem! As mulheres vão notar a sua juba e sentir o seu novo eu, confiante e decidido. Compre o seu Tônico Capilar do Billy Bump hoje mesmo na sua barbearia! Diga ao barbeiro que Billy o mandou e ganhe um penteado gratuito. Funciona para bigode e costeletas também. Contudo, evite contato com orelhas e nariz.

— Compre um LIBERTY BCND —
e salve a liberdade americana!

- 17 -

1936

MINHA VIDA

FORA DOS TRILHOS

Clare Vanderpool

CAMINHO DA PERDIÇÃO

27 DE MAIO

Prioridades depois de pular de um trem: você precisa verificar se ainda está com tudo aquilo com que pulou. Isso sempre foi fácil para mim, porque nunca tive muito. Gideon dizia que a gente só precisava de uma trouxa e uma boa cabeça sobre os ombros. Eu tinha as duas coisas, por isso acreditava estar bem.

A caminho de um bosque de árvores que pareciam muito vivas, encontrei um riacho. Era só um fio d'água, mas era fresca e limpa no meu rosto e nas mãos. Agora eu poderia encarar o pastor com quem passaria o verão. Como o meu pai acabou se associando a um pastor é algo que não sei dizer, pois ele não é o tipo de homem que vai à igreja. Aparentemente, o pastor acolhia uma alma desgarrada de vez em quando, e Gideon era uma delas. De qualquer maneira, o pastor Howard me esperava, e nenhuma dose de procrastinação mudaria isso.

Procurei um bom pedaço de pau e o arrastei pela primeira cerca que encontrei. Gideon e eu descobrimos que os sons preenchiam um silêncio vazio. Quando eu era mais nova, passávamos horas e horas de caminhada cantando, inventando rimas, brincando de chutar lata. Naquele momento, o som do pau na cerca se espalhava pelas árvores, mas não preenchia o vazio. Pela primeira vez desde que conseguia lembrar, estava sozinha. Talvez tentasse as rimas. Gideon começava com um verso e eu seguia com outro que rimasse. O barulho da madeira era um bom acompanhamento para a rima que se formava na minha cabeça. *Queria ter dinheiro, dinheiro de reserva, para trocar por um café e pepino em conserva. Queria ter dinheiro sempre, queria ter dinheiro agora. Ia gastar tudo em chiclete antes que pudesse ver a hora. Queria ter uma maçã, queria ter uma laranja...*

Percebi que tinha matado a rima com "laranja" quando o pedaço de pau encontrou um portão. Um largo portão de ferro com todo tipo de penduricalhos. Garfos, chaleiras, ferraduras, até a grelha de um fogão velho. Olhei mais de perto, passei os dedos pelo ferro preto, pelas letras presas no topo do portão. Elas eram meio tortas e um pouco irregulares, mas acho que a palavra que formavam era PERDIÇÃO. Gideon e eu estivemos em muitos cultos religiosos com a esperança de poder comer uma refeição quente em seguida, por isso eu já tinha escutado essa palavra muitas vezes. Os pastores a usavam. Diziam às pessoas para abrir mão da maldade ou seguir o mal pelo caminho da perdição.

Não sei por que alguém ia querer essa palavra gravada no seu portão. No entanto, lá estava ela. E ervas daninhas se enroscavam no ferro forjado, desafiando o visitante a entrar. E tinha um caminho. Além do portão, folhas e dentes-de-leão delimitavam uma faixa de terreno sem grama que se estendia até a velha casa dilapidada. A pintura era gasta, e um balanço na varanda pendia entortado, como se um lado estivesse solto.

Era óbvio que ninguém morava ali. Um vagão de trem ou um cortiço à beira da ferrovia seria um lugar mais acolhedor. Porém, uma das cortinas balançou. Alguém estava me espiando? Meu coração bateu como as asas de um morcego. Por enquanto, eu preferia ficar fora do Caminho da Perdição.

A cidade não estava muito longe, e aproximei o pedaço de pau da cerca e continuei andando.

Dessa vez, fui rimando em voz baixa: *Eu tinha uma gata, e ela teve uma ninhada. Eu colocava ela no colo sempre que estava sentada.*

A cerca acabou, mas logo começou outra em torno de um cemitério. Lápides se erguiam na grama rala, como se me observassem passando. O cabelo na minha nuca arrepiou quando ouvi o chão ranger atrás de mim. Parei e olhei para trás. Não havia nada, só folhas ao vento. Segui adiante, batendo o pedaço de pau nas coisas, vendo as árvores se tornarem mais densas ao meu redor. *Eu tinha um cachorrinho, e o nome dele era Feliz. Sempre o deixei ficar onde ele quis.* Os galhos eram como garras se estendendo para mim, e tropecei na raiz de uma árvore e caí de joelhos. Bati o joelho que eu havia cortado alguns meses atrás. Tinha uma cicatriz, mas a pele esticada parecia ainda estar se esforçando para continuar fechada. Massageei a área e limpei a terra do joelho.

De novo. Não era um som, mas um movimento. Prendi a respiração, ouvi o silêncio, depois segui em frente em direção às luzes no limite das árvores. *Uma vez tive um cavalo que se chamava Torto. Ele correu o dia inteiro, e depois...*

Mais um ruído alto atrás de mim, depois uma voz masculina.

"Caiu morto."

CASA DE SHADY
27 DE MAIO

Virei para trás na luz que enfraquecia. Um homem segurava um ancinho tão alto quanto ele e só um pouco mais fino. Tudo no homem era fino. As roupas, o cabelo. Até as suíças desalinhadas eram ralas.

"Isso é seu?", perguntou ele.

De início, pensei que ele se referia ao ancinho. Depois vi a bússola na sua mão. Verifiquei a minha bolsa em pânico. O compartimento externo se rasgara quando caí.

"Sou Shady Howard. Você deve ser a menina de Gideon."

Soltei o fôlego que nem percebi que estava prendendo. Ele me deu a bússola de ouro. Eu a pendurei no pescoço e coloquei por dentro da camisa.

"Quando não desembarcou do trem, pensei que pudesse estar indo sozinha para a cidade."

O homem falava como se ele próprio já tivesse pulado de um ou dois trens na vida. Com a camisa xadrez velha e a calça marrom remendada e costurada, tinha uma aparência apropriada.

"Você é parente do pastor Howard? O pastor da Primeira Igreja Batista?"

"Tem gente que me chama de pastor Howard. Mas você pode me chamar de Shady."

Mantive distância, sem saber exatamente o que ele queria dizer. "E eles chamam você assim porque *é* o pastor da Primeira Igreja Batista?"

"Bem, essa é uma história interessante." Ele começou a andar, usando o ancinho como bengala. "Sabe, sou o que chamam de pastor interino. Isso significa que o antigo foi embora e que estou no lugar dele só até a igreja conseguir um novo."

"Há quanto tempo está no lugar dele?" Talvez o homem não tivesse tempo de encomendar roupas de pastor. Ou de fazer a barba.

"Catorze anos."

"Ah." Fiz um esforço para me comportar bem. "Então, o senhor não fazia parte da igreja quando o meu pai estava aqui?"

"Não."

"Bem, eu sou Abilene. Tenho doze anos e sou muito trabalhadora", contei, como já tinha feito centenas de vezes em outras cidades. "Deve ter recebido a carta que o meu pai mandou avisando vocês tudo que eu viria."

Na verdade, não costumo falar "vocês tudo", mas é sempre melhor tentar falar de um jeito parecido com o das pessoas da cidade para a qual você está se mudando. Nunca estive no Kansas, não tinha certeza disso, mas imaginava que eles diziam coisas como "vocês tudo", "só mais um cadinho adiante" e "vai cair um toró".

"Está com fome?", perguntou Shady. "Minha casa fica perto, só mais um cadinho adiante."

Pronto. Engraçado como gente que sabe exatamente onde está consegue falar tanto sobre direções. Acho que os que não sabem só continuam andando em frente. Para isso não é preciso ter muito senso de onde está indo.

"Não, senhor." Eu só tinha comido um ovo cozido no trem, mas estava ali por conta da hospitalidade dele, e não achava certo pedir comida tão cedo.

"Vamos até a cidade, então. Preciso pegar uma letra."

No início não entendi, mas depois me lembrei de que Gideon às vezes se referia a cartas daquela maneira, como se falava antigamente.

Ainda tinha luz natural suficiente para dar uma olhada na cidade. Quando começamos a andar, as histórias de Gideon foram voltando, como cenas entre as árvores vistas da janela de um trem. Pessoas entrando e saindo de lojas coloridas com toldos sobre as vitrines. Nomes incomuns pintados nas portas. CARNES MATENOPOULOS. PADARIA SANTONI'S. AKKERSON ALIMENTOS & SEMENTES.

Andando ao lado de Shady, eu tentava extrair alguma coisa suave e doce daquelas histórias, mas olhava em volta e só enxergava dureza e azedume. Para um lado e para o outro da rua Principal, as lojas eram pobres. Cinzentas. Uma em cada três estava fechada com tapumes. Os únicos toldos que restavam estavam rasgados e caídos. Não havia barulho de movimento, só algumas almas cansadas segurando uma porta aqui e ali.

São tempos difíceis para muitos. Dizem que é a Depressão, mas eu digo que é pura rotina e que o país inteiro está nela.

Havia uma casa grande, como uma casa de doce de conto de fadas sem pintura. Uma mulher de aparência recatada estava sentada numa cadeira de balanço na varanda, sem energia para se balançar. O barbeiro, que estava apoiado à porta da loja, olhou para mim quando passei. Uma mulher no armazém se abanava enquanto um cachorrinho latia pela porta de tela. Considerando os olhares que atraí enquanto andava pela calçada de madeira, imaginei que aquelas pessoas prefeririam enfrentar os tempos difíceis sozinhas a ter uma desconhecida testemunhando a sua infelicidade.

Não paramos no correio.

"Pensei que íamos pegar uma correspondência."

"Não é correspondência. É uma letra mesmo. Vou pegar com Hattie Mae do jornal."

"Hattie Mae Harper? A Rainha Huckleberry de 1917?"

"Agora é Hattie Mae Macke, mas é ela, sim."

Pelo menos tinha alguma coisa que eu conhecia nessa cidade. Queria saber se Hattie Mae mantivera a sua coluna.

A redação do jornal *Manifest Herald* ficava mais ou menos no meio da rua Principal e estava uma tremenda bagunça. Havia pilhas de jornais de meio metro e um metro de altura. Sobre uma mesa cheia de coisas, havia uma máquina de escrever com as teclas retiradas, algumas espalhadas sobre a mesa como se tentassem escrever *explosão* e a explosão tivesse de fato acontecido.

"Shady? É você?" Uma voz feminina gritou lá do fundo. "Estou me preparando para fechar. Muito obrigada por vir buscar..."

Uma mulher grande saiu de uma sala no fundo, o cabelo preso num coque desalinhado. Ela me viu e levou as mãos ao rosto.

"Ora, mas você é uma belezinha. Deve ser Abilene."

"Sim, senhora."

"Como é parecida com o pai." Ela me abraçou e senti a sua respiração falhar. Quando levantei a cabeça e a encarei de novo, seus olhos estavam úmidos. "Quer um refrigerante? É claro que quer. Pode ir pegar uma garrafa gelada lá no fundo. Tem Coca-Cola e refrigerante de laranja. Escolha o que quiser. E também tem dois sanduíches. Um é de queijo e o outro de bolo de carne. Sirva-se, e não me diga que não está com fome."

"Está bem", respondi. Comecei a andar pelo labirinto de jornais. Os sanduíches deviam ser bons.

"Peço desculpas pela confusão. O tio Henry insiste em guardar todos esses jornais velhos, mas o meu marido, Fred, finalmente vai construir um depósito do lado de fora, e estou tentando organizá-los."

"Guardei a sua primeira coluna do 'Suplemento de Notícias' minha vida inteira", contei.

"Ah, céus. Como conseguiu encontrar essa peça de museu?" A mulher riu e todo o corpo dela sacudiu.

"Está escrevendo a coluna esse tempo todo?"

"Quer dizer tudo sobre as pessoas, os eventos, os motivos e os lugares? Sim, acho que sim. E graças à Depressão, também fui promovida a editora, datilógrafa e moça do café em caráter extraordinário." Ela riu. "Se tiver algum tempo livre, pode vir me ajudar, se quiser. Como pode ver, temos muitos jornais velhos que precisam ser organizados. Se gosta de ler histórias antigas, talvez ache esse material interessante."

Assenti, pensando que seria interessante *mesmo*.

"Agora vá pegar o seu refrigerante e o seu sanduíche, meu docinho. E pegue todos os jornais que quiser. O tio Henry não vai se importar de entregá-los para alguém que realmente queira lê-los. E eu terei menos jornais para organizar depois."

Foi fácil encontrar a caixa térmica com os refrigerantes, e eu peguei o de sabor laranja e o sanduíche de carne. Havia um abridor embutido ao lado da caixa. Shady e Hattie Mae falavam sobre o calor e como não havia nem sinal de chuva. Devorei metade do sanduíche e fui passando a mão em pilha após pilha de jornal. Era como flutuar em uma nuvem que passava de um ano para o outro sem nenhuma ordem específica. 1929 — MERCADO DE AÇÕES QUEBRA. 1927 — BABE RUTH FAZ 60 HOME RUNS EM UMA TEMPORADA. 1927 — CHARLES LINDBERGH ATRAVESSA O ATLÂNTICO EM VOO SOLO DE 33 HORAS E MEIA.

Então, um ano específico chamou a minha atenção. 1917 — LEI SECA TORNA O ÁLCOOL ILEGAL NO KANSAS. Era o mesmo ano da primeira coluna "Suplemento de Notícias da Hattie Mae". Foi quando Gideon esteve em Manifest. Meu coração bateu mais rápido. Eu realmente não esperava encontrar o nome de Gideon nas manchetes, ou em qualquer outro lugar do jornal, na verdade. No entanto, posso conhecer essa cidade um pouco melhor pelos artigos e pelas histórias. Essa cidade onde ele havia passado um tempo durante a infância. Essa cidade para onde escolheu me mandar.

"Encontrou o refrigerante, docinho?", perguntou Hattie Mae. "Precisa de ajuda para sair desse poço sem fundo de jornais?"

"Estou indo", respondi. "Tem certeza de que posso pegar alguns exemplares? Alguma coisa para ler enquanto eu estiver aqui?"

"Vá em frente."

Dei uma olhada numa pilha de jornais e escolhi os únicos dois que encontrei de 1917. Um de 16 de julho e outro de 11 de outubro. Enfiei os jornais no saco e voltei à sala da frente.

Hattie Mae falava com Shady em voz baixa. Ela parecia um pouco tensa e preocupada quando cochichou: "Shady, ela precisa saber...". Logo depois, se animou ao me ver. "Veja só, eu aqui resmungando. Você teve um dia longo, docinho, e precisa estar descansada para o último dia de aula amanhã."

Devia ser isso que eu precisava saber.

"Escola?" Engasguei com o último gole do refrigerante de laranja. "Mas é verão." Olhei para Shady com ar suplicante. "Não é a hora do pessoal daqui trazer nos braços os feixes da colheita ou coisa assim?"

Ele me olhou como se pedisse desculpas, como se concordasse comigo.

"Nós só pensamos que você poderia gostar de conhecer as crianças antes de elas se espalharem pelos quatro cantos para o verão", disse Hattie Mae.

Queria saber quem era "nós" e quantos deles eu teria que enfrentar.

"Mas meu pai vem me buscar antes de as aulas começarem de novo", respondi.

Hattie Mae e Shady se entreolharam com certo desconforto. Trocaram um olhar que me fez sentir um pouco insegura e desequilibrada, como se eu estivesse em pé num trem que fazia uma curva repentina. Mas acho que era só o cansaço da viagem.

Hattie Mae me envolveu com um braço. "Não se preocupe. Você vai ficar bem." Quando ela me apertou com mais força, o telefone tocou. "Deve ser Fred. O ciático está incomodando, e ele ficou em casa com os meninos. Sabe como são os homens. Quando não se sentem bem, o mundo todo para. Aqui está a letra que precisa de conserto." Ela entregou a Shady uma tecla da máquina de escrever. "O R não funciona, e o L fica preso. Pode levar a coisa toda, se quiser. A coluna de amanhã está pronta, não vou precisar dela por enquanto."

O telefone continuava tocando. "Tenho que atender, Shady. Foi muito bom conhecê-la, Abilene. Fale comigo se precisar de alguma coisa, está bem?"

"Sim, senhora."

Ela pegou o telefone. "Alô? Sim, estou indo. Ah, pelo amor de Deus. Deixe como está. Eu limpo quando chegar em casa."

Shady pegou a máquina de escrever desconjuntada e saímos. Já havia escurecido, e ele indicou o caminho para uma viela que saía da rua Principal. Voltamos em direção à ferrovia e fomos parar numa construção castigada pelo tempo que parecia estar a uma distância segura da área respeitável da cidade.

Eu morei em muitos lugares. Celeiros, vagões de trem abandonados, até em Hoovervilles, os lugares cheios de barracos para gente sem dinheiro nenhum, cujo nome homenageia o presidente anterior ao que tínhamos agora, que não parecia saber que o país vivia tempos difíceis. Por isso estava preparada para qualquer coisa. Menos para a casa de Shady.

Uma sineta tocou sobre a porta quando entramos. O pastor Howard acendeu uma lamparina de querosene e a colocou em cima de um balcão comprido. Tinha um espelho atrás dele, um cavalete com algumas tábuas presas num torno e muita serragem no chão. Para completar, havia o que pareciam ser bancos de igreja empurrados contra a parede, e as duas janelas tinham vitrais.

"Bem, é isso", anunciou Shady, como se dessa forma explicasse tudo.

Olhei em volta sem querer perguntar. Era como um quebra-cabeça que eu precisava montar sozinha. A casa de Shady parecia ser uma mistura de bar, oficina de carpintaria e, se fosse possível, igreja.

Eu devia estar com o olhar fixo nas janelas, porque Shady disse: "A Primeira Igreja Batista pegou fogo há alguns anos. Conseguiram salvar as janelas e dois bancos. Estão guardados aqui por um tempo, até construírem uma Segunda Igreja Batista".

"Por isso o pastor foi embora?"

"Sim", respondeu Shady. "Acho que foi o nervosismo." Ele tentava recolher alguns papéis e aparas de madeira, como se fossem resquícios dessa vida descoordenada que não queria que eu visse. Olhei para o chão. Havia pegadas em todas as direções, provavelmente deixadas por anos de bêbados e fiéis da igreja. Senti uma dor no coração que subiu até a garganta como um nó quando me peguei procurando por uma área menos cheia da sala. Um lugar tranquilo e pequeno onde pudesse ter uma ou duas pegadas deixadas pelo meu pai.

Shady jogou um bloco de raspas de madeira numa lata de lixo vazia, fazendo um barulho alto. Ele me olhou de um jeito meio desconfortável, como se soubesse o que eu estava procurando, mas não pudesse me ajudar. "A casinha fica... bem... do lado de fora. E tem comida na caixa térmica. Quer que eu esquente água para você tomar um banho?"

"Não, obrigada. Só estou cansada."

"Seu quarto é lá em cima. Espero que goste", falou o pastor com uma polidez contida.

Pensei na vida de quebra-cabeça de Shady, mas decidi não bisbilhotar. Ainda não, pelo menos. Meu pai, Gideon, tinha uma desconfiança saudável em relação à maioria das pessoas, mas confiava em Shady. Então, eu também confiava nele. "Boa noite", falei, e subi a escada levando o meu saco.

Tinha uma lamparina de querosene sobre a mesa de cabeceira, mas não encontrei fósforos. Com a lua cheia entrando pela janela aberta, não fazia diferença. Havia uma cômoda com um jarro de água e uma bacia. Normalmente, para me lavar eu precisava ir até um riacho ou poço próximo, por isso me sentia parte da realeza por poder despejar um pouco de água ali mesmo e limpar a poeira do rosto e das mãos. Tirei os sapatos e senti as tábuas frias se moverem e gemerem sob os meus pés, como se o quarto se adaptasse a uma ocupação repentina depois de ter passado tanto tempo vazio. Bocejei por no mínimo três vezes, vesti o pijama e fui para a cama. Era aconchegante e macia. Sacudi o lençol para cima e para baixo, deixando-o cair sobre mim como uma nuvem.

Estava pegando no sono quando me lembrei da minha bolsa de segurança. Depois de quase ter perdido uma coisa hoje, decidi fazer o que meu pai sempre fazia. Qualquer coisa especial e importante, ele escondia num lugar separado que ninguém encontraria.

Sonolenta, fui pegar o saco de farinha, minha bolsa de segurança, e verifiquei o seu conteúdo. Estava muito escuro para ler o endereço do remetente na carta, mas eu o decorara. Escritório da Estrada de Ferro Santa Fé, rua Quatro com a rua Principal, Des Moines, Iowa. Era o que Gideon tinha de mais próximo de um endereço residencial. Sacudi as duas moedas para ter certeza de que ainda estavam lá. Finalmente, peguei a caixa da bússola. Estava vazia, exceto pelo "Suplemento de Notícias da Hattie Mae", já que a bússola continuava pendurada no meu pescoço. Decidi mantê-la comigo e guardei todo o restante no saco.

Agora, onde eu o guardaria? Era sempre melhor encontrar um lugar que fosse alto ou baixo. Como eu não alcançava lugares muito altos, decidi olhar para baixo. Pisei no chão e senti de novo as tábuas rangendo e encurvando. Talvez uma estivesse solta o suficiente para ser erguida. Dei alguns passos pelo quarto até sentir uma tábua que balançava mais do que as outras. Ajoelhei no chão, puxei e empurrei a madeira algumas vezes e consegui deslocá-la o suficiente para encaixar os dedos no vão e erguê-la. Teria sido o esconderijo perfeito, exceto por um detalhe. Já tinha uma coisa ali.

Puxei o objeto devagar e com cuidado e o segurei contra o luar. Era uma caixa de charutos Lucky Bill, e dentro dela havia papéis e objetos variados. Não tinha luz suficiente para ler, mas dava para perceber que os papéis eram cartas, finos e dobrados perfeitamente. Uma página maior parecia um mapa. Os objetos faziam barulho dentro da caixa.

"Encontrou tudo direitinho?", perguntou Shady do pé da escada.

"Sim, senhor." Guardei os papéis na caixa e a enfiei no vão da tábua do assoalho. Meu saco de farinha coube perfeitamente ao lado dela. Depois, coloquei a tábua de volta e fui me deitar.

"Boa noite, então."

Não respondi na hora, mas sabia que ele estava lá, no mesmo lugar. "Pastor Shady? A que distância você acha que estamos de Des Moines?"

Houve uma pausa, e pensei que pudesse estar errada e que ele já tinha se afastado.

"Não sei ao certo. Mas vê aquela lua lá fora, além da janela?"

"Sim, senhor. Clara como o dia."

"Bem, Des Moines fica bem mais perto do que aquela lua. Na verdade, aposto que alguém em Des Moines consegue ver a mesma lua que você está vendo agora. Isso não é mais importante do que tudo?" A voz dele era acanhada e terna. "Estarei bem aqui, se precisar de alguma coisa. Está bem?"

"Sim, senhor. Está bem."

O travesseiro estava frio no meu rosto. Era bom ceder ao sono. Mesmo assim, pensei no que tinha visto: a caixa de charutos, as cartas. Gideon tinha ficado na casa de Shady. Talvez nesse mesmo quarto. Talvez eu encontrasse as pegadas de Gideon, afinal.

A brisa parou. Porém, na calmaria da noite, meu corpo ainda sentia o movimento do trem.

PRIMEIRA MANHÃ
28 DE MAIO

Que tipo de miolo mole começa as aulas no último dia? Eu me fazia essa pergunta desde que acordei com o barulho de panelas batendo lá embaixo e o cheiro de bacon e café subindo. Meu estômago roncou, me lembrando de que o sanduíche de carne de Hattie Mae já tinha se tornado uma lembrança muito distante.

Depois a caixa de charutos Lucky Bill voltou à minha mente. Com um arrepio de antecipação, pulei da cama e encontrei a tábua solta, mas Shady me chamou lá de baixo.

"Srta. Abilene, está desperdiçando o dia. O café está pronto."

Por mais que eu quisesse ver direito o conteúdo da caixa, sabia que não devia deixar um cozinheiro esperando. Deixei-a segura embaixo da tábua e verifiquei se a bússola ainda estava no meu pescoço. Vesti a minha única muda de roupas, o vestido azul com margaridas amarelas. As flores estavam meio desbotadas, mas não tanto que eu não pudesse vê-las. Depois lavei o rosto e passei os dedos pelo cabelo. A sensação era de palha, mas a cor era de um prego enferrujado. Eu o usava curto e nunca me preocupava muito com ele, mas esperava ansiosa por aquele banho sobre o qual Shady falou na noite anterior.

A escada terminava numa saleta de fundo. Era mais uma varanda, na verdade, com um fogão preto, uma banheira e uma cama. Aparentemente, Shady podia comer, tomar banho e dormir no mesmo cômodo. Tinha um prato de pãezinhos ligeiramente queimados e bacon quente em cima do fogão. Ter alguém para preparar as minhas refeições me fazia sentir como se eu estivesse num hotel de luxo.

"Tem um pouco da geleia de mirtilo da Velma T. no armário", avisou o pastor da sala grande onde estavam os bancos e o balcão. Eu me servi de uma porção modesta e coloquei a comida num prato de vidro cor-de-rosa, desses que vêm de graça em sacos de açúcar ou farinha, ou com o sabão de lavar roupa.

Como não havia mesa, peguei o prato rosa e o levei para a sala grande. Com a luz do dia entrando pelas janelas de vitrais sobre o balcão brilhante, eu não sabia se me ajoelhava ou comia. Shady trabalhava na bancada enquanto eu tomava café. Ele olhava com muita atenção para alguma coisa bem pequena, limpando o objeto com uma escova dura.

"No que você está trabalhando?"

"Na letra L", respondeu ele, sem desviar a atenção da tarefa. "Hattie Mae escreve a coluna há quase vinte anos. Não é à toa que a máquina de escrever está quase desistindo." Ele soprou a tecla de metal e a afastou para ver o resultado. Depois de limpar a peça com um pano, ele a deixou ao lado da máquina de escrever. "Agora ela pode voltar a falar tudo sobre as pessoas, os eventos e os lugares, e eu posso tirar o L daqui."

Gideon não me contou que o pastor Howard tinha senso de humor. E acho que ninguém contou ao pastor, porque ele não se comportava como se achasse o comentário engraçado.

Terminei de comer meu pãozinho. Era difícil de engolir, e a minha boca ficou seca. Se eu fosse útil por ali, talvez não tivesse que ir à escola. Havia entrado e saído da escolas antes, mas sempre à sombra protetora do meu pai. Aqui eu estava sozinha e exposta ao calor e clamor do dia.

Um sino começou a repicar ao longe, interrompendo os meus pensamentos.

"Melhor ir para a escola. Não vai querer se atrasar." E estudou a máquina de escrever desmontada diante dele. "Aqui tem algumas coisas para você se ocupar enquanto estiver lá." Ele me entregou as letras P e Q.

Eu as observei.

"Se levar as letras, com certeza vou deixar Hattie Mae numa situação difícil, e ela não conseguiria datilografar nenhuma delas."

Shady deu um sorrisinho. Quando devolvi as letras à mesa, percebi o jornal do dia no canto. Estava aberto no "Suplemento de Notícias da Hattie Mae". Peguei o caderno e li a linha no fim da página. "Tudo sobre as pessoas, os eventos, os motivos e os lugares que você nunca soube que precisava saber."

Saí, e a sineta da porta fez um barulho triste quando passei por ela.

ESCOLA FUNDAMENTAL SAGRADO CORAÇÃO DO SANTO REDENTOR
28 DE MAIO

Era de se esperar que eu já estivesse acostumada. Ser a aluna nova, essas coisas. Passei por isso muitas vezes antes, mas nunca fica mais fácil. Mesmo assim, há certas coisas que toda escola tem, sempre iguais. Chamo essas coisas de universais. Entrei no prédio e senti o pó de giz no ar. Ouvi pés se movendo embaixo das carteiras. Senti os olhares. Sentei mais para o fundo da sala.

Meu único consolo era conhecer aquelas pessoas. Mesmo que elas não me conhecessem. Crianças também são universais, de certa forma. Toda escola tem os que pensam ser um pouco melhor do que todos os outros e os que são um pouco mais pobres do que todo mundo. E, em algum lugar na mistura, tem os que são bem legais. Os que tornam difícil ir embora, quando chega a hora. E mais cedo ou mais tarde, essa hora sempre chega.

Pensei que nunca descobriria quem era quem por ali, porque era o último dia de aula. Os livros já estavam empilhados nas prateleiras para o verão. A lousa estava apagada. Sem problemas de matemática. Sem palavras para soletrar. De repente, uma menina de rosto rosado falou em voz alta.

"Aposto que é órfã."

"Soletta Taylor!" Uma menina muito magra e ruiva a censurou. "Por que acha isso?"

"Ela chegou no trem sem pai nem mãe, não chegou? É o que todos estão falando por aí."

"Bem, talvez você não devesse ouvir o que 'todos estão falando por aí'. Além do mais, isso não significa que ela é órfã." A menina torceu uma trança vermelha e olhou para mim. "Não é?"

Meu rosto estava quente e vermelho, provavelmente, mas levantei os ombros.

"Minha mãe foi para aquele lugar doce e distante", falei alto o bastante para todo mundo ouvir, já que estavam atentos. Alguns olhavam para mim com piedade pela minha perda. Eu não estava mentindo. Quem podia saber qual era o tal lugar doce e distante? Muitos pareciam pensar que ela tinha morrido e ido para um lugar melhor. Mas, no meu dicionário, isso só queria dizer que ser esposa e mãe não era tudo o que diziam, e quando eu tinha dois anos, ela se juntou a uma trupe de dança em New Orleans. Como eu não tinha lembranças da minha mãe, era difícil sentir falta dela.

"No entanto", continuei, respondendo à próxima pergunta antes que eles pudessem fazê-la, "tenho pai." Era comum perguntarem sobre a minha mãe, mas até aquele momento nunca tinha precisado explicar o paradeiro de Gideon. Não era justo ele ter me colocado naquela situação. "Ele está trabalhando numa ferrovia em Iowa. Diz que não é um lugar adequado para uma menina da minha idade, por isso vim passar o verão aqui." Não contei que a estrada de ferro fora um lugar adequado para mim durante quase toda a vida e que não entendia por que esse verão era diferente. "Ele vem me buscar no fim do verão." Por alguma razão, minhas palavras soaram meio vazias. Eu não sabia se era por causa do olhar trocado por Hattie Mae e Shady no dia anterior ou por causa da cara de pena de alguns alunos dali. Talvez eles conhecessem alguém que tivesse sido abandonado de vez, mas Gideon *ia* voltar para me buscar, e eu teria algumas coisas para dizer quando ele chegasse.

"Viu, Lettie? Eu disse que ela não é órfã", disse a menina ruiva.

Deduzi que Lettie era abreviação de Soletta.

"Elas são primas", disse um menino de sardas e macacão, como se isso explicasse tudo. "Seu pai já viu alguém ser achatado por um trem?"

"Que tipo de pergunta é essa?", questionou Lettie. "Ora, Ruthanne, você me criticou por ter feito uma pergunta boba. E a pergunta de Billy?"

"Não é boba", disse o garoto. "Meu avô trabalhava na estação, e ele conta uma história sobre um homem que foi atropelado por um trem em Kansas City, morreu e ficou na locomotiva até a estação de Manifest. Ninguém quis tirá-lo de lá, e como ele tinha uma passagem de ida e volta, deixaram ele lá no caminho de volta para Kansas City."

"Ouvi uma história assim", disse Lettie, "mas era sobre um menino que montou um cavalo de três patas até Springfield e..."

"Vocês dois podem calar a boca, parar de contar as suas histórias e deixar a pobre menina contar a dela?", Ruthanne interrompeu.

Todos os olhos se voltaram para mim. "Acho que não tenho nada para contar. Meu nome é Abilene."

"Isso não é nome. É um lugar", disse Billy. "Você é da Abilene do Kansas ou do Texas?"

"Nenhuma das duas."

"Não importa de onde ela é", falou uma menina com cachos perfeitos que pareciam ter sido feitos num salão de beleza. Ela ergueu as sobrancelhas e olhou para mim com o nariz empinado. "O fato é que ela mora num bar e está bem perto daquela sinistra Casa de Vidência da srta. Sadie. Minha mãe diz que aquilo não passa de um antro de iniquidade."

Os únicos lugares que vi perto da casa de Shady foram o cemitério e aquela casa dilapidada com PERDIÇÃO escrito no portão. A verdade é que eu nem sabia o que era uma casa de vidência ou um antro de iniquidade, mas pode ter certeza de que eu planejava descobrir.

"Cala a boca, Charlotte, e dê à menina uma chance de falar", Ruthanne se manifestou mais uma vez. "Bem, de *onde* você é? Onde fica a sua casa?"

Essa pergunta sempre chegava depressa. Era um universal. E eu estava preparada para ela. "Em todos os lugares. Meu pai diz que ela não está em nenhum mapa. Os verdadeiros lugares nunca estão."

Outra voz, essa mais velha, falou do fundo da sala. "Vejo que o seu pai é bem versado nas obras de Herman Melville."

De repente, cadeiras foram arrastadas e todo mundo ficou em pé. "Bom dia, irmã Redempta."

"*Moby Dick*, para ser mais exata. Bom dia, classe. Vejo que já tiveram tempo para conhecer a nova colega e dar a ela as boas-vindas com histórias sobre cadáveres e antros de iniquidade." Ela ergueu uma sobrancelha para a turma.

Deduzi que era uma mulher porque a chamaram de irmã, mas como ela estava coberta de preto e só o rosto espiava do que parecia ser uma caixinha branca, era difícil determinar.

Gideon diz que uma rosa é uma rosa. Só que, quando a gente pensa nisso, sempre tem algumas mais rosadas e outras com mais espinhos. Eu ainda não sabia se ela era rosa ou espinho, mas de uma coisa eu tinha certeza. Ela não era um universal.

Alta, ela deslizou de um jeito solene até a frente da sala. A postura era ereta e formal. O único movimento nela era o balançar de um longo fio de contas que envolvia a cintura e descia até os joelhos. Senti o cheiro de sabão de lixívia quando ela passou por mim. Era um cheiro tão forte, que ela devia acreditar que a limpeza seguia a religiosidade na escala de importância e decidiu que não pretendia correr riscos.

Pensei como era estranho um ministro batista me mandar para uma escola católica. Alguns religiosos traçam limites muito firmes. Mas eu vi a casa de Shady, que era igreja, bar e oficina, e podia dizer que os limites ali eram meio confusos.

A irmã Redempta colocou uma pilha de papéis sobre a mesa. "Vocês devem estar ansiosos pelos últimos boletins." Houve muitos gemidos e movimentos agitados. "Estejam certos de que todos receberam notas justas e representativas do trabalho desenvolvido ao longo do ano." Ela pegou o primeiro papel no alto da pilha. "Billy Clayton."

O garoto foi até a frente da sala. "Irmã." Ele assentiu e pegou a folha de papel. Quando voltou ao seu lugar, as sardas sumiram no vermelho que tingiu as suas bochechas.

"Charlotte Hamilton."

A srta. Salão de Beleza saltitou até a frente da sala. "Obrigada, irmã." Ela sorria para todos no caminho de volta, mas quando ouvi seu grito pouco depois, pensei que ela tinha sentado numa tachinha. Vi a mão levantada. "Irmã Redempta, acho que foi um engano. Tem uma nota B ao lado de catecismo."

"Sim, Charlotte. Eu corrigi o seu exame final e, entre outras coisas, não acredito que vestir preto num funeral ou dar para a sua irmã a boina de pena do ano passado possam ser considerados obras de misericórdia corporais. Mae Hughes", prosseguiu ela. "Ruthanne McIntyre... Noah Rousseau... Soletta Taylor."

Quase valia a pena ir à escola só para ver todo mundo agitado e com medo. Depois de olhar o seu boletim, Lettie Taylor afundou na cadeira e cochichou para Ruthanne: "Charlotte pode tirar o vestido preto do armário, porque a minha mãe vai me matar".

Fiquei sentada enquanto cada nome era chamado, sabendo que o meu não estaria entre eles.

"Abilene Tucker."

Eu devia estar sorrindo, porque a minha boca doeu com a mudança rápida de posição.

"Você é Abilene Tucker", falou a irmã Redempta, como se eu estivesse em dúvida por algum tempo. "Sei que acabou de chegar e, infelizmente, não tenho base para dar as suas notas finais."

"Sim, senhora", respondi. E pensei: *Que pena, não é mesmo?*

"Portanto, vai ter um trabalho especial para fazer durante o verão."

"Trabalho? Verão?" Uma rosa é uma rosa, mas ela era cheia de espinhos.

"Fico feliz por saber que tem audição tão boa. Vamos testar o raciocínio também. Parece que todos aqui gostam de uma boa história, mesmo que seja de corpos mortos em trens. Portanto, seu trabalho será escrever uma história. Pode escolher o tema, e a nota será dada pelos critérios de gramática, ortografia, pontuação e criatividade. O prazo de entrega é 1º de setembro."

Ela não esperou nenhum *se, e* ou *mas*. Melhor assim, porque eu não conseguia pensar em nada para dizer. Não tinha planos de estar em Manifest em setembro, de qualquer forma.

"Se precisar de ajuda para começar", ela espiou a classe de dentro da sua caixinha, "tenho certeza de que alguns alunos gostariam de oferecer assistência."

Houve um silêncio profundo durante o qual ninguém nem olhou para mim. Depois, Lettie Taylor espantou uma mosca, e mais rápida que um leiloeiro, a mulher apontou para ela.

"Obrigada, Soletta. Talvez a sua mãe adie a execução por alguns meses."

Ruthanne riu cobrindo a boca com a mão.

"Ah, Ruthanne, um gesto bondoso da sua parte. Quanto ao restante..." Ela olhou para a sala com ar ameaçador, "seria bom lembrar para o próximo ano letivo que atos de caridade e bondade também são levados em consideração na média geral."

Charlotte levantou a mão de novo. "Eu gostaria de ajudar a pobre menina, irmã." E olhou para mim com piedade. "Vou ajudá-la até a encontrar roupas mais adequadas. Alguma coisa menos usada."

"Não é necessário, Charlotte. Tenho certeza de que Abilene terá a ajuda que precisa. Agora vamos ficar em pé para a oração."

A sala se levantou, e Charlotte balançou os cabelos. "Não importa", cochichou por cima do ombro. "Vou passar a maior parte do verão com parentes em Charleston. Na Carolina do Sul." De repente, ela falava com sotaque sulista. "É uma pena. Vestir a coitada com bom gosto teria sido uma excelente obra de misericórdia."

Menina rica e esnobe. Um universal.

FORTE TREECONDEROGA
28 DE MAIO

Felizmente, o último dia de aula foi rápido. Durou apenas o necessário para a entrega dos boletins e a limpeza das mesas. Depois do almoço, quando Shady disse que eu podia usar a velha casa na árvore do quintal para receber amigos, ele errou em dois pontos. Primeiro, eu não tinha amigos. Segundo, aquele conglomerado de tábuas e pregos não podia ser chamado de casa na árvore. Sim, ficava numa árvore, era verdade. Nove metros acima do chão sem nada para servir de escada, exceto galhos finos e alguns degraus de corda que pareciam se segurar no nada.

Porém, eu tinha passado parte da tarde ajudando a arrumar a casa de Shady e agora queria ficar sozinha para examinar o conteúdo da caixa de charutos que encontrara embaixo da tábua do assoalho. A casa na árvore parecia ser o máximo de solidão que eu conseguiria ter. Então, enfiei a caixa no saco e subi degrau por degrau.

A luz do dia entrando por entre as tábuas do chão me fez desejar ser um pouco mais gorda para não cair num vão. Lá dentro, olhei por um buraco irregular que fazia as vezes de janela. Dava para ver tudo dali de cima. O *Manifest Herald* do lado da loja de ferramentas, o Restaurante do Koski e a Funerária Dias Melhores do outro. Do lado oposto da rua ficava o banco, o correio, a Drogaria & Lanchonete Dawkins, a Barbearia do Cooper e o Empório de Beleza Curly Q. E aqueles trilhos de trem. Gideon estava lá, na outra ponta dos trilhos.

Vi Lettie e Ruthanne entrarem correndo na Drogaria & Lanchonete Dawkins. Quando estava voltando da escola, fiquei do lado de fora olhando para dentro da loja. Tinha uma máquina de refrigerante e potes de balas de limão, barrinhas de alcaçuz e docinhos. Acho que embacei a vitrine, porque uma mulher de aparência severa, provavelmente a própria sra. Dawkins, me expulsou dali. Tentei imaginar que guloseimas as meninas estavam comprando. Talvez Gideon me levasse lá quando viesse me buscar. Senti uma leve insegurança de novo, como acontecera na redação do jornal no dia anterior. Mas quem não se sentiria insegura em uma velha casa na árvore tão longe do chão?

Já tinha bisbilhotado demais. Dei uma olhada na casa e tentei decidir o que levaria comigo na próxima vez. Comida, para começar. Acabei não almoçando, e a tarde já se aproximava do fim.

Não havia muita coisa deixada por antigos ocupantes do forte sobre a árvore. Apenas um velho martelo e algumas latas enferrujadas com pregos ainda mais enferrujados. Dois engradados de madeira com uma menina segurando o seu guarda-chuva pintada no topo, a marca registrada da marca de sal Morton. E uma placa velha pendurada de lado por um prego. FORTE TREECONDEROGA. Provavelmente, o nome fazia referência ao famoso forte dos dias da Guerra Revolucionária, o Ticonderoga. Qualquer outra coisa que pudesse ter sido deixada para trás se desmanchara e caíra pelas frestas.

Não tinha importância. Eu ia deixar esse lugar em ordem o mais depressa possível. Para começar, peguei o prego mais reto que encontrei e prendi a placa direito. O Forte Treeconderoga estava aberto e funcionando.

Ajoelhada diante de um dos engradados como se fosse um altar, abri a caixa de charutos e deixei cair o seu conteúdo. Lá estava o mapa. Não era um mapa dobrado de ruas e estradas, mas um desenho caseiro sobre papel desbotado com as extremidades gastas. Desenhos feitos à mão de lugares na cidade, identificados com nomes. No topo, as palavras em caligrafia juvenil anunciavam "O front doméstico".

E havia tesouros. Coisas guardadas por alguma razão. Ou por alguém. Uma rolha, um anzol, um dólar de prata, uma chave bonita e uma bonequinha de madeira do tamanho de um dedal, com rosto e tudo, pintada em cores brilhantes. Para mim, aquelas coisas eram como tesouros de um museu, objetos que uma pessoa podia estudar para aprender sobre outro tempo e os indivíduos que nele viveram.

E tinha cartas. Escolhi uma e aproximei o papel fino do nariz, imaginando, esperando sentir o cheiro de alguma coisa de Gideon ainda menino. Cheiro de cachorro, ou de madeira, ou da água do lago. Eu me sentia flutuando no mundo do verão do meu pai, brincando de esconder e pescando quando desdobrei o papel e li o cabeçalho. *Caro Jinx*, começava a caligrafia desconhecida.

Meu coração murchou com a decepção. A caixa de charutos e as cartas não eram de Gideon. Mas continuei lendo.

Soldado Ned Gillen

ESTRADA DE FERRO SANTA FÉ
Vagão ao lado da cozinha
15 de janeiro de 1918

Caro Jinx,
 Se a minha caligrafia é um pouco incerta, é porque escrevo dentro do trem. Sei que está magoado comigo por eu ter partido, mas quando for mais velho, vai entender. Além do mais, não passarei muito tempo longe. Cuide do pai por mim. Ele pode precisar de ajuda na loja de ferramentas.
 Enquanto isso, alguém tem que ficar de olho no front doméstico. Com uma guerra em andamento, é preciso tomar muito cuidado com espiões. Você ouviu algumas pessoas falando sobre alguém andando pelo bosque o tempo todo. No mês passado, Stucky Cybulskis e Danny McIntyre contaram que estavam pescando à noite quando ouviram um

*barulho que deixou os cachorros malucos. Stucky
diz que o cachorro dele, Bumper, consegue farejar
espiões e guaxinins, mas depois de farejar pelo bosque, os dois cães voltaram sem nada. Bem, esse espião deve estar procurando todo tipo de informação
secreta para dar aos alemães, como qual é a melhor
hora para pegar o pessoal que anda por aí de madrugada ou que meninos estão fora de casa à noite
para nadar sem roupa.*

*Desenhei um mapa para você saber o que é im-
portante, o que está protegendo. Além disso, deixei
alguns objetos que, eu sei, são do seu interesse. Meu
dólar de prata com a Cabeça da Liberdade, iscas de
pesca e a chave esqueleto. Mas não tenha nenhuma ideia. Quando eu voltar, lá para o fim do verão,
tudo será devolvido ao legítimo dono. Eu.*

*Então, não esqueça, fique alerta. Mantenha olhos
e ouvidos bem abertos. O* CASCAVEL *está vigiando.*

Ned

O papel amarelado era áspero nas minhas mãos. Front doméstico? Espiões? Nadar sem roupa? Eu não conhecia Ned
ou Jinx, mas as palavras na carta me fascinaram. A vida deles
parecia ser repleta de aventura e mistério.

Uma voz de menina interrompeu os meus pensamentos.

"Abilene! Ei, Abilene! Você está aí em cima? Shady falou
que encontraríamos você na casa da árvore, mas pela aparência deste lugar, você pode cair daí a qualquer momento."

Olhei para fora da casa e puxei a cabeça para dentro rapidamente. Eram Lettie e Ruthanne. Eu queria que elas viessem. Devia estar feliz por terem vindo. Só que ainda estava desapontada por descobrir que a carta não era para Gideon e curiosa sobre Ned, Jinx e o espião conhecido como Cascavel.

"Não posso fazer o trabalho agora", gritei sem olhar para fora.

"Trabalho? É o último dia de aula" respondeu Lettie. "O trabalho pode esperar. Afinal, todo mundo está de férias."

"É isso mesmo. Acabamos de ver a irmã Redempta com o hábito de natação perto do rio", contou Ruthanne.

Pus a cabeça para fora da casa. "É mesmo?"

"Não. Mas sabia que isso chamaria a sua atenção." Lettie deu risada.

Puxei a cabeça para dentro me sentindo um pouco idiota. Mesmo que a irmã Redempta tivesse um hábito de natação, provavelmente não havia água no leito do rio. "Estou ocupada."

"Certo. Acho que vamos subir, então. Você primeiro, Soletta?"

"Pode ir na frente, Ruthanne."

Tinha certeza de que elas estavam debochando de mim outra vez, até ouvir o rangido da escada de corda e sentir o seu movimento. Tentei dobrar o mapa antes de elas chegarem. As duas subiam depressa.

"O que está fazendo aí?", Ruthanne foi a primeira a aparecer e subir na plataforma.

Guardei o mapa e os objetos na caixa de charutos. "Nada. E vocês, o que estão fazendo aqui em cima? Não preciso de ajuda com aquele trabalho. Não, já vou ter ido embora bem antes de a irmã Redempta conseguir me laçar com aquela corda que usa na cintura. Além do mais, vocês devem ter coisa melhor para fazer, como ir a uma loja, ou algo assim." Eu não sabia por que estava sendo tão rude. Acho que era porque Gideon me ensinara a não aceitar caridade de ninguém.

"Bem, na verdade, acabamos de vir de uma", disse Lettie, tentando segurar a mão de Ruthanne. Com o cabelo curto e encaracolado, ela parecia a menina dos engradados, e carregava uma bolsa de pano vermelho pendurada nas costas. "Trouxemos uma coisa para você." Ela abriu o pacote e pegou três sanduíches embrulhados em papel parafinado, três maçãs e, graça suprema, três Coca-Colas geladas. Ao mesmo tempo, Ruthanne me viu segurando as cartas.

"O que está escondendo?" Ela as arrancou da minha mão.

"Devolve isso!", falei.

"São cartas do seu namorado?"

O orgulho inchou como uma bolha prestes a estourar. Peguei as cartas. "Sei por que vocês estão aqui. Querem ser notadas pela professora ou pelos seus pais por terem feito uma boa ação para a menina nova. Bem, não preciso de nenhuma obra corpórea de misericórdia", anunciei, adotando o jeito de falar da menina nova na cidade. "Então, vocês todas podem ir procurar outra pessoa para conseguir nota extra nesse verão."

Vi a cara delas e quase comecei a chorar por ter sido tão rude.

Elas se entreolharam como se decidissem em silêncio qual responderia.

"Tudo bem." Foi Ruthanne quem falou. "Mas quero esclarecer o que são obras *corporais* de misericórdia. Sabe, coisas como vestir os nus e alimentar os famintos. E não estamos fazendo caridade. Acho que até a irmã Redempta concordaria que não existe nenhuma obra relacionada a, digamos, sentar numa casa na árvore com uma cabeça-dura. Não é verdade, Lettie?"

"É verdade." Lettie estava guardando tranquilamente a comida e as bebidas na bolsa vermelha.

"Nem a andar pela cidade toda recolhendo garrafas vazias de refrigerante para trocar por Coca-Cola para uma ingrata. Viemos aqui fazer uma visita, conhecê-la. Só que parece que você já tem a si mesma como companhia. Ou a companhia de vocês tudo, ou sei lá como falam no lugar de onde você veio. Vem, Lettie, vamos embora."

As duas ficaram em pé.

Eu não sabia o que dizer, mas tinha certeza de que precisava fazer alguma coisa — e rápido.

"Quer dizer que aqui não falam 'vocês tudo'?"

Elas pararam. Depois, Ruthanne respondeu com tom aborrecido. "Não, não falamos 'vocês tudo'. Falamos corretamente as duas palavras. 'Vocês todos'. É melhor esclarecer isso agora mesmo."

Limpei alguma poeira do chão com o pé. "Mais alguma coisa que preciso saber? Enquanto estou aqui, quero dizer?"

Lettie e Ruthanne se olharam de novo, provavelmente decidindo se conseguiam me tolerar por mais um minuto. Elas deviam ter decidido que sim, porque voltaram a se sentar e abriram o pacote de sanduíches.

"Bem", Lettie começou, enquanto Ruthanne abria as garrafas com o lado de garra do martelo, "tem um rio cujo nome você pode falar de um jeito quando ele corre no Arkansas. É *Ar-kan-saw*. Só que, quando chega ao Kansas, ele passa a ser chamado de Ar-*kansas*. Isso é bem importante."

"E tem uma mulher que fica sentada na varanda da casa dela encarando todo mundo. Não deixa ela olhar nos seus olhos, ou vai virar pedra", acrescentou Lettie, como se isso fosse tão importante quanto a pronúncia de *Arkansas*.

"E talvez deva cuidar da sua gramática", falou Ruthanne com a boca cheia de sanduíche de salada de ovo. "Nós não nos incomodamos com isso. A verdade é que, durante o verão, falamos como queremos. Porém, quando chega o outono, a irmã Redempta fica meio exigente com relação aos 'a gente vamos' e aos 'com nós'. E quanto à corda na cintura dela, não é um laço. É um rosário e serve para rezar."

Percebi que ia levar um tempo para aprender o jeito daquela terra. Mas não tinha problema. Essas meninas eram muito simpáticas, a Coca-Cola descia bem e, no outono, eu estaria longe, bem longe, disse a mim mesma, empurrando para o lado a insegurança que ia e voltava.

Abri a caixa de charutos.

"Já viram o mapa de um espião?", perguntei.

RUA PRINCIPAL, MANIFEST
28 DE MAIO

"Um espião de verdade!", gritou Lettie quando nós três nos abaixamos atrás do índio de madeira na frente da loja de ferramentas. "Bem aqui em Manifest! Ora, nunca ouvi nada tão excitante."

Mantive os objetos escondidos na caixa de charutos, mas mostrei a elas a primeira carta e o mapa do espião. Podia ser um pouco egoísta da minha parte, mas queria ler as outras cartas sozinha, antes de deixar Lettie e Ruthanne vê-las. Talvez tivesse alguma menção a Gideon nelas.

"O Cascavel. É tão misterioso quanto o Sombra." Lettie imitou a voz profunda e dramática que todo mundo conhecia do programa de rádio nas noites de domingo. "*Quem sabe que mal se esconde no coração dos homens? O Sombra sabe.*"

Ruthanne revirou os olhos.

"Na verdade", continuou Lettie, "é como naquele episódio de alguns meses atrás. Uma mulher recebe cartas misteriosas do marido morto. Bem, não são realmente cartas, são mais bilhetes, porque não chegam pelo correio, são deixados embaixo do travesseiro dela, e antes de a mulher enlouquecer..."

"Agora não, Lettie", diz Ruthanne. "O Cascavel, seja ele quem for, pode estar aqui ainda, nos espiando neste exato momento."

"Depois de tanto tempo? A carta foi escrita...", Lettie fez o cálculo de cabeça, "há dezoito anos. E não vejo como esse mapa vai nos ajudar." Ela olhou para o papel. "É só um mapa de Manifest, ou melhor, Manifest como era em 1918. Olha aqui, o Açougue Carnes Matenopoulos fechou há uma eternidade."

A discussão entre as primas continuou. Ruthanne disse: "Bem, talvez seja um mapa de prováveis suspeitos e lugares que o espião possa frequentar".

"Talvez ele esteja morto. A casa dos Matenopoulos é logo ali, e o sr. Matenopoulos morreu."

"Talvez você não deva ser tão medrosa. Vem, vamos dar uma olhada."

Todas nos levantamos, e deduzi que Ruthanne tinha vencido a questão. E pelo andar saltitante de Lettie, deduzi que ela não se importava com isso.

Olhamos para os dois lados da rua Principal, observando donos de lojas e transeuntes.

O açougueiro pendurava um grande pedaço de carne para curar do lado de fora da loja. Ele tirou o gancho da carne e o limpou no avental já sujo de sangue. O homem do gelo prendia um bloco com as pinças e o arrastava para fora do caminhão. O barbeiro sacudia o avental e limpava a lâmina da navalha. Pensar em espiões e pessoas enlouquecendo fazia tudo parecer um pouco assustador.

Eles eram como homens sem nome numa pavorosa rima de ninar — o açougueiro, o homem do gelo e o barbeiro — até Lettie identificá-los como sr. Simon, sr. Pickerton e sr. Cooper.

Entramos e saímos de algumas lojas perguntando se alguém tinha ouvido falar no Cascavel. Ninguém parecia disposto a falar sobre o assunto.

"O Cascavel poderia ser qualquer um deles", murmurou Lettie. "Mas ainda digo que o homem deve estar morto e enterrado agora."

"Ou não", falou Ruthanne com autoridade. "Olha."

Era o agente funerário, todo vestido de preto, arrastando uma lápide de granito para dentro da Funerária Dias Melhores.

"Talvez seja o sr. Underhill", sussurrou Ruthanne. "Ele está sempre pronto para entalhar uma lápide para o túmulo de alguém. Talvez tenha até matado algumas pessoas."

"A carta não fala nada sobre assassinato. Estamos procurando um espião, não é, Abilene?", perguntou Lettie.

"Sim, mas..."

"Mas o quê?", perguntou Ruthanne.

"Bem, vamos dizer que *houve* um espião. O que acham que ele estava espionando?"

Lettie e eu olhamos para Ruthanne. Ela revirou os olhos e suspirou, como se estivesse aborrecida por ter que explicar uma coisa tão simples. Imaginei que ela estava só ganhando tempo enquanto pensava numa resposta.

"Tinha uma guerra acontecendo, vocês sabem", disse Ruthanne.

Continuamos olhando.

"E, em tempos de guerra, sempre há segredos que é preciso guardar do inimigo."

Ainda olhávamos para ela.

"Por que vocês acham que Manifest não tinha alguns segredos que um espião poderia querer descobrir?", perguntou Ruthanne.

Como Lettie e eu não conseguimos pensar numa explicação melhor, demos de ombros e olhamos para o sr. Underhill, que já tinha saído da loja. Ele limpou o suor da testa e olhou para cima, para o céu sem nuvens.

"Olhem só para ele", disse Ruthanne. "Farejando a morte no ar."

Uma brisa soprou quando o sr. Underhill atravessou a rua e veio na nossa direção, e tive certeza de que ele escolheria uma de nós para aquela lápide nova. Entramos em uma rua estreita e o vimos passar. Ele andava inclinado para a frente, sem mover os braços, que pendiam duros ao lado do corpo.

"Vamos", Ruthanne sussurrou, e nós três fomos atrás do agente funerário. Ele se dirigiu à fronteira da cidade e contornou as árvores perto da casa de Shady. Lettie pisou num galho, que se partiu em dois, e o sr. Underhill se virou. Ficamos quietas na escuridão criada por uma árvore até ele voltar a seguir adiante.

"Para onde será que ele vai?", perguntei.

"Para onde um coveiro iria?" Ruthanne apontou para a frente, para a cerca de ferro que cercava uma centena ou talvez uns cinquenta túmulos. "Vamos, tem uma abertura do outro lado."

Esse era um dos universais que eu evitara até agora. Em outros lugares, vi crianças seguindo os seus líderes como ratos cegos até caírem nas mãos da esposa do fazendeiro. Sendo uma forasteira, eu não costumava cair na conversa do líder. O problema é que nunca tinha caçado um espião antes. Dessa forma, lá estava eu, invadindo uma propriedade atrás de Ruthanne, gostando da sensação de medo e excitação que provocava um arrepio nas minhas costas.

Ruthanne foi na frente, se espremeu pelo vão na cerca onde antes havia uma barra de ferro. Depois Lettie e, por fim, eu.

"Por aqui", disse Ruthanne, se abaixando atrás de uma lápide alta. Nós a seguimos e esperamos. E espiamos.

O sr. Underhill se dirigiu a uma área gramada entre dois túmulos e abriu os braços entre as lápides. Seus dedos mal tocavam as pedras dos dois lados. Depois, ele deitou de costas, como se estivesse pronto para morrer. Do esconderijo, só conseguíamos ver os seus joelhos salientes nas pernas longas, que tocavam outra lápide.

Ele ficou ali deitado, aparentemente confortável. Então se levantou e fez algumas anotações num bloco de papel e, mais uma vez com os braços abaixados, saiu do cemitério.

Esperamos o portão parar de ranger para sairmos do nosso esconderijo.

"Ele estava tirando as medidas para o túmulo de alguém", disse Lettie.

Ruthanne olhou para o espaço gramado onde o sr. Underhill estivera deitado. "Considerando como ficou com as pernas dobradas, o espaço não é suficiente para um adulto." Ela estendeu os braços, medindo a largura como o coveiro tinha feito. Depois, com uma das mãos erguidas, foi virando bem devagar. "Na verdade, acho que o tamanho é suficiente para alguém do tamanho de uma... uma... Soletta Taylor!" E pôs a mão sobre a cabeça de Lettie.

"Pare com isso agora mesmo, Ruthanne McIntyre! Ou vou contar para a sua mãe que usou o escorredor de macarrão dela para pegar girinos."

Ruthanne riu. "Ah, não precisa ficar nervosa."

"Vamos para casa, Ruthanne", disse Lettie. "Estou com sede, e a mamãe vai ficar muito brava se descobrir que estive no bosque. Deve ser quase meia-noite."

"Meu Deus, Lettie, mal escureceu."

"Mesmo assim...", a menina choramingou.

"Ah, você deve ter razão. O jantar também está me esperando em casa", concordou Ruthanne.

Odiei vê-las ir embora. "Será que não tem um riacho para enchermos as garrafas de refrigerante?", sugeri.

"Não tem mais do que um fio d'água num raio de cento e cinquenta quilômetros daqui. Todo mundo sabe disso", respondeu Ruthanne, chutando terra enquanto andava.

"Meu pai disse que ouviu falar que a seca não havia sido tão severa aqui."

"Foi severa o bastante", retrucou ela, enfiando uma folha de grama na boca enquanto caminhávamos de volta para a casa de Shady.

"Mesmo assim", falou Lettie, "o tio Louver diz que as pessoas daqui têm sorte. Pelo menos tem poços subterrâneos de onde extrair água para a população. Ele falou que há lugares a oeste daqui, não muito longe, onde tudo é tão seco que as pessoas murcham como folhas em novembro e são levadas pelo vento até a Califórnia."

Nós estávamos indo na direção da casa da árvore para Ruthanne pegar a bolsa.

"Eu estou sempre cansada", reclamou Lettie.

"Bem, eu estou sempre com fome", disse Ruthanne, tirando uma maçã meio comida da bolsa.

A verdade é que todas estávamos nos cansando de procurar o espião e, provavelmente, teríamos abandonado a busca ali mesmo, não fosse pelo que aconteceu em seguida.

Quando voltamos à propriedade de Shady, vimos que tinha um bilhete preso ao tronco do Forte Treeconderoga. Na altura dos olhos, preso à casca. Alguém queria ter certeza de que o veríamos.

"O que diz a mensagem?", perguntou Lettie.

Arranquei o papel do prego e o ajustei para conseguir ler à pouca luz que tínhamos. Só havia quatro palavras escritas nele, todas com letra maiúscula. Li em voz alta:

"DEIXA ISSO PARA LÁ."

Era mais chocante do que assustador. Mas também era assustador. Alguém sabia que estávamos seguindo o rastro do Cascavel e ainda dedicara o seu tempo a escrever um bilhete para três garotas. No que tínhamos mexido? De que o autor do bilhete tinha medo?

"Isso significa que o Cascavel ainda está aqui", disse Ruthanne. "Vivo e cheio de energia." E mordeu a maçã.

"Como você consegue comer num momento como esse?", Lettie estremeceu. "Ele sabe que estamos atrás dele."

Ruthanne continuou mastigando, pensando na situação. "Talvez tenha sido um erro perguntar abertamente sobre o Cascavel."

Pensei que era um pouco tarde para isso. "O que vamos fazer agora?"

"Como assim o que vamos fazer agora?", disse Lettie. "Vamos deixar isso para lá!"

Ruthanne olhou para Lettie como se ela tivesse dado a resposta errada para dois mais dois. "É claro que não vamos deixar para lá. Vamos retomar a busca amanhã bem cedo."

Guardei o bilhete no bolso. Combinamos que Lettie e Ruthanne voltariam na manhã seguinte, depois nos despedimos.

O bar-igreja era agradável e convidativo com a luminosidade cintilando através dos vitrais. Mas eu queria que Gideon estivesse lá me esperando. Para me dar boa-noite. Levei a mão ao pescoço para tocar na bússola, mas não a encontrei. Meu coração disparou, e embora eu não tivesse saído do lugar, senti que, na verdade, tinha perdido a noção de direção. A bússola era o meu bem mais precioso, e eu a perdi duas vezes em dois dias! Devia ter enroscado na cerca do cemitério quando passei pelo vão.

O cemitério. Bem, nenhum ser humano quer ir a um cemitério à noite, nenhum ser humano normal, pelo menos, mas eu precisava encontrar a bússola de Gideon.

"Ruthanne! Lettie!", chamei, esperando que elas voltassem. Mas as meninas já não me ouviam.

Eu não podia pedir ajuda a Shady. Não sabia o que ele iria pensar sobre termos seguido o sr. Underhill. Também não tinha planos de mostrar o bilhete a ele. Isso com certeza encerraria a nossa caçada ao espião. Então, fiz a única coisa possível. Virei na direção do cemitério e obriguei os meus pés a se colocarem um na frente do outro.

A lua se erguia e projetava luz suficiente para eu enxergar à minha volta, mas também criava sombras estranhas nas lápides. Procurei perto da cerca, mas não a achei. Passei pelo vão para olhar além dela. Andando entre os túmulos, não pude deixar de notar as datas, imaginar se Gideon conhecera algumas daquelas pessoas quando elas estavam entre os vivos.

Algumas lápides tinham versinhos. Outras contavam algo sobre a pessoa que estava a sete palmos da terra. Algumas diziam muito sobre a vida e os tempos do morto.

AQUI JAZ JOHN FOSTER — HUMANITÁRIO EXEMPLAR,
EMPRESÁRIO DISTINTO, LÍDER CÍVICO,
FILANTROPO GENEROSO
E PAI DEDICADO DE DEZ FILHOS.

E ao lado de John Foster:

AQUI JAZ MARY FOSTER — ESPOSA DE JOHN.

O vento ganhava velocidade, um ar quente e seco que me envolvia. Eu estava quase desistindo da busca até a manhã seguinte, quando ouvi um som fraco, alguma coisa semelhante a sinos de igreja soando ao longe. Passei de novo pelo vão da cerca e deixei a brisa me levar um pouco mais adiante em direção ao som.

Sabia que me aproximava do portão onde havia a palavra PERDIÇÃO, e também do que Charlotte havia chamado de Casa de Vidência da srta. Sadie. O antro de iniquidade. Pastores usavam a palavra *iniquidade* quando falavam sobre os estranhos e pervertidos. Aquela casa de vidência parecia se enquadrar no perfil.

Sinos de vento de todas as formas e tamanhos se perfilavam na varanda, tocando a sua música solitária ao sabor da brisa. E pendurada entre eles estava a minha bússola, brilhando ao luar. Eu não sabia como ela tinha ido parar lá. Porém, sabia que não fora levada pelo vento. Alguém a tinha pendurado lá.

A casa estava escura e uma cadeira de balanço acrescentava um som desarmonioso ao delicado tilintar dos sinos. Ela rangia e se movia para a frente e para trás nas sombras escuras da varanda. Abri o portão de ferro com os seus garfos e panelas e caminhei com cuidado até a varanda. A bússola estava pendurada longe da escada, e a varanda era muito alta para alcançar do chão. No entanto, além dos degraus irregulares, tinha um vaso de cerâmica. Subir a escada seria procurar confusão, por isso mudei o vaso de lugar. Era tão pesado que eu quase não conseguia movê-lo. Esperava tê-lo empurrado para perto da bússola.

Meu equilíbrio era bom. Subi na beirada do vaso, agarrada à balaustrada da varanda para não cair, e estendi a mão para a bússola. Só mais um pouquinho. Se a brisa soprasse a bússola para mim... A brisa parou. Mas a cadeira de balanço ainda se movia. Paralisada, percebi que não era o vento que balançava a cadeira, mas uma grande forma escura sentada nela. Voltei a respirar com um gritinho e caí, quebrando o vaso em dois pedaços.

A silhueta se levantou da cadeira e, confesso, não fiquei para ver o que aconteceu em seguida. Corri para casa, inventei uma desculpa para Shady sobre não estar com fome e me enfiei na cama antes que você pudesse dizer "bu!". Meu coração ainda batia forte, mas não conseguia silenciar os sinos de vento que ecoavam na minha cabeça.

CASA DE VIDÊNCIA DA SRTA. SADIE
29 DE MAIO

Depois de passar a maior parte da noite virando na cama, acho que, na manhã seguinte, eu parecia meio abatida. Shady me olhou de esguelha enquanto servia mingau quente em uma tigela do outro lado do balcão. Peguei uma colherada e soprei para esfriar um pouco.

Olhei atrás dele e notei uma garrafa com um líquido âmbar numa prateleira. Fui criada entre homens de pouca sorte, então álcool não era uma coisa estranha para mim. Só havia aquela garrafa, e ela estava cheia. Decidi que fazia sentido ter bebida num bar, mesmo que o espaço fosse dividido com uma igreja.

"Duas meninas vieram procurar você ontem. Elas foram até a casa da árvore?"

"Ah, Lettie e Ruthanne?" Tentei adotar um tom casual. "Sim, elas pararam para conversar um pouco." Ele não receberia bem a notícia das atividades noturnas, e considerando o que Ruthanne e Lettie tinham falado, os pais delas seriam ainda menos receptivos.

"Vejamos, elas são primas. As meninas de Nora e Bette. As Wallace, as mães delas, se metiam em todo tipo de encrenca quando eram jovens. Acho que agora estão recebendo o castigo por isso." Shady sorriu.

Será que ele sabia o que tínhamos feito na noite anterior?

"Tem um galpão caindo aos pedaços atrás da casa dos MacGregor. Vou até lá pegar madeira abandonada. Pode vir comigo, se quiser."

"Obrigada, mas vou ficar e lavar a louça do café. Gideon disse que eu devo ser útil, não um fardo."

"Não se preocupe com isso. Mas tudo bem, então. Volto na hora do almoço. Teremos culto da igreja aqui hoje à noite, e depois um jantar comunitário. Chame as suas amigas. Diga a elas que será um prazer recebê-las." Era lisonjeiro, mas Shady superestimava o meu círculo de amizades. "Parece que o dia vai ser quente." Ele pôs um chapéu que parecia ter perdido a forma há muito tempo, saiu e olhou para o céu sem nuvens. Depois segurou as manoplas de um carrinho de mão e se afastou.

Aquilo me deu uma ideia, e eu pensei nela enquanto lavava os pratos e limpava o balcão do bar. Se ele estava tentando cumprir as suas tarefas ao ar livre logo cedo, talvez aquela srta. Sadie estivesse fazendo o mesmo e não fosse voltar até o meio-dia. Essa era a minha chance de pegar a bússola de volta sem correr o risco de perder uma parte do corpo ou a alma.

O pano enroscou numa brecha na superfície do balcão. No começo, pensei que fosse só uma rachadura na madeira, mas olhei de perto e vi que o topo do balcão era um painel móvel. Puxei o painel e, praticamente sem esforço nenhum, toda a seção se moveu para a frente, depois para baixo, e outro painel ocupou o seu lugar como se o primeiro nunca tivesse estado lá. Meu pano de limpeza havia desaparecido embaixo dele sem deixar rastro.

Bem, a palavra *clandestino* surgiu na minha cabeça. É nesse tipo de lugar que as pessoas vendem e bebem álcool contrabandeado e esperam jamais ser pegas pela lei. Ouvi dizer que há passagens secretas com senha para entrar. E lá dentro há todos os tipos de painéis disfarçados e esconderijos rápidos onde se pode enfiar as garrafas, caso a polícia apareça.

Ainda assim, achei estranho que no estabelecimento de Shady eu não tivesse visto mais do que uma garrafa de bebida, e ela estivesse exposta. Isso era algo para se pensar, mas, por enquanto, eu estava perdendo o frescor da manhã.

Pendurei o pano de prato no gancho e fui para o Caminho da Perdição. A casa da srta. Sadie não era tão assustadora à luz do dia. Passava de antro de iniquidade a arremedo de moradia. Grama e mato subiam para a varanda velha e malcuidada e cresciam em todos os lados da casa, dando a ela aquela aparência desleixada de barba por fazer. Se essa era uma casa mal-assombrada, o fantasma devia ter perdido o emprego e todas as economias, como o restante do país.

Sem nenhum sopro de brisa, os sinos permaneciam pendurados ali num desdém silencioso. Calculei que podia subir, pegar a bússola e descer aquela escada da varanda em cinco segundos. Isto é, poderia, se a bússola ainda estivesse lá. Ela desaparecera.

Talvez a mulher a tivesse mudado de lugar. Quando subi a escada, os degraus rangeram e estalaram, me xingando por pisar nas suas velhas costas. Na janela suja, uma placa desbotada anunciava RESPOSTAS DO ALÉM — SRTA. SADIE REDIZON, MÉDIUM. Não havia nenhuma bússola a ser encontrada do lado de fora, e a casa parecia deserta. A porta de tela tinha um cartão amarelado preso na malha de metal: ENTRE. Enfiei a mão no bolso, toquei as duas moedas e tentei decidir qual delas me daria a melhor resposta. Escolhi uma e joguei para cima. Cara, eu voltaria para casa; coroa, eu entraria. Coroa. Essa moeda era uma idiota. Tentei a outra. Coroa de novo. Que droga.

O ar na sala da srta. Sadie era quente e denso. Pensei que sentar num daqueles sofás de veludo vermelho cheios de almofadas com babadinhos devia ser sufocante. Mesmo assim, eu tinha que encontrar a minha bússola. Respirei fundo e me arrisquei pela sala.

De repente, a porta dupla do cômodo se abriu. Uma mulher grande e gorda surgiu diante de mim em traje completo. Seus olhos estavam maquiados, os brincos e as pulseiras tilintavam. A placa na janela dizia que a srta. Sadie era médium. Pelo tamanho dela, eu diria que estava mais para enorme. O pesado vestido vermelho arrastava no chão e levantou um pouco de poeira quando a mulher se dirigiu a uma cadeira ornamentada atrás de uma mesa redonda. Ela parecia ter uma perna ruim, e levou algum tempo para se espremer entre os braços da poltrona.

Pensando que eu não tinha sido vista, virei para sair.

"Sente-se", falou ela com uma voz grossa e picante como *goulash*. E apoiou as mãos abertas sobre a mesa. "Vamos ver se hoje os espíritos estão dispostos a falar." De repente, tudo ficou claro. Ela era uma vidente. Lia o futuro e invocava espíritos. Quer dizer, se você acredita nesse tipo de coisa.

Parei perto da porta da frente.

"Não estou aqui para..."

"Silêncio!" Ela estendeu a mão, me chamando para sentar na frente dela. Sentei.

A mulher empurrou uma caixa de charutos por cima da mesa. Quase recusei e agradeci, mas então vi uma fenda aberta na tampa. Normalmente nunca tenho duas moedas, e quando as tenho, não me desfaço delas com facilidade. Porém, se esse era o único jeito de recuperar a minha bússola, acho que eu teria que me conformar. Coloquei uma moeda na caixa. A srta. Sadie espiou dentro dela e a empurrou de novo para mim.

Ela bateu com os dedos na mesa. "Hoje está calor. Os espíritos relutam."

Imaginei se a sua habilidade de adivinhar a deixava ver a outra moeda no meu bolso. Mesmo correndo o risco da condenação eterna por conta do espiritualismo da srta. Sadie, eu não perderia a outra moeda.

"Pois pode avisar aos espíritos que não vai esfriar." Empurrei de volta a caixa de charutos.

Ela suspirou tão profundamente que o som podia ser confundido com um suspiro de morte. "Muito bem. O que quer? Sua sorte? Seu futuro?"

Fiz uma careta sem saber o que dizer. Ela me encarou e repetiu a pergunta. "O que procura?"

Talvez fosse o olhar penetrante que me fazia sentir que ela era capaz de enxergar através do papel de parede atrás de mim. Não sei o que me fez dizer o que falei em seguida, e não tinha muita certeza do que significava. Simplesmente falei.

"Estou procurando o meu pai."

Ela levantou as sobrancelhas. "Entendo. Agora podemos chegar a algum lugar. Tem alguma coisa dele?"

"Alguma coisa?"

"Um penduricalho. Um berloque. Alguma coisa que ele possa ter tocado?" Ela comprimiu os lábios, e o rosto, já enrugado, ganhou ainda mais linhas.

Provavelmente, a mulher sabia muito bem que eu tinha perdido a bússola de Gideon. E eu não ia lhe dar mais dinheiro. Além disso, ela era só uma velha cheia de pose, e decidi desmascarar o seu blefe. Peguei a carta de Ned para Jinx, que estava dobrada no meu bolso de trás. Se a srta. Sadie inventasse uma história boba sobre o meu pai a partir de alguma coisa que não era dele, eu saberia que ela era uma farsa, tão falsa quanto uma moeda com duas caras. Empurrei a folha de papel para ela.

A srta. Sadie a desdobrou e alisou o papel amarelado entre as mãos gordas. Quando leu as palavras, as mãos dela começaram a tremer. A mulher as levou ao rosto, e a respiração ficou ofegante. Por um minuto, não consegui decidir se ela estava chorando ou morrendo, mas deduzi que aquilo era parte dos preparativos para a adivinhação.

Finalmente, ela levantou a cabeça e tocou a carta de novo, afagando gentilmente a página com a palma da mão, como se tentasse absorver as palavras. "A carta", a mulher falou ao olhar para mim. "Ela menciona certos *objetos*. Você os tem?"

Havia alguma coisa profunda e antiga na sua voz. Algo que soava como necessidade.

Lembrei que a carta mencionava o dólar de prata, um anzol e uma chave. "Eu os encontrei numa caixa de charutos Lucky Bill embaixo de uma tábua solta", respondi depressa demais, o que me fez parecer culpada. "Tinha outras coisas também", continuei. "Uma rolha velha e uma bonequinha de madeira do tamanho de um dedal, toda pintada em cores vibrantes." Queria conseguir calar a boca.

Depois de uma pausa demorada, ela olhou para mim e comprimiu os lábios com ar pensativo. Parecia estar tentando decidir se continuava ou não, se eu era digna de receber a sua adivinhação. "Muito bem. Ponha as mãos em cima da mesa. Vou construir uma ponte entre o mundo dos vivos e o dos mortos."

"Mas meu pai está vivo", declarei, deduzindo que ela tinha acabado de comprovar que era uma fraude.

"As linhas entre vivos e mortos nem sempre são claras." Ela fechou os olhos e respirou devagar, profundamente.

Fechei um olho e espiei com o outro.

"É hora de revelar segredos do futuro e do passado. Vejo um menino do passado", ela começou. "Ele está num trem."

Eu ainda não estava impressionada.

"O menino não conhece Manifest."

"Onde ele está agora?", perguntei, indo direto ao ponto.

"Silêncio. Os espíritos não podem ser apressados."

A srta. Sadie estava suando. Eu não sabia que invocar espíritos exigisse tanto esforço. Fiquei de olhos arregalados enquanto ela começava a falar.

"O menino está cansado e com fome. Ele tem que agir agora. Precisa dar um salto no escuro..."

RIACHO TRIPLE TOE
6 DE OUTUBRO

CRAWFORD COUNTY, KANSAS

Jinx via o chão passar correndo à luz do fim de tarde. Ele havia pulado de vagões de carga muitas vezes, o suficiente para saber que o salto era fácil. A aterrissagem é que podia ser complicada. A vegetação ao longo do riacho seria um lugar tão bom quanto qualquer outro para se esconder por um tempo, e ele pegou a sua sacola e pulou.

Infelizmente, só viu o barranco quando já estava no ar. Rolando e caindo, tentou agarrar a sacola para que ela não batesse no chão como todas as partes do seu corpo. Por fim, ele parou e ficou ouvindo. E ouviu a voz de uma menina lá em cima.

"Ned Gillen, você só tem uma coisa nessa sua cabeça. Se eu soubesse que ia me trazer aqui... Ora, sou uma dama, não vou participar disso! E talvez você deva procurar outra pessoa para levar ao baile."

Jinx espiou por entre os arbustos a tempo de ver uma jovem levantar uma sombrinha e se afastar. Um garoto, um rapaz, na verdade, com pele escura e cabelo escuro e ondulado segurava uma linha de pescar com um peixe.

Depois de um momento, o rapaz olhou para o peixe e pigarreou. "Pearl Ann, peço desculpas por comprometer a sua feminilidade expondo-a ao rústico mundo da pesca. Poderia, por favor, reconsiderar e me dar a honra de me acompanhar ao baile da escola?" O peixe olhava para ele sem se mover.

Jinx ficou curioso com a cena romântica que se desenvolvia diante dele, mas estava ainda mais enamorado com o peixe que se contorcia no anzol. Sabia que devia pegar outro trem para aumentar a distância entre ele e os eventos da noite anterior. O som dos cães do xerife latindo e rosnando ainda ecoava nos seus ouvidos. Agora, porém, era o estômago que roncava. Jinx não comia desde o dia anterior e já podia sentir o cheiro do peixe fritando sobre uma fogueira.

"Vai ter que fazer mais do que cortejar um peixe", disse Jinx ao sair dos arbustos.

Ned Gillen se virou, mas relaxou ao ver que era só um menino. "É mesmo? E suponho que você esteja falando do alto dos seus doze anos de experiência com mulheres?"

"Treze, e não é o que sei, é o que tenho." Jinx pegou uma garrafa marrom, que milagrosamente permaneceu inteira dentro da sacola. "Você tem todas as palavras certas para ir atrás dela, mas não pode ir cheirando a peixe e água de riacho, pode?"

Ned cheirou o peixe e fez uma careta. "Acho que não."

"O que tenho aqui vai resolver todos os seus problemas. É colônia, pós-barba e enxaguante bucal num só produto. Vem das águas glaciais do Ártico, perto da costa do Alasca. Ganhei de um esquimó com cem anos de idade que faz medicamentos."

"E onde encontrou um esquimó com cem anos de idade?"

"Fiz alguns trabalhos nas docas em Juneau. Enfim, se serve para deixar um urso-polar cheiroso, pense no que pode fazer por você." Jinx sacudiu o frasco. "O tempo é essencial, meu amigo."

"Acho que um pouco de colônia não vai fazer mal. Mas alguma coisa me diz que você não costuma distribuir água glacial do Ártico de graça."

Jinx comprimiu os lábios. "Acho que podemos fazer uma troca. O peixe pela embalagem. Isto é, a menos que esteja se apaixonando por ele."

Ned sorriu e soltou o peixe, revelando um anzol verde e amarelo. Ele segurou a isca. "É nova. Chamam de Wiggle King. É tão colorida que atrai até um peixe cego. De qualquer maneira, duvido que essa mistura valha o peixe e a isca." Ele entregou o peixe e pegou a garrafa.

"Vou cuidar bem dele", disse Jinx quando o rapaz foi embora.

A noite de outubro estava quieta e amena quando Jinx, usando os seus calções, se estendeu ao lado do fogo, com a barriga cheia de peixe. Ele lavara as roupas mais cedo para diminuir o cheiro e as pendurara numa árvore para secar. O menino estava exausto, mas sabia que devia ir embora. Pegaria o próximo trem e iria para onde ele o levasse. Mesmo assim, refletiu, podia demorar até o próximo trem passar. E estava perto o bastante dos trilhos para ouvir o ruído de uma locomotiva. Por isso entrou no riacho frio para se lavar, tirando do corpo a poeira e a gordura.

Seu tio Finn havia sugerido que se separassem em Joplin. Seria mais difícil rastreá-los se não estivessem juntos. Talvez essa fosse a melhor consequência de toda a confusão. Mesmo fugindo, Jinx se sentia livre, e pela primeira vez na vida, tinha a sensação de que podia recomeçar do zero. Mesmo assim, era difícil recomeçar quando havia um cadáver no seu passado. Fora um acidente. Contudo, Finn dissera que nenhum xerife acreditaria nisso, e os cães não se importariam.

Jinx se deitou sobre a água, deixando o riacho correr pelo cabelo e por entre os dedos. A correnteza o puxava suavemente e ele se entregou. Talvez fosse a Denver ou San Francisco. Algum lugar onde ninguém notaria um garoto fugindo. Algum lugar onde nem o tio Finn pudesse encontrá-lo. No entanto, o pensamento glorioso desapareceu quando uma pessoa se moveu na água perto dali. Xingando e resmungando, alguém esfregava o cabelo e o rosto freneticamente.

Era aquele rapaz, o Ned. Ah, não, Jinx pensou, notando que o porte dele era forte e alto, comparado à sua estrutura mais baixa e magra. Jinx sabia que devia ter seguido viagem antes. Infelizmente, Ned o viu.

"Ora, seu pequeno... água glacial do Ártico, você falou. Deixa um urso-polar cheiroso, não é? Cheira, sim, e tenho certeza de que Pearl Ann concordaria com isso."

Antes que Jinx pudesse recuar, Ned o segurou pelo braço e se preparou para afogá-lo, ou socá-lo, ou as duas coisas. Mas um tiro ecoou perto dali, e os dois pararam.

"Pegue as suas roupas e venha comigo", disse Ned.

Para a sua surpresa, Jinx obedeceu ao comando. Contudo, quando voltou à árvore onde havia pendurado as roupas, elas tinham sumido. Apenas os sapatos e as meias enfiadas neles continuavam ali. Ele voltou para perto de Ned, que também vestia um calção encharcado e segurava os sapatos.

"Devem ter levado as nossas roupas", falou Ned. "Venha."

Gritos e uivos encheram a noite. Jinx seguiu Ned cerca de trinta metros riacho acima. Os dois se abaixaram no leito do rio, ainda pingando e sem roupas. Quando espiaram por cima da margem, o calor de uma fogueira os atingiu como um trem. Eles viram os homens se cumprimentando, trocando apertos de mão e tapinhas nas costas. Tudo era irmão isso e irmão aquilo. Podia ser uma reunião de igreja, não fosse pelos mantos e capuzes. A cena fez Jinx ficar arrepiado.

"Eles estão usando as nossas roupas para alimentar o fogo." Ned apontou para a fogueira. Uma silhueta coberta com um capuz jogou as camisas na fogueira, enquanto outro homem ria.

"Por que iam querer queimar as nossas roupas?"

"Estão bêbados e são malvados. Essa é uma combinação perigosa." Ned puxou Jinx da margem. "Vamos sair daqui. Além do mais, ainda tenho uma dívida para acertar com você."

"Mas quem são eles? E por que usam lençóis e capuzes?", sussurrou Jinx. Já havia sentido um sopro do cheiro glacial de Ned e não estava com pressa para acertar a dívida. A suposta água glacial tinha um aroma dentro da garrafa e outro muito diferente quando entrava em contato com a pele de uma pessoa. A questão é que, normalmente, Jinx já estava bem longe quando isso acontecia.

Ned olhou para o menino como se ele tivesse nascido ontem.

"Poxa, garoto. Você esteve muito tempo no Alasca. O nome deles é Ku Klux Klan, e eles odeiam praticamente todo mundo que não seja como eles. Se tiver a cor, a religião ou o lugar de nascimento errados, eles não vão gostar de você. Por aqui os odiados são os estrangeiros, basicamente." O rosto de Ned ficou vermelho de raiva. "Eles usam capuz porque não querem que ninguém saiba quem são. Como aquele homem com o braço torto que jogou as roupas no fogo. Aquele é Buster Holt. Ele trabalha removendo cadáveres de animais. Odeia estrangeiros, mas não se incomoda de aceitar o dinheiro deles para remover as suas vacas e os seus cavalos mortos. O outro, que ri que nem uma menina, é Elroy Knabb. Ele é um dos chefes na mina, mas se a esposa dele descobrir que esteve aqui bebendo e festejando... bem, digamos que a sra. Knabb é terrível com um rolo de massa."

Naquele momento, dois outros homens se afastaram da fogueira e tiraram o capuz.

"Quem são aqueles?", perguntou Jinx de olhos arregalados. "E por que tiraram o capuz?"

"O maior é Arthur Devlin. É o grande cavaleiro, o líder deles. E é o dono da mina. O outro é o capataz dele, Lester Burton", respondeu Ned com tom raivoso. "Devlin não se incomoda com quem o vê, porque não tem que dar satisfação a ninguém. Todos respondem a ele. Porque aqui, o dono da mina é praticamente o dono da cidade. Todo mundo tem que rastejar para ele, para a sua mina, para a sua loja. E com os preços e as tarifas que cobra, ele sempre mantém todo mundo de joelhos." Ned inspirou devagar e sussurrou: "Vem. Vamos sair daqui".

O rapaz se afastou e Jinx o seguiu.

"Tome cuidado, garoto. Tem uma planta venenosa na margem do rio. Vamos descer a correnteza e sair da água naquela clareira."

Eles foram andando em silêncio pela água rasa, segurando os sapatos no alto. O ar da noite carregava o som de sapos e cigarras.

"Escute", disse Jinx, "talvez a gente possa chegar a um acordo..."

"Shhh." Ned levantou a mão. Eles ouviram vozes vários metros adiante. Dois homens lavavam o rosto com água do riacho.

"Deve estar uns quarenta graus aqui", um homem grande falou chutando os sapatos dos pés.

"Mais quente que o Hades", concordou o outro. Sua careca brilhava ao luar. "Não é uma boa reunião. Estive numa no Arkansas que faz essa aqui parecer uma fogueira para assar marshmallow."

"Bem, sim, o que você esperava de um lugar criado por um bando de estrangeiros? Eles vêm aqui e não sabem nem falar inglês direito."

"Ouvi dizer que há irlandeses, franceses e italianos neste local em quantidade suficiente para nos divertir muito esta noite." O homem grande saiu da água. "O chili está fazendo efeito. Antes tenho que ir encontrar um sujeito para falar sobre um cachorro." Ele se sentou na margem lamacenta tentando calçar os sapatos.

"De quem ele está falando?", perguntou Jinx.

"Estrangeiros, garoto. Imigrantes. Pessoas que vêm de outro país. A maioria dos habitantes de Manifest. A cidade inteira é feita de imigrantes que vieram para cá para trabalhar nas minas."

Jinx percebeu uma nota de ofensa pessoal na voz de Ned. "De onde você é? Quer dizer, onde nasceu?"

Ned parou antes de responder. "A verdade, garoto, é que eu não sei. Estranho, não é mesmo? Uma pessoa devia saber onde nasceu. De onde é e quem é o seu povo. Mas cheguei aqui num trem quando era bem menino. Hadley Gillen me adotou, e essa é a única casa da qual consigo me lembrar." Ele apertou os olhos, como se tentasse espiar o passado. A visão deve ter ficado turva, e ele balançou a cabeça. "Do meu ponto de vista, aqueles homens são os forasteiros, e gostaria de colocar um espinho nas calças deles antes que fiquem muito confortáveis por aqui."

Jinx viu uma chance de se redimir. "Já volto."

Ned balançou a cabeça, mas Jinx saiu da água sem fazer barulho. Alguns momentos tensos se passaram antes de ele voltar. "Veste isto aqui." Ele ofereceu um manto branco para Ned, depois se cobriu com outro.

"Onde conseguiu isso?"

"Os dois homens no riacho. Não vão sentir falta dos mantos por um tempo ainda. Além do mais, você disse que queria pôr um espinho nas calças deles. Bem, aí está a sua chance." Jinx ofereceu um lenço cheio de folhas de três pontas.

Ned balançou a cabeça, mas não conseguiu evitar um sorriso. Olhou para o homem grande que ainda tentava calçar os sapatos. "Você é maluco, garoto", Ned disse a Jinx, "mas gosto do seu jeito de pensar."

Eles calçaram os sapatos, colocaram o capuz branco sobre a cabeça e subiram a margem. Como moscas numa armadilha, foram imediatamente engolidos pela multidão de mais de cinquenta homens. A ponta do capuz de Jinx ficava abaixo das outras à sua volta, e a barra da túnica arrastava no chão.

Os dois foram se movendo casualmente pelo mar de branco. Espiavam pelos buracos no capuz tentando enxergar por cima de ombros e além de corpos grandes, dirigindo-se para o outro lado do acampamento. De repente, um homem magro surgiu diante deles. Ele estava sem capuz e balançava o charuto. Era Lester Burton, o capataz da mina. O caminho da dupla estava bloqueado.

"Ei, vejam o que temos aqui", falou com a voz grave.

Jinx deu um passo para a direita, mas Burton o segurou pelo ombro. Ned, alguns anos mais alto, se aproximou de Jinx. O que quer que acontecesse agora, estavam juntos.

"Achei um bebê no bosque", anunciou Burton quando algumas figuras encapuzadas se aproximaram.

As mãos de Jinx suavam. Se conseguissem passar por esses homens... Ele ergueu os ombros. "Sim, essa é a segunda reunião a que vamos na vida. Nosso pai nos levou a outra no Arkansas, não é verdade, Cletus?"

"Arkansas?", Ned repetiu, demorando um pouco para entender.

"Sim, eles sabem como fazer as coisas por lá, não é verdade, Cletus?" Dessa vez, Jinx foi mais insistente, esperando que Ned entendesse.

"Hum, é verdade, Emmett. Foi uma boa reunião lá no Arkansas. Mais ou menos o dobro dessa, não acha?"

"Acho que sim. Sem contar as mulheres, é claro."

"Mulheres?" Isso pareceu intrigar um dos encapuzados. "Tem mulheres na Klan no Arkansas?"

"Ora, é claro que sim", confirmou Jinx. "Quem você acha que faz barra em todos os lençóis brancos deles?"

Todos olharam para a bainha dos mantos dos homens.

"Estão vendo?" apontou Jinx. "Vocês têm barras desfiadas. Podiam aprender uma ou duas coisas com os sujeitos no Arkansas. Não acha, irmão Cletus?"

"Acho que sim, irmão Emmett. Venha. Acho que ouvi o pai nos chamando. Estamos indo, pai."

Eles deixaram os homens olhando para baixo e seguiram em linha reta para o outro lado do acampamento.

"Ali." Jinx empurrou Ned para uma cabana dilapidada que parecia abandonada há muito tempo. O banheiro próximo parecia estar em bom estado, já que seis ou sete homens esperavam em fila única.

Os dois entraram na fila e Jinx começou a pular, pulou tanto que três homens o deixaram passar na frente. Estava escuro lá dentro, mas foi fácil encontrar as folhas embrulhadas no seu lenço. Grunhindo e suspirando como era apropriado à situação, ele pegou uma pilha de retalhos de jornal e jogou no buraco aberto. Com cuidado para não tocar nas folhas, as deixou no lugar do papel lembrando uma rima conhecida:

Hera na videira, duas folhas no caule é tranquilidade certeira,
Pegue uma com três, e da coceira você vai virar freguês.

"Vamos lá, filho. A fila está crescendo aqui!", alguém gritou lá fora.

"É, estamos apertados!", disse Ned.

Jinx abriu a porta. "Acho que folhas resolvem o problema numa emergência, mas vocês não poderiam comprar papel? Vamos, Cletus."

Os dois se afastaram, e Jinx gritou por cima do ombro: "No Arkansas, eles têm papel higiênico."

ACORDO FEITO
29 DE MAIO

A srta. Sadie parecia ter encerrado o dia. A voz dela ficou rouca perto do fim da sessão de leitura da sorte, e a mulher respirava como se carregasse alguma coisa pesada.

Eu queria o meu dinheiro de volta. "Eu falei que gostaria de saber sobre o meu pai. Isso foi só uma velha história de vinte anos atrás sobre duas pessoas que nem conheço."

Seus olhos se estreitaram um pouco, e ela levantou o queixo como se tivesse acabado de me entender. "Você me mostrou uma carta. Só falei o que a carta me mostrou." E balançou um dedo. "Na próxima vez, seja mais específica sobre o que está procurando."

Eu não planejava uma próxima vez. Ela me contou uma história sobre Ned e Jinx. Uma história inventada sobre dois nomes que leu na carta. Que nem a isca amarela e verde na caixa de charutos Lucky Bill. Ela sabia dos objetos que eu tinha e escolheu a isca mencionada na carta para criar a história. Qualquer um podia fazer isso.

Olhei para a srta. Sadie sentada ali com a perna levantada. Era uma imagem patética. Que tipo de vidente só conseguia contar histórias do passado?

"Vá para casa", disse ela. "Comunicar-se com os espíritos é um privilégio. Tenho unguento na prateleira de cima, logo atrás do bicarbonato de sódio, em cima da caixa térmica. Mas deixa que eu mesma vou buscar."

Ela dava instruções bem precisas para alguém que planejava ir buscar o unguento sozinha.

"Eu pego", falei, relutante. "Desde que não me cobre mais uma moeda por esse *privilégio*."

Atravessei o labirinto de veludo e franjas em direção à despensa e peguei a embalagem quase vazia de pomada. Dei uma cheirada no produto e quase queimei as narinas.

"O que é isso?"

"Raiz de espinheiro." Ela pegou o que tinha no pote e esfregou o unguento na perna. "Ajuda a aumentar a circulação." E gemeu baixinho, massageando a perna inchada. Só então vi a ferida que a incomodava tanto.

"O que aconteceu com a sua perna?", perguntei com uma careta no rosto.

"Prendi no arame farpado. Demora para cicatrizar."

Demora para cicatrizar? O machucado com a casca e o pus amarelo parecia estar indo de mau a pior.

"Se me disser onde tem outro pote, vou buscar para você antes de ir embora."

"Não tem outro pote. Colhi a última raiz de espinheiro perto do cemitério ontem à noite. Mas com certeza ainda dá para achar mais em algum lugar."

Olhei para fora, para o sol escaldante. "Talvez você não tenha saído muito ultimamente, mas tem pouca coisa crescendo por aqui. Não dá nem para encher um dedal com a água da chuva."

"Tem água. Fica escondida em lugares profundos, mas sempre tem água."

"Como você sabe?"

"Porque sei o que o meu pai sabia. E o pai dele antes dele. É o que os videntes sabem."

"Todo o seu povo lê a sorte?" Eu esperava que os outros fossem melhores do que ela nisso, mas não falei nada.

"Não. Somos uma família de videntes. Vemos e entendemos coisas que muita gente ignora. Lemos os sinais da terra."

"Como aquele pessoal das montanhas que anda com um graveto e acredita que pode achar poços subterrâneos?"

Ela fez um barulho gutural. "Por que alguém precisaria de um graveto? Basta ter olhos e ouvidos. A terra fala suficientemente alto quando quer ser ouvida."

Eu começava a acreditar que a srta. Sadie ouvia coisas. A mulher não era boa da cabeça.

"Tudo bem, então. Tenha um bom dia", falei, e comecei a me dirigir à porta.

"Acho que ainda temos que resolver o problema do meu vaso quebrado. Ele sobreviveu a uma viagem de barco da Hungria até aqui, e agora está em pedaços."

Hungria. Isso explicava o sotaque.

"Bem, o vaso estaria inteiro, se você não tivesse pegado a minha bússola."

"Sua bússola? Saí para pegar raiz de espinheiro e encontrei um objeto na minha propriedade. Como podia saber que era sua?"

O que ela dizia fazia sentido, pensei, vendo a mulher se encolher e massagear a perna. Fiquei surpresa por ela conseguir ir ao cemitério e voltar, mas deduzi que devia ser por isso que a sua perna estava tão inchada hoje.

"Eu me ofereceria para pagar pelo vaso, mas não tenho dinheiro."

"Sim, ele vale bem mais do que a moeda que ainda está no seu bolso."

Senti um arrepio na nuca. Eu não acreditava em videntes, mas como ela sabia daquilo?

"Então", continuou a srta. Sadie enquanto unia os dedos, "parece que você tem uma coisa que eu quero, e eu tenho algo que você quer." O sotaque mudava o som de algumas letras. *Focê tem uma coisa que eu querro, e eu tenho algo que focê querr.*

"Você está com a minha bússola. Mas o que eu tenho que focê... quero dizer, você possa querer?"

"Duas. Pernas. Boas", respondeu ela, enfatizando cada palavra. Não sabia onde isso ia me levar, mas sabia que não ia gostar.

"Você vem aqui cumprir umas tarefas singulares."

Qualquer tarefa para ela seria singular, pensei. Mas eu não tinha saída. Quebrei uma coisa dela e queria a minha bússola de volta.

"Por quanto tempo?", perguntei.

"Você vai saber quando terminar."

Ela devolveu a carta que eu lhe dera e, de repente, me vi a caminho da porta. Parei. Ali, do lado de dentro, vi a minha bússola pendurada num prego, me desafiando a pegá-la. Olhei para ela por um longo instante, mas sabia que tinha quebrado o vaso da vidente e precisava restituir a perda. Desci a escada sentindo uma gota de suor escorrer pelas minhas costas. A curiosidade tinha me dominado.

Voltei correndo para a casa de Shady, subi a escada de madeira para o meu quarto e tirei a caixa de Lucky Bill embaixo da tábua do assoalho. Espalhei o conteúdo em cima da cama e encontrei o anzol ao qual não tinha dado muita atenção. As palavras da história da srta. Sadie foram voltando à minha lembrança enquanto eu olhava para a isca verde e amarela. No lado inferior, em letras douradas, estava escrito WIGGLE KING — É TÃO COLORIDA QUE ATRAI ATÉ UM PEIXE CEGO.

Naquele momento, desejei nunca ter pisado no Caminho da Perdição.

PROVÁVEIS SUSPEITOS
30 DE MAIO

Na manhã seguinte, fiquei na cama me sentindo exausta. Alguma coisa ficou me atormentando a noite inteira. Era Gideon. Onde ele se encaixava em tudo isso? Que ligação tinha com essa cidade? Com essas pessoas? Manifest foi o lugar que ele escolheu para me mandar, mas não parecia que ele mesmo tinha estado aqui. Conhecia Ned ou Jinx? Alguém o conhecia? Era como se nem eu o conhecesse.

Bem, essa era uma linha de raciocínio. O que eu sabia sobre Gideon? O que achava que as pessoas sabiam sobre ele? Comecei a fazer uma lista mental. Ele sempre andava como se soubesse para onde ia. Era melhor cozinheiro que Shady. Ele puxava o cobertor sobre os meus ombros quando achava que eu estava dormindo.

Eu me espreguicei na cama quente e puxei o cobertor até o queixo. *Vamos ver*, pensei. Ele era esperto. Não tinha o tipo de conhecimento que vinha dos livros, embora soubesse o nome dos quarenta e oito estados e capitais e de todos os presidentes, de Washington a Roosevelt. Não, Gideon tinha aquela esperteza de "viver de acordo com a própria vontade". Uma vez, ele transformou um ramalhete de flores do campo numa nota de vinte dólares. Algumas pessoas diriam que isso não foi esperteza, foi mágica. Mas não como Gideon fez a transformação.

Ele tinha colhido um lindo ramalhete de flores do campo e o trocou por um conjunto de costura em Decatur; depois, em Fort Wayne, trocou o conjunto por uma câmera, que rifou num piquenique da igreja em South Bend. As pessoas compravam um número por 25 centavos ou cinco por um dólar. Ele acabou com 7,50 dólares e comprou uma bicicleta dupla para nós. Só que as nossas costas doíam tanto quando chegamos em Kalamazoo que vendemos a bicicleta por uma nota de vinte dólares para um homem com netos gêmeos.

Lembrei todas essas coisas sobre Gideon, mas não conseguia lembrar se ele tinha dito as palavras, ou se eu só as tinha imaginado. As palavras *eu volto para você*.

As lembranças eram como raios de sol. Aqueciam e deixavam uma sensação agradável, mas não podiam ser retidas.

Eu mesma precisaria fazer algumas adivinhações, pensei ao virar de lado. A isca Wiggle King estava ali no parapeito, exatamente onde a deixei na noite anterior. Devia tê-la guardado na caixa de charutos, mas de alguma maneira, ela se afastou do restante dos objetos. Tornou-se diferente. Especial. E precisava de um lugar tão especial quanto ela.

Uma brisa agradável soprava pela janela aberta. Eu não tinha medo de trabalho duro, mas pensar em trabalhar na Casa de Vidência da srta. Sadie me deixava meio ofegante. Talvez eu pudesse me ocupar ajudando Shady, e assim não teria que ir.

Era um plano. Podia descer a escada e me tornar tão útil que Shady não me deixaria sair, muito menos para ajudar outra pessoa. Imaginei que ele devia estar meio desanimado naquele dia. Na noite anterior, ele tinha liderado o culto da igreja, que foi seguido por um jantar comunitário que acabou se tornando um "jantar unitário", porque só uma pessoa apareceu. Um homem com uma barba de uma semana e um buraco no chapéu levou uma lata de feijões.

Pulei da cama, vesti o macacão e desci a estreita escada de madeira.

"Bom dia, Shady", falei, pronta para me sentar e comer um prato dos habituais pãezinhos meio queimados com melado. Shady enfiou alguma coisa embaixo do balcão e resmungou palavras que não consegui decifrar. Quando levantou a cabeça, vi que os seus olhos estavam vermelhos e as costeletas não haviam sido aparadas desde o dia anterior. A garrafa na prateleira atrás do balcão continuava cheia, mas acho que devia ser como qualquer outra vontade. Se uma pessoa gosta de biscoitos, vai deixar sempre alguns à mão. Quando Shady voltou para perto do fogão a fim de pegar o meu café da manhã, eu me debrucei sobre o balcão e espiei atrás dele, mas só vi uma caneca lascada de café com duas moedas e um botão. Era o dinheiro que Shady usava para beber? O álcool era ilegal, como em 1917, mas as pessoas conseguiam uma garrafa aqui ou ali. Eu não sabia se contrabandistas de bebida aceitavam botões, bem como moedas, como forma de pagamento.

Voltei à banqueta quando Shady apareceu e me serviu um prato de pãezinhos frios e queimados e meia costeleta de porco. Eu sabia que os tempos eram difíceis, por isso não reclamei, mas o meu estômago roncava e gemia. Hattie Mae trouxera um delicioso frango frito no dia anterior, mas essa era uma lembrança distante. Mordi um pãozinho duro, torcendo para ter saliva suficiente para amaciá-lo. Então, Shady me serviu um copo de leite frio. Bebi quase tudo de uma vez só, e ele me serviu outro copo. Fiquei satisfeita, mas decidi que mais tarde iria à redação do jornal de Hattie Mae para ver se encontrava sobras por lá.

"Pensei que poderia estar precisando de ajuda por aqui", disse a Shady enquanto limpava o bigode de leite. "Sei lavar roupa e costurar. Sou boa até com um martelo e pregos."

Ele coçou o rosto barbado, fazendo um barulho que lembrava o de lixa sobre madeira áspera. "Bem, é muita bondade da sua parte oferecer. Mas estou esgotado e preciso deitar um pouco. Além do mais, a srta. Sadie está esperando você."

Engasguei com o pãozinho duro, tentando entender como Shady sabia do meu acordo malfadado com a vidente, e ele se dirigiu a uma caixa num canto do quarto para pegar uma escova de cerdas de arame, uma luva, meio pacote de tabaco para mascar e um espelho rachado.

Em seguida, seus olhos se iluminaram, e ele disse: "Pronto". E pegou um longo rolo de corda, amarrando um nó em cada ponta. Ele puxou a corda com força, testando a sua resistência, e a ofereceu a mim. "Toda garotinha precisa de uma corda para pular", disse sorrindo, guardando os outros objetos na caixa.

Segurei a corda nas mãos e senti os meus olhos arderem. Não pensava mais em mim como uma garotinha, mas sorri. "Eu tive uma corda uma vez", disse quando ele voltou. "Foi no Tennessee, e eu a usava para puxar uma carroça cheia de lenha. Acho que pus madeira demais na carroça, porque a corda se partiu em duas. Sempre quis poder fazer aquilo de novo. Não teria tentado carregar uma carga tão pesada."

"Tenho a impressão de que você está carregando uma carga pesada há um bom tempo." Os olhos de Shady pareciam poços profundos. "Além do mais, todo mundo merece uma segunda chance. Aí está a sua." Ele sorriu.

Sorri de volta, sentindo a corda áspera e ressecada. Era como Shady. Ele também tinha aquela dureza, mas era forte e firme. Decidi que era melhor falar sobre a vidente, já que a história não era mais segredo.

"Sobre ontem à noite... perdi a minha bússola de novo no outro dia, e tive que tentar recuperá-la."

"Pois é. A srta. Sadie me contou. Levo um pouco de leite para ela quando volto da cidade duas vezes por semana. A conversa entre vocês foi boa?"

"Se quer saber se ela revelou o meu futuro, a resposta é não. Só falou um pouco e contou uma história sobre dois meninos que moraram aqui no passado." Eu gostava de ter as cartas e os objetos praticamente só para mim, por isso decidi mantê-los em segredo. "Mas quebrei o vaso dela, e agora vou ter que trabalhar para pagar por ele."

Shady se interessou um pouco.

"Ela falou sobre dois meninos?"

"Sim, e sobre uma confusão em que eles se meteram com a Klan, uma hera venenosa e outras coisas. Ned e Jinx. Conhece os dois?"

Shady se ocupou limpando o balcão. "Conheci."

Aquela sensação incômoda voltou, e eu reuni coragem. "Shady?"

"Sim, Abilene."

"Você acha que Gideon conheceu esses dois garotos? Ele fez muitos amigos quando esteve aqui? Ia pescar com alguém ou nadar no riacho?" As perguntas e minha necessidade de saber eram como uma enxurrada.

"Bem..." Shady coçou a nuca. "Vamos ver. Tenho certeza de que o seu pai fazia muitas coisas que os meninos fazem. Nadar, pescar, arrumar confusão." Ele limpava uma mancha mais resistente no balcão, mas eu o surpreendi olhando para mim de soslaio. "Ele não contou nada a você sobre quando esteve aqui?"

"Sim, contou muitas coisas. Disse que tinha um homem que conduzia uma carroça pela cidade e levava leite fresco até a casa das pessoas. E mulheres que andavam pela rua usando luvas brancas e chapéus elegantes enfeitados com grandes penas. Mas era como se ele contasse coisas que podiam ser vistas da casa na árvore. Fachadas de lojas e atividade, pessoas aqui e ali, mas só o que dava para ver de longe. Nada próximo. Só ouvi o seu nome há algumas semanas. Ele escrevia para você?"

Shady parou, e os ombros dele pareciam pesados. "Um cartão-postal de tempos em tempos. Às vezes, quando as pessoas vão embora, é difícil olhar para trás. Não é culpa delas. Nós sabíamos que ele tinha vagado um bocado após sair daqui, mas depois ouvimos dizer que ele teve uma filhinha, e soubemos que ele cuidaria bem de você."

Isso me confortou um pouco, mas eu não estava pronta para deixar de resmungar. Apoiei o queixo nas mãos fechadas. "Bem, o que Gideon me falava sobre Manifest não é nada parecido com o que a srta. Sadie contou. A história dela era cheia de nomes e rostos e quem fazia o quê e onde. Aprendi mais sobre Manifest numa conversa com ela do que em todas as histórias contadas por Gideon." Eu ainda não havia descoberto nada sobre Gideon.

Shady levantou a cabeça e, com o sol brilhando através dos vitrais das janelas, parecia estar tendo uma revelação.

"Sim, aquela srta. Sadie sabe contar uma boa história. Aposto que ela conseguiu encaixar algumas peças que estavam faltando."

Não sei se Shady ia dizer mais coisas, mas ele parecia aliviado por ouvir a sineta na porta.

Lettie e Ruthanne apareceram na porta. "Oi, Abilene." Depois, lembrando das regras da boa educação, acrescentaram: "Bom dia, Shady".

"Bom dia", respondeu ele. "Querem um copo de leite?"

"Sim, por favor", responderam Lettie e Ruthanne ao mesmo tempo.

Shady foi à sala do fundo, e Lettie cochichou: "Primeiro temos que vender alguns ovos na cidade. Depois podemos nos dedicar ao mistério do Cascavel. Fizemos uma lista de suspeitos. O sr. Cooper, o barbeiro. O sr. Koski do restaurante. Hattie Mae".

"Hattie Mae?", sussurrei de volta. *A moça boazinha do jornal?* "Você não pode achar que ela é o Cascavel."

"Bem, não deve ser mesmo, mas ela gosta de doces e vai nos dar um bastão de alcaçuz ou balas de goma se passarmos por lá. No entanto, vamos começar com o sr. DeVore, o chefe do correio."

O nome de Hattie Mae me fez pensar numa coisa. "Esperem um minuto. Preciso correr lá em cima." Subi e revirei os jornais que tinha escolhido no escritório de Hattie Mae. Encontrei a coluna dela nos dois e dei uma olhada rápida em cada um. Foi a de 11 de outubro que chamou a minha atenção. Rasguei a coluna com cuidado e decidi dar outra olhada nos velhos jornais de Hattie Mae mais tarde.

Quando voltei a descer, Shady estava servindo o leite. "O que vão fazer hoje?"

"Ah, só algumas obras de caridade. O sr. DeVore precisa de atenção."

"Ah, é? Ele está doente?"

"Doente?" Ruthanne pensou um pouco. "Acho que podemos dizer que sim. Se o senhor considerar solidão uma doença. Quem não estaria? Passar o dia todo separando cartas que outras pessoas recebem de entes queridos longe e perto e nunca receber uma palavra amorosa."

Shady parecia ter recebido uma resposta melhor do que esperava. "Bem, digam a ele que mandei lembranças. Digam que senti a falta dele no culto de ontem à noite e que vai ser um prazer recebê-lo na semana que vem no mesmo horário." Ele pegou de trás do balcão um pacote embrulhado com papel pardo. "Tenham um bom dia, meninas", disse, e saiu.

Houve um silêncio desconfortável enquanto eu pensava no que poderia ter naquele pacote. Depois Ruthanne falou: "Vamos, Abilene. Termine de comer e vamos".

"Não posso", respondi depois de engolir o último pedaço de pãozinho com um gole de leite.

"Por que não?", perguntou Lettie.

Entreguei a ela o recorte com a coluna de Hattie Mae no jornal de 11 de outubro. O papel estava úmido na minha mão suada. "Tenho que trabalhar para pagar uma dívida."

11 DE OUTUBRO DE 1917

SUPLEMENTO DE NOTÍCIAS DA HATTIE MAE

Espero que todos estejam tendo um outono festivo e alegre. Com a transformação da presente estação em inverno e o feriado de Ação de Graças se aproximando rapidamente, encontro-me com a maravilhosa obrigação de agradecer às diversas bênçãos e dádivas do passado.

Suponho que ter começado meu décimo nono ano me deu uma profundidade de conhecimento que estou apenas começando a explorar.

Minhas reflexões foram particularmente profundas na igreja no último domingo, quando o pastor Mankins iluminou a todos nós. Suas palavras sobre expurgar a nossa alma da raiva e do ódio foram ouvidas com tanta atenção por algumas pessoas que elas se levantaram dos seus assentos, ansiosas para louvar o Senhor. Buster Holt e Elroy Knabb ficaram tão comovidos que praticamente saíram correndo depois do ofício para disseminar a Palavra. Nas minhas deambulações pela cidade, soube que os mesmos cavalheiros têm sido clientes frequentes do armazém. Eles não disseram, mas deduzi que estavam reunindo suprimentos para as missões. Eu não fazia ideia de que havia uma necessidade tão grande de loção de calamina entre os indigentes, mas aquele ato altruísta de caridade ficará gravado na minha mente para sempre.

Infelizmente, o "Suplemento de Notícias da Hattie Mae" não será publicado na próxima semana, porque estarei visitando a minha tia Mavis. Fiquei muito feliz com o presente de aniversário que ela mandou para mim de Jefferson City na semana passada. Um dicionário é uma ferramenta útil para qualquer repórter.

Então, para saber tudo sobre as pessoas, os eventos, os motivos e os lugares, leia a penúltima página deste jornal todo domingo (menos no próximo).

HATTIE MAE HARPER
REPÓRTER DA CIDADE

✳✳✳✳✳✳✳✳✳✳✳✳✳✳✳✳

O ELIXIR DOS DEUSES

FUNDILHOS DO BURT

Tem bolinhas nos seus fundilhos?

Aquelas hemorroidas doloridas que coçam e tornam o ato de sentar desconfortável? Bem, Fundilhos do Burt é o elixir para você! Beba só uma ampola do Fundilhos do Burt e você vai conseguir se sentar em pouco tempo. Não precisa mais se preocupar com as cadeiras duras da cozinha. Pode comer as refeições em paz e confortavelmente com o Fundilhos do Burt. Em liquidação hoje no corredor de elixires da drogaria, na prateleira de baixo. ✳ BURT É ✳ O MELHOR

✳✳✳✳✳✳✳✳✳✳✳✳✳✳✳✳

CASA DE VIDÊNCIA
DA SRTA. SADIE
30 DE MAIO

"Você não pode estar falando sério", disse Lettie quando espiamos pelo portão de ferro na frente da casa da srta. Sadie. As duas achavam que eu deveria ser louca por aceitar trabalhar para ela. Contei a elas tudo sobre Ned, Jinx e a hera venenosa enquanto percorremos o caminho desde a casa de Shady chutando as folhas secas no chão, e elas leram a coluna de Hattie Mae.

"Leiam de novo, se quiserem. Buster Holt e Elroy Knabb. Loção de calamina? Esses eram os dois homens na reunião da Klan da história da srta. Sadie. Eles usaram hera venenosa em vez de papel higiênico. Pelo menos essa parte da história era verdade", falei.

"Não dá para ter certeza. E, francamente, você não sabe o que significa 'perdição'?", Lettie apontou a placa em cima do portão de ferro.

Assenti. "Sei, sim", respondi. Lembrei-me de um pastor em Des Moines que prevenira os fiéis que compareceram a um jantar para que desistissem dos seus erros e se mantivessem longe do caminho da perdição. Meu estômago tinha ficado um pouco enjoado depois disso.

"E se ela for uma bruxa e jogar um feitiço em você?", perguntou Lettie.

"Ela não é uma bruxa. É mais provável que seja só uma doida", falei, embora também não acreditasse naquilo.

"Ou é uma esperta, isso sim", sugeriu Ruthanne enquanto mordia uma folha de grama. "Tome cuidado, Abilene. Aquela velha pode ter mais coisas embaixo das mangas do que pulseiras barulhentas."

Minha confiança escoava como água de um balde cheio de furos. Queria que Lettie e Ruthanne pudessem ir comigo, mas elas precisavam vender os ovos. Além do mais, a dívida era minha, eu que deveria resolvê-la. "Quebrei o vaso da mulher e quero pegar a bússola de volta. É simples assim. Encontro vocês no escritório de Hattie Mae mais tarde."

Pedi licença com a cabeça cheia de imagens assustadoras. A casa da srta. Sadie parecia desprovida de vida, agora que nenhum vento soprava para fazer soar os sinos na varanda. Por isso, fiquei contente quando a encontrei no fundo da casa e ela disse que eu trabalharia no jardim naquele dia, embora chamar aquilo de jardim fosse um tremendo exagero. O que eu fiz, basicamente, foi quebrar torrões de terra. A srta. Sadie sentou-se numa cadeira de metal no pátio, onde ficou fumando um cachimbo de espiga de milho e me dando instruções de como eu devia apoiar o meu peso na pá para revolver a terra.

O que ela planejava plantar naquela terra seca era algo que eu nem conseguia imaginar. Aquilo me lembrava de sermões que tinha escutado de sacerdotes e pastores sobre plantar em solo seco. As sementes simplesmente murchariam e morreriam sem nunca criarem raízes.

"Mais fundo. Cave mais fundo", dizia a srta. Sadie com a voz grave. "O solo não deve simplesmente cobrir a semente. Precisa abraçá-la."

"Que tipo de coisas você pretende cultivar aqui, se não se importa de eu perguntar?"

A srta. Sadie fechou os olhos e respirou fundo. Ela farejou o ar à sua volta, como se assim pudesse encontrar a resposta. "Ainda não está claro."

Também farejei o ar, mas só sentia cheiro de terra. Terra seca e poeirenta. Era como se só isso existisse, desde o início dos tempos. Ah, eu sabia mais ou menos como era a grama verde, macia e ondulante. Antes de partir comigo, Gideon foi zelador do Maple Grove Park, em Chicago. Eu tinha três ou quatro anos e nós morávamos numa pensão do outro lado da rua. Acho que havia balanços, mas eu era muito pequena, e as lembranças eram tão distantes que talvez tenham sido só um sonho.

"Fico pensando como era antes de o mundo secar", falei, olhando para o sol lá em cima.

"O mundo? Ah. O que você sabe sobre o mundo?"

"Sei que todos os lugares onde estive morreram por causa da seca."

"É, imagino que sim. Mas o que parece estar morto ainda pode ter vida." A voz dela parecia fraca e distante. Naquele dia ela usava um vestido leve, em vez da pesada túnica de veludo de vidente, mas mesmo assim parecia estar se preparando para entrar em mais um transe. E como as minhas costas gritavam por uma chance de se alongar, decidi ajudá-la.

"Então, e aquela reunião da Klan?", perguntei. Tinha ouvido falar que os homens da Ku Klux Klan faziam coisas horríveis de verdade com pessoas negras. Coisas cruéis, odiosas e mortais. Eu não sabia que eles também não gostavam de gente branca.

"Eles pensam que escondem o ódio atrás de uma máscara", disse ela com um sotaque forte, "mas está lá para todo mundo ver."

"E o garoto cuja namorada ficou brava com ele por causa da pescaria? E o amigo dele?", perguntei, fingindo estar desinteressada o bastante para não lembrar o nome. "O que aconteceu com os dois?"

"Ned e Jinx? Eles se deram bem desde o começo. Jinx confia muito em si mesmo e é um malandro. Conhece um truque para cada dia da semana. Mas sabe bem pouco sobre amizade e lar. Ned assegura os dois. Ele leva Jinx à casa de Shady, onde muitas almas desgarradas são acolhidas sem que perguntas sejam feitas."

Então, deve ter sido Jinx quem escondeu as cartas e os objetos embaixo das tábuas do assoalho na casa de Shady. "Sabe, aposto o meu dinheiro nisso, mas acho que Shady mantinha um bar clandestino. Parece que ele tem o lugar perfeito para comandar um desses bares secretos com armários escondidos e balcões com compartimentos para esconder álcool ilegal quando a polícia aparece." Eu falava como se fosse só uma coisa que ficou no passado, mas, pelo que tinha visto de Shady, não tinha tanta certeza. Esperei a srta. Sadie confirmar ou negar.

"Shady e Jinx têm algo em comum. Os dois têm negócios que relutam em revelar", disse a srta. Sadie, sem dizer se eu acertei na aposta. "É claro que Jinx foge de alguma coisa, mas Shady não pede explicações." Deduzi que essa era toda a ajuda que eu teria. "Não é a primeira vez que ele acolhe um desconhecido necessitado. Só que ele diz que Jinx precisa ir à escola. A irmã Redempta o aceita na sua sala de aula."

"Aposto que ela também arrumou um trabalho para ele na mesma hora."

"É possível. Numa cidade de imigrantes, novos alunos aparecem o tempo todo."

"Foi assim que Ned chegou aqui?", perguntei, querendo esticar o meu tempo de descanso.

A srta. Sadie inspirou novamente. "Ele vem para a América num barco, sim. Mas para Manifest, ele vem de trem. Um trem para órfãos. Fica com as freiras por um tempo. A irmã Redempta cuida dele. Contudo, ele é um menininho, só cinco anos, de nacionalidade indeterminada, por isso pertence a todo mundo. É claro, é Hadley Gillen, o viúvo dono da loja de ferramentas, que o adota como filho. Mas a cidade aprende a amar o menino e imagina que o seu futuro também pode ser o dela."

A srta. Sadie se demorou no passado, abrindo caminho para o silêncio. O calor me envolveu como um sonho. Uma brisa quente parecia conjurar cheiros exóticos e rostos de pessoas fascinantes. Indivíduos que vieram de várias partes do mundo para construir uma vida melhor.

Estiquei o corpo embaixo do salgueiro, e o meu rosto resfriou à sombra. De algum jeito, eu me sentia como se fosse uma daquelas pessoas. Alguém tirado de um lugar e colocado em outro. Um lugar que não era o meu. *Por que o meu pai me mandou para cá?*, pensei. "Por que aqui?"

"As minas de carvão." A srta. Sadie respondeu à pergunta que fiz em voz alta sem perceber. "As pessoas precisam trabalhar, e as minas precisam de operários. Parece ser um bom negócio, mas a maioria não percebe que as minas vão consumi-los." Levei um minuto para perceber que ela não estava falando sobre Gideon ou sobre mim, mas sobre o povo de Manifest de anos atrás. Ela se preparava para contar outra história, e nem tive que pagar. A srta. Sadie devia ter percebido que não ia receber, porque não caprichou como antes na apresentação. Dessa vez, ela deixou de lado todos os truques de adivinhação e encenação e só começou a contar a história de um jeito simples.

"O apito da mina era o som que nos reunia. E nos mantinha afastados ao mesmo tempo..."

A ARTE DA DISTRAÇÃO
27 DE OUTUBRO

O apito estridente da mina de carvão Devlin assinalava o fim de um turno e o começo de outro. Jinx segurou o guidão da bicicleta velha e se arrepiou com a brisa do meio da manhã enquanto esperava Ned sair do poço da mina.

Três semanas haviam se passado desde que Jinx pulara do trem perto de Manifest, mas para ele parecia uma vida inteira. Havia chegado a uma comunidade em que novas pessoas chegavam todos os dias, de lugares mais distantes que o estado vizinho. Sabia que podia estar enganando a si mesmo ao pensar que seria possível ficar. Que poderia deixar o passado para trás. No entanto, havia conhecido Ned e estava morando com Shady. Ia à escola. Tinha uma vida normal. E, por ora, sentia-se seguro.

O elevador do poço rangeu e começou a subir devagar do fundo da terra. Uma cabine alta de madeira acomodava a gaiola do elevador, que transportava mineiros para trinta ou sessenta metros de profundidade, onde eles se dispersavam em vários buracos chamados de salas, cada uma sustentada por um único pilar de madeira. Ali os mineiros trabalhavam em turnos de oito horas extraindo o carvão, colocando-o num carrinho e puxando-o para fora.

Naquele dia, quando o elevador instável chegou à superfície, um grupo de rostos sujos de fuligem apareceu, e esse grupo deu lugar a outro que já esperava para descer.

Olhando para eles, todos carregando marmitas de metal com o almoço e vestidos com macacão de brim, usando capacetes de mineiro equipados com lâmpadas de gás, era difícil distinguir um homem do outro, um grupo do outro. No entanto, quando falavam, ficava claro que os italianos estavam encerrando o turno e os australianos começavam o deles.

Devlin preferia assim. Grupos de semelhantes com o seu próprio idioma, e todos ficavam nos seus lugares. Os homens que subiam à superfície e protegiam os olhos contra a luz do dia eram como mortos levantando do túmulo. Andavam em formação sombria em direção à bomba d'água, onde se lavavam.

Aquele dia era incomum, porque o próprio sr. Devlin estava perto do elevador da mina. Jinx não o via desde a noite da reunião da Klan e sentiu o impulso de recuar diante da imagem do grande cavaleiro. É claro que agora ele não usava o capuz ou o manto branco. O sr. Devlin vestia um terno risca de giz e colarinho imaculado. O cabelo penteado para trás brilhava ao sol, e ele parecia ter uma discussão acirrada com o geólogo da mina.

Jinx se sentiu aliviado quando Ned enfim saiu da cabine do elevador com o grupo de italianos. Ele levou a bicicleta para perto de Ned na fila da bomba d'água. O rapaz tirou o capacete de mineiro, exibindo o cabelo suado e a testa branca no rosto escuro de pó de carvão. Ele olhou para os dois homens discutindo.

"Do que estão falando?", perguntou Ned.

"Alguma coisa sobre a direção do veio", respondeu Jinx. "Parece que o veio de carvão faz uma curva que não devia fazer, e agora segue na direção errada. Acho que o geólogo vai ser demitido."

"Ah, bem, que discutam. Onde conseguiu isso?" Ele apontou para a bicicleta.

"Shady a ganhou no jogo de pôquer de ontem à noite. Quer dar uma volta?"

"Não posso." Ned bombeou água e lavou o rosto e as mãos. "Minhas pernas estão doendo, agora que as estiquei depois de passar oito horas com elas dobradas. Talvez eu corra daqui até Erie e volte."

Havia outros mineiros ao redor esperando para receber o pagamento semanal.

"Benedetto. Você trabalha demais." O sr. Borelli chamou Ned pelo nome italiano. "Estude. Aprenda. Vai para a faculdade."

"Sim, senhor. Espero conseguir uma bolsa de atletismo no ano que vem."

"Bom, bom." Ele deu tapinhas nas costas de Ned. "Corra muito e estude mais. Assim não vai ter que trabalhar embaixo da terra para alimentar a família. Homem não foi feito para passar os dias no escuro, não é, Vincenze?"

O sr. Vincenze limpou o rosto com um lenço.

"*C'è un inferno oggi!*", respondeu.

"*Sì, sì*. O dia está muito quente hoje", reforçou o sr. Borelli. Ele também bateu nas costas do sr. Vincenze, depois cochichou para Ned e Jinx. "Ele não fala inglês. Essas minas. Elas mantêm a gente no escuro em mais de um sentido."

Nesse momento, Lester Burton, o chefe da mina, se aproximou do grupo e pregou um aviso num poste perto da bomba d'água. As letras eram grandes e nítidas o bastante para serem lidas de vários metros de distância.

—ANÚNCIO PÚBLICO—

AVISO DA SOCIEDADE AMERICANA DE DEFESA

Todos os alemães ou austríacos nos Estados Unidos, a menos que por anos de associação tenham reconhecida a sua absoluta lealdade, devem ser tratados como possíveis espiões.

Estejam alertas. Mantenham olhos e ouvidos abertos. Não ignorem nada. A energia e a atenção podem salvar a vida do seu filho, do seu marido ou do seu irmão.

O inimigo se dedica a fazer guerra neste país transmitindo notícias para Berlim e disseminando propaganda e mentiras sobre a condição e o moral das forças militares americanas.

> Sempre que perceber alguma atitude suspeita ou palavra desleal, comunique-se imediatamente com Fred Robertson, promotor dos Estados Unidos, Kansas City, Kansas, ou com a Sociedade Americana de Defesa, rua 23 Leste, 44, Nova York.

Burton virou o rosto manchado de sol para os homens. "Em tempos de guerra, esse espião pode ser o seu vizinho. O sujeito sentado ao seu lado no salão de bilhar ou até mesmo na igreja." Ele olhou diretamente para Ned. "Pode ser qualquer pessoa de passado desconhecido ou questionável. Fiquem atentos e não confiem em ninguém. Entenderam?"

Houve uma agitação no grupo. Muitos pediam uma tradução aos poucos que falavam inglês. "Muito bem." Burton balançou um maço de envelopes. "Borelli", ele começou a chamar. "Servieto. Vincenze."

Um a um, os homens pegaram o pagamento e foram se afastando como sombras.

"Gillen." Ned deu um passo à frente para receber o último envelope.

Burton o ofereceu, mas puxou de volta quando Ned tentou pegá-lo. "Quer dizer que tem planos de ir para a faculdade, hein?"

"Sim."

"Acho que vai ser bem difícil estudar com dois turnos para cumprir."

"Como assim, senhor?"

"É isso mesmo. Aconteceu uma confusão. Vamos ter que cavar uma nova sala, e Weintraub está de licença com a perna quebrada. Você vai substituí-lo."

"Mas acabei de cumprir o meu turno."

"Você é um rapaz forte, não vai ter problema. Talvez possamos chamar o seu velho. Me lembro de ter visto uma dívida pendente na conta de Hadley Gillen no Mercado do Devlin. Ele pode querer trabalho extra, caso receba um aviso de cobrança. Pense nisso."

Burton entregou a Ned o envelope com o pagamento e se afastou.

"Isso não é justo", disse Jinx. "Tem muitos outros que poderiam substituir Weintraub. Por que ele insiste em você?"

"Ganhei do filho de Devlin muitas vezes nas pistas de corrida."

"E daí? O filho dele tem tudo. Dinheiro, privilégio, sobrenome."

"Sim, e esse tipo de gente não gosta de ser vencido por uma pessoa de passado questionável." A voz de Ned tremia de emoção.

"Esqueça isso", disse Jinx. "Vamos à feira mais tarde. Ouvi dizer que tem um homem vendendo todo tipo de fogos de artifício."

"Vendendo." Ned abriu o envelope. "Isso exige dinheiro, o que você não tem." Ele olhou com desgosto para o conteúdo. "E nem eu, acho. Eles nos fazem trabalhar como burros de carga por 78 centavos a tonelada de carvão, e depois nos pagam com cupons do armazém da companhia. Não é surpresa que ninguém consiga se libertar das garras deles." Ned amassou o envelope. "Então, a menos que estejam vendendo fogos de artifício no Mercado do Devlin, não vamos comprar nada."

"Eu não disse que íamos comprar. Vamos só olhar. Quando entendermos como funciona, poderemos fazer os nossos. E aí venderemos para todo mundo em Crawford County."

"Não estou com disposição."

"Vamos lá. Cadê o seu espírito de aventura?"

Ned afivelou o cinto lentamente. "Está enterrado a sessenta metros de profundidade. Talvez eu comece a fazer três turnos. Assim vou poder comprar um pedaço daquele veio de carvão, e alguém vai ter como enfrentar Devlin."

"Como quiser. Mas hoje vi Pearl Ann Larkin experimentando um chapéu na chapelaria. Uma coisa grande e cor-de-rosa com penas. Ela acenou para mim pela janela."

Ned deu de ombros, abriu o compartimento inferior da lâmpada de mineiro e jogou nele um pequeno punhado de cubos brancos. Depois, girou a maçaneta da câmara superior, deixando algumas gotas de água caírem sobre os cubos, criando um gás que subiu até o topo. Ned riscou a pedra, provocando uma chama. E então pôs o capacete e disse com um sorriso: "Grande, rosa e com penas, é? Se não tiver uma lâmpada de gás de carboneto, não me interessa".

"Ela falou alguma coisa sobre estar ansiosa para dividir uma pipoca com você hoje à noite na feira e dar uma volta no carrossel. Mas acho que você também não deve estar interessado, não é?"

Ned ajustou a chama e apontou a luz para os olhos de Jinx. "Ela disse isso?"

"Tão certo quanto estou aqui parado. E sei que você tem quarenta centavos em casa."

Ned suspirou. "Esse turno só acaba às seis da tarde."

Jinx sorriu com a certeza da vitória. "Encontro você na barraca dos fogos de artifício às seis e meia."

Ned estudou Jinx à luz da lamparina no seu capacete. "O que está tramando, Jinx? Na última vez que esteve tão interessado em me aproximar de Pearl Ann, acabei com cheiro de gambá glacial."

Jinx montou na bicicleta. "Quando você terminar o segundo turno de trabalho, vai estar com o mesmo cheiro sem a minha ajuda. Não esqueça de tomar um banho", disse ele já pedalando.

A noite de outono estava fria. O campo do Hensen, no limite da cidade, brilhava com a luz de muitas lamparinas penduradas entre as barracas. A feira era um evento apreciado por todos. Agricultores tinham terminado de colher soja, sorgo e alfafa, e já estavam semeando o trigo do inverno. As crianças encontravam-se de férias na escola. Habitantes de cidades vizinhas apareciam para experimentar a variedade de alimentos.

Os italianos assavam tudo, de canelone a *ziti*. Os suecos serviam pão trançado e pretzels, enquanto os alemães e os austríacos vendiam *strudels* e *bierocks*.

Jinx viu Ned e deu um calzone a ele. "Com os cumprimentos da Mama Santoni. Ela soube que você teve que trabalhar em dois turnos."

"*Grazie!*", Ned gritou para a mulher grandalhona, já com a boca cheia de massa e queijo.

"Coma, coma", insistiu ela com as mãos na massa. "Voltem, estou preparando pães. Vou mantê-los quentes para vocês, está bem?"

"Nós vamos voltar", disse Jinx, levando Ned pelo braço para longe da barraca.

Um pouco adiante, um cartaz anunciava: JASPER HINKLEY, PIROTÉCNICO.

O exuberante sr. Hinkley atendia a um grupo de meninos que, aparentemente, tinham um bom dinheiro para gastar. "Aí está, rapazes. E lembrem-se de ter cuidado com isso. Depois de aceso, o fogo age!"

Os meninos se afastaram correndo, deixando o sr. Hinkley rindo sozinho. Ele alisou o bigode que cobria o lábio superior. "Só um pouco de humor pirotécnico, cavalheiros. O que posso fazer por vocês? Vejam, temos Estrelinhas de Xangai, Marias Cintilantes, Explosões de Cores."

Jinx pegou um cilindro vermelho atrás do outro. "O que é isto?"

"Devagar aí, filho!" O sr. Hinkley pegou o cilindro da mão dele e o colocou entre outros iguais. "Esse não está à venda. É um Lançador de Fogo da Manchúria. Eles sobem muito e explodem em duas cores diferentes."

Jinx enganchou os polegares nos bolsos. "O que acha que somos, senhor? Simples crianças de escola? Espera nos convencer de que essas latas podem lançar coisas que explodem em cores no ar?"

O sr. Hinkley parecia perplexo. "É exatamente isso que estou dizendo. Nunca viu fogos de artifício, menino?"

Jinx projetou o lábio inferior e falou com um falso sotaque caipira. "Ora, senhor, podemos parecer idiotas, mas é só a nossa cara. Aposto que essas latas só têm feijões."

O sr. Hinkley pegou uma lata de tamanho médio e tirou a tampa. "Estão vendo o pó? É TNT puro. Se misturar com um pouco de nitrato de potássio, enxofre e carvão, terão o começo de uma bomba de primeira."

Jinx olhou de lado para Ned. "Pode ser uma boa receita. Mas mesmo que consiga tirar isso do chão, e não estou dizendo que acredito que possa, como vai fazer essa coisa explodir no ar?"

"Então, esse é o truque." O sr. Hinkley enfiou a mão na lata com todo o cuidado e expôs um pequeno pavio. "Essa coisinha começa a queimar quando a bomba é acionada. Quando ele chega ao fim, cabum! Acontece uma bela exibição pirotécnica. Fogos de artifício, em termos leigos." Ele devolveu a tampa à lata. "É claro, é preciso ser pirotécnico para lidar com essas belezinhas. Fui aprendiz de um chinês muito experiente em Omaha."

Jinx assentiu e cruzou os braços. "Você parece conhecer bem o ramo."

"Certo. E em qual desses produtos de qualidade estão interessados? Só não vendo o Lançador de Fogo da Manchúria. Esses são só para exibições pirotécnicas oficiais."

Jinx olhou para trás. "Ah, não. Mama Santoni está nos chamando, não está, Ned?"

Ned entendeu a dica. "Ah, sim. Ela guardou os pãezinhos no forno para nós."

"Desculpe, sr. Hinkley. Se não corrermos, os pãezinhos é que vão virar fogos de artifício. Só um pouco de humor entre pirotécnicos", Jinx falou quando ele e Ned se afastaram.

O sr. Hunkley alisou o bigode quando um novo grupo de garotos se reuniu em torno da barraca.

Jinx e Ned caminharam entre as barracas de jogos de feira, onde vendedores tentavam atrair a atenção dos que passavam. "Venha jogar! Arremesse três bolas no buraco e ganhe um prêmio. Ou tente a sorte no jogo de conchas. Ganhe um dólar de prata com a Cabeça da Liberdade."

"Que belo truque, Jinx", provocou Ned.

"Um truque é só a arte da distração." Jinx estudou as barracas. "Vem."

Jinx pegou Ned pelo braço e o levou para o jogo de conchas. Um homem com camisa listrada e gravata-borboleta estampava um sorriso de crocodilo no rosto. Havia um macaquinho empoleirado no seu ombro. "Pronto para tentar a sorte e ganhar esse dólar de prata da Cabeça da Liberdade? É um jogo fácil. Hoje estou praticamente distribuindo dinheiro. Não é, Nikki?" O macaco concordou com um ruído.

Ned balançou a cabeça. "Não gosto de gastar dinheiro. Não, muito obrigado."

"Vamos lá", disse Jinx. "É só uma moedinha, e você pode ganhar um dólar. Depois vai poder comprar um pacote de pipoca e uma limonada para Pearl Ann e ainda guardar o troco."

Ned fez uma careta e pôs uma moeda em cima do balcão.

O homem enfileirou três cascas de noz e pôs uma semente de abóbora embaixo de uma delas. Depois as embaralhou. Ned mantinha os olhos na concha com a semente, e quando o homem parou de mudá-las de lugar, ele a apontou.

O homem descobriu a semente. "Você tem um bom olho."

Ned ficou eufórico. "Então me dá o dólar de prata com a Cabeça da Liberdade."

"Não é na primeira tentativa. Tem que acertar três vezes. E cada uma custa uma moeda."

"Vai, dá outra moeda ao homem. Você é bom nisso", Jinx o incentivou.

"Ah, tudo bem", resmungou Ned ao pegar outra moeda.

De novo, o homem mostrou embaixo de que casca estava a semente e as mudou de lugar. De novo, Ned apontou para a casca correta.

"Urrú!", comemorou Ned. Dessa vez, ele nem precisou de incentivo. Satisfeito com o sucesso, já estava deixando a terceira moeda sobre a mesa e esperando a última rodada para pegar o dólar de prata.

E, de novo, o homem embaralhou as cascas, e Ned viu aquela que cobria a semente ir para a esquerda, depois para a direita, depois dar uma volta e acabar no meio. O macaco pulou no ombro de Ned e fez um ruído animado. "Ei, amiguinho. Conhece um vencedor quando vê um, não é?"

Ned estendeu a mão para bater na casca do meio, mas Jinx a segurou.

"Não é essa. É aquela." E moveu a mão dele para a casca à direita.

"Mas eu estava olhando. Não é..."

"É essa", falou Jinx com firmeza.

"Não se deixe influenciar, filho. Você é especialista no jogo." O homem falou sem o sorriso habitual.

Tinha algo tão definitivo na voz de Jinx, que Ned levantou a casca à direita. Lá estava a semente de abóbora.

O macaco pulou do ombro de Ned, pegou a semente e a colocou na boca.

"Ei, escute aqui", grunhiu o homem da barraca, "esse jogo não é para dois jogadores. Se quer jogar, ponha a sua moeda na mesa." O macaco ficava cada vez mais barulhento e agitado.

Nesse momento, o juiz Carlson se aproximou da barraca e bateu nas costas de Ned. "Está mantendo as pernas fortes, filho?"

"Sim, senhor", respondeu Ned. "Vou fazer o meu trabalho e ficar na frente de Heck e Holler", disse, referindo-se aos filhos do juiz, que também eram corredores e astros na equipe de atletismo de Manifest.

"É isso mesmo, *juiz*", disse Jinx, enfatizando a última palavra. "Ele pode até comprar um novo par de sapatos com o dólar que acabou de ganhar. Isto é, se o cavalheiro reconhecer a vitória justa de Ned."

O juiz Carlson olhou para o homem das cascas de nozes. "Está acontecendo algum problema aqui?"

O homem fez uma careta. "Não." Ele pegou a moeda de prata do bolso e a colocou em cima do balcão. O juiz Carlson a pegou.

"Posso?", perguntou a Ned. Ele levantou a moeda e estudou o perfil da mulher, os cabelos ondulados e a coroa. "Lady Liberdade. Ela é uma beleza." E jogou a moeda para Ned. "Não gaste tudo de uma vez só."

O juiz seguiu em frente e Ned e Jinx se afastaram do homem carrancudo e do seu macaco.

"Não tirei os olhos daquela casca. Eu tinha certeza de que estava no meio", disse Ned.

"É como eu falei. A arte da distração. Você desviou o olhar das cascas quando o macaco pulou no seu ombro. Nikki fez a parte dele, e o homem das cascas as mudou de lugar."

"Quer dizer que aquele macaco é treinado para isso?"

"Sim. Muita gente não concorda com uma aposta de trinta centavos, então ele as deixa ganhar duas rodadas para convencê--las a apostar mais. Daí Nikki faz a parte dele, e a pessoa perde."

"A arte da distração", resmungou Ned.

"Isso. É possível fazer todo tipo de coisa quando alguém está olhando para o lado errado." Jinx tirou de trás das costas a grande lata vermelha da barraca de fogos de artifício de Jasper Hinkley.

Ned arregalou os olhos. "Belo truque. Mas você não pode simplesmente roubar o Lançador de Fogo da Manchúria."

"Não é roubo. É como a biblioteca. Você pega um livro, olha o que tem dentro e o leva de volta. Vamos usar esta lata como modelo. Fazemos a nossa e então devolvemos."

"E depois?"

"Depois montamos uma loja e vendemos fogos de artifício para todo mundo."

Ned viu Pearl Ann num lindo vestido cor-de-rosa. Ele se dirigiu à carroça de pipoca. "Não conte comigo."

Jinx viu o xerife Dean perto da carroça de pipoca, e como sempre fazia quando via o xerife, ou qualquer xerife, na verdade, virou para o outro lado. Dessa vez, ele entrou na barraca da vidente.

CAÇA AO SAPO
5 DE JUNHO

Descalça e de macacão, olhei pela janela do meu quarto. Fazia vários dias desde que a srta. Sadie me deixou com a sua última história sobre Jinx e Ned na feira da cidade, e hoje eu tinha a tarde de folga. O dólar de prata da Cabeça da Liberdade mencionado na carta estava em cima do parapeito, ao lado da isca Wiggle King. Eu tinha que admitir que era excitante e misterioso como a vidente conseguia extrair a história inteira dessas coisinhas. Dava para entender por que as pessoas iam visitá-la.

E elas iam. Eu ia na casa da srta. Sadie todo dia havia uma semana, e, às vezes, ficava lá só uma ou duas horas, e ela me dispensava, o que era ótimo para mim. Ela não dizia por quê, mas bem no momento em que eu estava indo embora, um visitante chegava. No dia anterior, uma mulher velha que parecia ansiosa e agitada fora visitá-la. Disse que a sua mente não era mais como costumava ser.

Hoje de manhã, tinha sido uma jovem bonita. Eu a reconheci. Era Betty Lou, que trabalhava no salão de beleza, e percebi que ela estava quase chorando. Não fiquei escutando a conversa, mas antes de chegar à porta e passar pela varanda, eu a ouvi dizer alguma coisa sobre ter medo de ser estéril. Eu sabia que isso significava que a mulher não podia ter um bebê, e fiquei pensando por que ela achava que a srta.

Sadie poderia ajudar. Mas ela podia querer apenas alguém para ouvir os seus problemas. A srta. Sadie disse que ensinaria a ela como fazer um chá com algumas ervas especiais, e as duas ficaram em silêncio. Depois disso, fui embora.

Estava feliz por ter a tarde livre, mas também curiosa para saber o que iria acontecer com o Lançador de Fogo da Manchúria. Será que Jinx tinha conseguido evitar o xerife? E a barraca em que ele entrara, será que era a da srta. Sadie? Ele desabafou com ela? Visitou a vidente mais de uma vez, e assim ela tomou conhecimento dos eventos que não testemunhou? Toquei o rosto erguido da Lady Liberdade no dólar de prata. A srta. Sadie era uma péssima leitora do futuro, mas sabia como contar uma história do passado.

Ruthanne e Lettie gritaram do lado de fora da janela. "Ei, Abilene. Você está aí?"

No tempo de folga da casa da srta. Sadie, eu tinha ajudado um pouco Hattie Mae na redação do jornal e consegui mais algumas edições antigas. Mas, principalmente, Lettie, Ruthanne e eu estivemos espionando as pessoas da cidade, olhando pelas janelas e ouvindo conversas, imaginando que acabaríamos encontrando o Cascavel mais cedo ou mais tarde. Até agora, porém, ninguém havia se entregado. E estávamos prontas para dar uma pausa na caçada ao espião.

"Vamos lá, sua preguiçosa", gritou Ruthanne. "Os sapos estão esperando."

Desci e saí. "Preguiçosa", gemi. "Minhas costas doem tanto de cavar a terra seca da srta. Sadie que eu poderia reclamar sem parar. Pena que a minha boca também está seca."

"Bem, podemos dar um jeito nisso." Lettie pegou uma jarra de água fresca. "A sra. Dawkins me deu um pouco de gelo da adega. Ela tem o suficiente lá para o verão inteiro."

"Você tem um saco de sapos?" Ruthanne mostrou uma bolsa de juta.

A verdade é que nunca cacei sapos. Como não queria parecer inexperiente, disse: "Eu uso os bolsos".

"E como faz para eles ficarem lá dentro?", perguntou Lettie.

"Dou um nó nas pernas deles, oras, de que outro jeito?" Tentei manter a expressão inalterada, mas Lettie me olhava tão séria que não consegui segurar a risada.

Ela apontou um dedo para mim. "Você é uma palhaça, Abilene Tucker. Vem. Minha mãe vai deixar a frigideira preparada para fritar algumas pernas de sapo para o jantar."

Pernas de sapo, é? Quando se está com fome na maior parte do tempo, você aprende a comer o que tem. Mesmo assim, pernas de sapo pareciam um pouco exóticas demais para mim. Mas fomos as três para o bosque na minha primeira expedição de caça ao sapo.

Dava para ouvi-los coaxando em todos os lugares. Só que encontrá-los era outra história.

"Quando vir um, encurrale-o num canto em algum lugar", Ruthanne me ensinou.

"Um canto? No bosque?"

"Sim, tem pedras, árvores e troncos em todos os lugares."

Eu me abaixei para ouvir e observar, e de repente um sapo verde e gordo pulou na minha frente. "Ali tem um!"

"Também achei outro", gritou Lettie.

Antes que eu percebesse, nós três corríamos em direções diferentes. Meu sapo pulava para lá e para cá, sempre se mantendo fora do meu alcance. Corri atrás dele até uma clareira, onde ele pulou num arbusto cheio de espinhos. Ficou lá sentado, tão calmo como podia estar, sabendo que eu não seria capaz de alcançá-lo e pegá-lo.

Pensei em esperar o sapo sair dali, mas alguma coisa chamou a minha atenção. Era uma lápide ao lado de uma velha figueira. Só um marco arqueado, nada de especial, exceto o fato de ser o único. *De quem poderia ser essa lápide aqui no meio do nada?* A curiosidade me dominou e eu me aproximei para ler o nome.

No entanto, quando estava estendendo a mão para remover anos de terra da lápide, ouvi um grito. Vinha do meio das árvores. Corri por entre os arbustos em direção ao som, arranhando o rosto e os braços enquanto corria. E parei de repente. O grito tinha brotado de uma casinha no fundo do bosque.

Era uma casa arrumadinha com uma pilha de lenha de cada lado. Degraus retos e firmes levavam a uma varandinha, e vi cortinas de algodão vermelho e branco nas janelas. Era uma bela casa que provavelmente abrigava boas pessoas. Naquele momento, porém, havia uma aura de perturbação em torno dela.

Lettie e Ruthanne se juntaram a mim, ambas ofegantes e igualmente arranhadas.

"O que aconteceu? Ouvimos um grito."

"Shhh."

Billy Clayton surgiu da lateral da casa, o rosto contraído numa expressão de preocupação e medo. Ele apoiou uma tora de madeira em um toco de árvore, e com um machado que parecia maior que ele, cortou a tora ao meio com um golpe. Depois jogou as duas metades na pilha e pegou outra tora. Lettie, Ruthanne e eu continuávamos escondidas entre as árvores quando a porta da casa abriu.

"Santo Moisés", cochichou Ruthanne, incrédula.

A irmã Redempta saiu da casa e se dirigiu ao poço. Ela ainda usava o longo hábito preto e o rosário de contas, mas a cabeça estava descoberta. O cabelo era curto, e o seu rosto estava vermelho do esforço físico. Ela puxou um balde do poço, arregaçou as mangas e jogou água no rosto e na nuca. Depois, com as mãos na base da coluna, se alongou e expirou. Uma expiração tão profunda quanto o poço, provavelmente.

A mulher fechou os olhos.

"O que ela está fazendo?", perguntou Lettie.

"Rezando, talvez?", sugeri.

Billy parou de cortar lenha e esperou a irmã Redempta abrir os olhos.

Quando os abriu, ela pareceu surpresa por vê-lo ali parado, como se tivesse se ausentado por meio de um encantamento. "Billy Clayton, vamos precisar de um pouco dessa lenha agora. Sua mãe está descansando, e seu irmãozinho precisa de um banho morno."

"Está tudo bem, então? Com a minha mãe? Ela vai ficar bem?"

"Sim, Billy. Foi difícil, mas ela é uma mulher forte. Tem que ser, ou não poderia manter na linha um garoto teimoso como você."

Billy sorriu. "Sim, irmã. Obrigado, irmã", disse ele, e a voz tremeu com o alívio.

A irmã Redempta voltou para dentro da casa, e Billy pegou algumas toras de madeira antes de segui-la.

Lettie, Ruthanne e eu caímos no chão exaustas, como se tivéssemos dado à luz também.

"Que loucura!", sussurrou Lettie.

"É mesmo", concordou Ruthanne.

"Também não acredito nisso. Uma freira fazendo um parto?" Balancei a cabeça.

"Ah, a irmã Redempta faz isso o tempo todo", disse Lettie. "Quando um bebê nasce ao contrário ou a mãe é pequena demais para o bebê, a freira é chamada."

"Isso", confirmou Ruthanne. "Ela fez muitos partos por aqui. Minha mãe diz que o meu irmão mais velho não estaria aqui, se não fosse pela irmã Redempta."

"Bem, se é tão comum, por que vocês estão tão espantadas?"

"Nunca vimos a irmã sem o véu", explicou Lettie. "Ouvi histórias sobre ela ter cabelo cor de tomate. Outras pessoas diziam que ela nem tinha cabelo."

"Vamos", disse Ruthanne já se levantando. "É melhor irmos para casa avisar as nossas mães que não pegamos sapo nenhum e que a sra. Clayton também precisa de cuidados."

Quando começamos a andar de volta para casa, eu me mantive atenta para a lápide, ainda curiosa sobre quem poderia estar enterrado ali, mas não passamos por ela.

CASA DE VIDÊNCIA DA SRTA. SADIE
6 DE JUNHO

Um vento morno soprava quando me dirigi à casa da srta. Sadie no dia seguinte. Eu ainda pensava na lápide ao lado da figueira perto da casa de Billy Clayton. Com as histórias da srta. Sadie ainda na minha cabeça, pensei em várias pessoas que poderiam estar enterradas lá. Talvez fosse um imigrante solitário sem família. Ou um andarilho que tinha chegado à cidade e caído morto, e as pessoas o sepultaram lá. De qualquer jeito, queria saber se o magro sr. Underhill havia medido o túmulo.

Só de pensar no sinistro sr. Underhill, eu ficava desconfortável. Como se alguém estivesse me observando, seguindo os meus passos. Eu me aproximava da casa da srta. Sadie, mas não estava perto o bastante para correr e passar pelo portão. Continuei andando e olhando para trás. Esperava ver as longas pernas e os ombros encurvados do sr. Underhill bem atrás de mim.

Meu jogo de rimas começou. "*O cavalo está no estábulo e o porco, no chiqueiro. O cachorro, no canil e, no quarto, está o fazendeiro. A vaca está no pasto e o gato, no terreiro, mas onde está a galinha? Raposa no galinheiro!*"

A rima me deixou desconfortável. Eu me sentia um pouco exposta, por isso mudei de direção e me aproximei da cerca em busca de proteção. Olhei para trás de novo, espiei por entre galhos cheios de folhas que balançavam e se curvavam ao vento, tentando me convencer de que estava sendo dominada pela minha imaginação. Podia jurar que tinha até escutado um ruído de chocalho ecoando no bosque. Mas não vi o sr. Underhill. Não tinha ninguém ali. Finalmente, soltei um longo suspiro e jurei que ia parar de pensar em túmulos, coveiros e gente morta. Tentei começar uma rima mais feliz. *"Johnny gosta de sol, eu gosto de chuva. Johnny gosta de laranja..."* Saí do meio dos arbustos e dei de cara com uma figura alta vestida de preto.

"Meu Deus do céu!", gritei. Meu coração batia descompassado quando vi que era a irmã Redempta.

"Meu Deus do céu, realmente." Ela ergueu o queixo para mim.

Eu esperava que falar o nome de Deus em vão num momento de aflição não estivesse na lista de proibições. Não devia estar, já que ela mesma repetira a expressão.

"Eu, hum, não tinha visto a senhora. Desculpe ter tropeçado em cima de você." Não conseguia nem imaginar de onde ela saíra, mas mesmo sendo tão assustadora, fiquei aliviada por ser ela.

"Isso acontece quando a gente sai do bosque correndo." Ela enfiou as mãos nas mangas e continuou me estudando. "Bem, vá em frente. Termine. Se Johnny gosta de laranja..."

"Eu gosto de uva?" Não era para sair como uma pergunta.

"Entendo. Vejo que foi melhor mesmo pedir para que você escrevesse uma história durante o verão, e não um poema. Ainda assim, sei que uma boa rima pode acalmar a alma." Ela olhou para trás de mim. "Quando as freiras comandavam um orfanato aqui, algumas crianças cantavam para dormir, frequentemente nas línguas das suas terras, já que muitas eram filhas de imigrantes."

Por alguma razão, senti as lágrimas inundando os meus olhos. Eu me sentia como uma daquelas crianças órfãs.

"E ajudava? Os poemas faziam as crianças se sentirem melhor?", perguntei, sabendo que a irmã Redempta me daria uma resposta honesta.

"Algumas sorriam com as rimas. Outras choravam. Porém, no fim, todas adormeciam." Ela parecia sentir que eu precisava de uma rima que fizesse sorrir. "Eu me lembro de um menino que costumava fazer uma espécie de brincadeira de esconder. Ele cobria o rosto com as mãos e espiava por entre os dedos. É claro, o que ele fazia não era de fato uma rima, porque era metade em inglês e metade no idioma dele. Começava com 'Onde o menininho se esconde? Onde está o menininho?' Depois ele terminava o verso e tirava as mãos da frente do rosto como se tivesse sido encontrado."

"É uma boa história", falei, mas tive medo de perguntar se ele foi encontrado ou adotado por alguém.

"Está aproveitando o verão?" A irmã Redempta retomou o tom sério.

Fiquei com a impressão de que ela olhou rapidamente para a Casa de Vidência da srta. Sadie, e imaginei que teria algo a dizer sobre eu frequentar o Caminho da Perdição, então não mencionei minhas visitas à vidente. Procurar o Cascavel também não causaria uma boa impressão, provavelmente. Fiquei feliz por não encontrar a irmã Redempta com frequência, porque, pelo jeito, não tínhamos muito sobre o que falar.

"Lettie, Ruthanne e mim fomos caçar sapos", respondi.

"Lettie, Ruthanne e *eu* fomos caçar sapos."

Pensar na irmã Redempta e em qualquer pessoa indo caçar sapo era engraçado, mas eu sabia que ela estava só me corrigindo.

"Bem, tenho certeza de que vai ter muito sobre o que escrever para o trabalho de fim de verão", falou ela.

Eu quase me esquecera daquilo.

"Sim, irmã." Ela deve ter notado a hesitação na minha voz.

"Talvez queira começar com um dicionário."

"Um dicionário?" Até eu sabia que um dicionário não tinha histórias.

"Sim. Comece pela palavra *manifesto*. É um substantivo e também um adjetivo. O verbo relacionado à palavra é *manifestar*. Procure-a." A irmã Redempta começou a se afastar, depois falou olhando para trás. "E lembre-se, Abilene Tucker: para escrever uma boa história, é preciso observar e ouvir."

Deus Todo-Poderoso, ela falava como uma vidente.

Eu ainda me perguntava de onde a irmã Redempta tinha saído e o que um dicionário poderia me ensinar sobre o significado de *manifesto* quando abri o portão da casa da srta. Sadie e subi a escada barulhenta.

Ao entrar, fiquei com a esperança de talvez já ter saldado a dívida. Minhas costas doloridas e as mãos cheias de bolhas estavam igualmente otimistas. No entanto, a srta. Sadie estava sentada na sua cadeira de metal no pátio, fumando o cachimbo de espiga de milho como se não tivesse se movido desde o dia anterior.

A intenção de me fazer trabalhar no seu jardim também não havia mudado.

"As fileiras devem ser retas. Algumas plantas precisam ser afastadas das outras. Caso contrário, nunca vão evoluir."

Eu não disse nada, porque ainda estava pensando sobre o meu encontro com a irmã Redempta. Além do mais, secas como estavam, aquelas sementes nunca germinariam, muito menos evoluiriam.

"Quando terminar as tarefas de hoje, tenho ervas para serem maceradas em pasta para a sra. Clayton. Ela as coloca no chá para ter mais leite."

Levantei a cabeça, surpresa por ela saber sobre a sra. Clayton e o bebê recém-nascido, imaginando se algum visitante trouxera a notícia. Para alguém que não circulava muito, a srta. Sadie parecia estar sempre bem informada. E havia todas aquelas pessoas e todos aqueles eventos nas suas histórias. Eu já tinha abandonado a ideia de que a srta. Sadie era vidente, mas como ela sabia de tudo?

"Ontem estivemos perto da casa dos Clayton, Lettie, Ruthanne e eu. Acho que o bebê teve dificuldade para nascer." A notícia não provocou nenhum tipo de espanto na srta. Sadie. "A irmã Redempta parecia bem cansada. Nós a vimos sem o véu e com as mangas arregaçadas. Era quase uma mulher comum", acrescentei.

Talvez a irmã Redempta tenha passado por ali e contado à srta. Sadie sobre o bebê, mas o silêncio dela não confirmava essa hipótese. Lembrei-me de como a freira levantou uma sobrancelha naquele último dia de aula ao se referir ao antro de iniquidade da srta. Sadie. Parecia haver alguma coisa entre as duas, mas eu não conseguia identificar o que era. Talvez ambas vivessem tão longe do que era considerado comum que uma espécie de semelhança se estabelecera entre elas.

"Elam bouzshda gramen ze."

Levantei a cabeça. "O que disse?"

"É cigano. Significa que a pessoa que você encontra é, muitas vezes, mais do que a pessoa que vê."

A última pessoa que mencionei foi a irmã Redempta. Era dela que a srta. Sadie estava falando? Eu sabia que não devia associá-la a uma única explicação. Uma coisa que eu começava a aprender sobre a srta. Sadie era que o que ela falava podia sempre significar mais de uma coisa de cada vez. E normalmente isso remetia ao passado.

A srta. Sadie continuou com o seu sotaque húngaro.

"Havia muita agitação em Manifest anos atrás. Uma guerra. Uma colcha. E uma maldição..."

A COLCHA DA VITÓRIA
27 DE OUTUBRO

Naquela noite na área da feira, Ned comprou um saco de pipocas. Ele passou pela barraca de recrutamento do Exército e pela mesa que vendia Liberty Bonds a caminho das Filhas da Revolução Americana. Pearl Ann participava de um grupo de mulheres que falavam sobre filhos e sobrinhos no Exército e toda a comoção em torno das festividades de Ano-Novo.

A sra. Larkin parecia presidir o grupo ao mesmo tempo em que distribuía vários panfletos.

****

LEILÃO DA COLCHA DA VITÓRIA

Patrocinado pelas Filhas da Revolução Americana de Manifest
Sra. Eugene Larkin, presidente

As mulheres de toda ordem fraternal estão convidadas para fornecer quadrados para uma colcha especial da vitória que será autografada pelo presidente Woodrow Wilson em sua visita ao Meio-Oeste.

A colcha da vitória de Manifest será leiloada durante as comemorações de Ano-Novo na estação ferroviária da cidade após o autógrafo do presidente.

Os quadrados para a colcha devem ter quinze centímetros quadrados e precisam ser entregues para avaliação até o dia 1º de dezembro para a sra. Eugene Larkin, presidente.

A renda será destinada à compra de títulos Liberty Bond para apoiar os nossos jovens nas Forças Armadas.

SRA. EUGENE LARKIN, PRESIDENTE

"Senhoras, todas peguem um quadrado da colcha e um panfleto." A sra. Larkin riu. "Meu marido, o finado Eugene Larkin, que, como sabem, foi avaliador do condado durante vinte e cinco anos, apoiava incondicionalmente o presidente Wilson. Tenho certeza de que é por isso, em grande parte, que Manifest é uma das etapas da visita presidencial ao Meio-Oeste. É claro, meu sobrinho, filho da minha irmã, trabalha no gabinete do governador. Ele é assistente do assistente..."

Ned se aproximou de Pearl Ann. "Então o presidente vem à cidade. Ele deve ter ouvido falar que temos aqui as garotas mais bonitas do estado." Pearl Ann sorriu quando Ned deu a ela o saco de pipocas. "Vai fazer um quadrado para a colcha?"

"Toda mulher tem que fazer a sua parte para ajudar a manter os nossos jovens nas Forças Armadas", respondeu ela, agitando um pedaço de tecido de lã. "Mas com a minha habilidade em costura, acho que acabaria recuando o esforço de guerra em alguns títulos Liberty Bonds." Ela enfiou o tecido no bolso da camisa de Ned como se fosse um lenço.

"Quer ir no carrossel?", perguntou ele.

Antes que ela pudesse responder, uma voz aguda a chamou do círculo de mulheres. "Pearl Ann." Era a sra. Larkin, a mãe dela. "Venha aqui, querida." Ela falava com os lábios comprimidos e olhava para Ned como se ele não servisse nem para carregar a bagagem de Pearl Ann, muito menos dividir a pipoca com ela.

"Acho que a sua mãe não gosta muito de mim", comentou.

"Ela só não conhece você ainda."

"Ainda? Moro em Manifest desde que era garoto."

"Para alguém cujo povo vive aqui há gerações, esse tempo não é suficiente."

"Ah, então tenho que ter um pedigree que remonte aos tempos de George Washington."

"Eu não falei isso. É que minha mãe não acha que *conhece* alguém até conhecer os tios, as tias e os primos de segundo grau dessa pessoa. Ela gosta de ter todas as coisas nos lugares certos."

Os ombros de Ned ficaram tensos. Fora toda aquela ideia de linhagem e histórico que o mandara para o fundo da mina a fim de cumprir um segundo turno. Ele enfiou as mãos nos bolsos.

"Ah, bem, seria preciso organizar muitas coisas nos lugares certos para mapear minha história na Itália, ou na França, ou talvez na Tchecoslováquia, então isso vai ser um problema, não vai?"

"Não é isso que eu quero dizer. Não me importa de onde você é", respondeu ela em tom de conciliação.

"*Pearl Ann!*" A sra. Larkin chamou de novo, dessa vez com uma sobrancelha levantada.

Nesse momento, Arthur Devlin, que vestia terno de risca de giz e carregava uma bengala preta e reluzente, aproximou-se da sra. Larkin. Ele se curvou e segurou a mão dela.

"Boa noite, sra. Larkin", disse com uma voz retumbante. "Ou devo chamá-la de Eudora, como nos tempos do colégio?" O homem piscou ao beijar a mão dela. "Teria a bondade de me acompanhar em um passeio?"

"Como presidente das FRA, receio que tenha que distribuir esses quadrados da colcha..."

"Francamente, isso pode esperar. Minha querida finada Esther sempre dizia: 'Não faça hoje o que pode deixar para amanhã'." Ele riu, levando a sra. Larkin para longe de Pearl Ann e Ned, usando o corpanzil para escondê-la.

"É bem evidente que a sua mãe se importa com a origem de uma pessoa", comentou Ned."

Pearl Ann fez uma careta. "Quem você quer levar ao carrossel? Eu ou a minha mãe?"

Ele não respondeu.

"Entendo. Bem, tome cuidado com as voltas do carrossel. Mamãe é propensa a náuseas." Pearl Ann se afastou de Ned *e* da mãe dela.

"Ei, *Benedetto*." Um rapaz arrancou o tecido do bolso de Ned. "Está preparando seu quadrado para a colcha da vitória?" Era Lance Devlin, filho do dono da mina, com alguns dos seus amigos. "Bem, é bom ver que está fazendo a sua parte pelo esforço de guerra." Os meninos que normalmente usavam os suéteres da escola hoje vestiam elegantes uniformes militares marrons e quepes. Eles formaram um semicírculo em torno de Ned.

"Estão indo a um baile a fantasia?", perguntou Ned, irritado.

"Não ficou sabendo? Nós nos alistamos para fazer a nossa parte. Afinal, alguém tem que ir consertar a confusão em que a sua gente se meteu por lá."

"Não sabia que o Exército estava desesperado a ponto de baixar os requisitos de inteligência, além dos de idade."

"Porque ainda não fiz dezoito anos?", perguntou Lance. "Sim, bem, é incrível como 25 dólares podem ajudar um oficial de recrutamento a relevar um ou dois detalhes. Talvez deva tentar, Ned, meu velho, mas pode ser que os cupons da companhia não sirvam."

"Você tem razão. Os cupons Devlin não valem o papel em que estão escritos."

"Tsc, tsc, Ned. Devia estar aliviado por não ter que dividir a pista de corrida comigo na primavera."

"Ah, eu estou." Ned massageou a nuca. "Distendi o pescoço no ano passado quando disputamos a prova de uma milha."

"Sério?" Lance parecia satisfeito e surpreso.

"É, de tanto olhar para trás para ver onde você estava."

Os outros garotos uniformizados riram cobrindo a boca com a mão. Lance Devlin aproximou o rosto do de Ned e devolveu o tecido ao seu bolso.

"Bem, por ora, é melhor se limitar ao seu quadradinho de colcha e deixar a luta conosco. Por outro lado, talvez devamos dar uma olhada para ver se não está costurando algum tipo de mensagem de espião. Todo cuidado é pouco com essa gente de linhagem desconhecida. E a sua origem é tão desconhecida quanto pode ser, não é verdade, *Benedetto*?" Lance recuou um passo e subiu o tom de voz. "Até onde sabemos, talvez esse não seja nem o seu nome de verdade. Pode ser Fritz ou Hans. Vamos, pessoal." Ele bateu com o ombro no de Ned ao passar.

Jinx se aproximou com alguns pãezinhos mornos. "O que foi tudo aquilo?"

"Nada." Ned olhou para a barraca de recrutamento das Forças Armadas. "Então, um truque envolve a arte da distração, não é?"

"Sim. Está reconsiderando o meu plano pirotécnico?"

Ned levantou os ombros. "Pode contar comigo."

O dia 1º de dezembro passou e todos os quadrados da colcha foram entregues, exceto um.

"Mas o prazo é hoje." A mulher húngara sacudia o quadrado e balançava as pulseiras.

"Com certeza a senhora deve ter entendido mal." Eudora Larkin olhava pela tela da porta da sua casa. "O prazo já acabou e a colcha está pronta. Além do mais, como presidente das FRA, tenho a responsabilidade de garantir a adequação de tudo que será apresentado ao presidente dos Estados Unidos. O envolvimento de alguém da sua profissão seria impróprio, para dizer o mínimo."

"Minha profissão?" Ela a encarou.

"Bem, sim, você sabe, uma vidente. Alguém que lança encantamentos e roga maldições."

"Maldições?" Agora, os olhos dela brilhavam. "Fique com a sua colcha da vitória. Vou lhe rogar uma maldição." E abriu a porta de tela. "*Ava grautz budel nocha mole.*"

A sra. Larkin recuou assustada quando a porta de tela fechou com um estrondo. Depois, tentando recuperar a compostura, disse: "Ah, por favor, isso é tudo bobagem". Ela viu a mulher se afastar. "É bobagem, estou dizendo!"

No entanto, a sra. Larkin ficou tão perturbada com a maldição da mulher, que na véspera de Ano-Novo tinha sombras escuras sob os olhos e uma irritação que a dominava.

Nas semanas que antecederam as comemorações do novo ano, Jinx e Ned se ocuparam recolhendo latas vazias e enchendo-as com ingredientes encontrados em fontes variadas, como a loja de ferramentas, a padaria e o suprimento da mina.

Assim que anunciassem que os cobiçados Lançadores de Fogo da Manchúria estavam à venda, Jinx e Ned sabiam que poderiam vender todos que conseguissem produzir. O poço abandonado da mina que Shady usava para misturar bebida ilegal tornou-se um esconderijo conveniente para uma nova empreitada clandestina. Ficava na longa e estreita faixa de terra que pertencia à Viúva Cane e corria paralela à mina. O poço fora abandonado anos antes, quando os geólogos de Devlin perceberam que o centro do veio de carvão seria encontrado mais a oeste. Para Jinx e Ned, a área afastada era perfeita para produzir os fogos de artifício.

Com cuidado, o menino transferiu o pó preto dos bolsos para uma lata grande.

"Ei. Azeitonas húngaras." Ned leu o rótulo na lata grande. "Deviam ser azeitonas especiais."

"Sim, ajudei a mulher húngara com um trabalho na cerca, e ela me deu isso. Deve ser do tamanho ideal para o que sobrou de TNT. Otis, que trabalha na mina, disse que uma garrafa de bebida de Shady por duas bolsas de TNT é um bom negócio, mas ele não pode correr o risco de Burton descobrir."

Ned deu de ombros. "Eu não me preocuparia com isso. Burton, Devlin, a mina inteira pode passar por cima de qualquer um ou qualquer coisa que fique no caminho deles."

Jinx olhou de esguelha para Ned. Ultimamente, ele andava de péssimo humor. Ned devia ter notado Jinx olhando para ele, porque disse: "Como você aprendeu tudo isso? O jogo das cascas de noz, a arte da distração? Água glacial do Ártico? E não me diga que a pegou com um curandeiro de cem anos".

Jinx deu de ombros sem levantar a cabeça. "Acho que começou há uns dois anos quando minha mãe ficou doente. Meu pai foi embora quando eu era pequeno, e ficamos só ela e eu morando num apartamento de um quarto em Chicago. Por um tempo, ficou tudo bem. Ela costurava e lavava roupa para fora. Só que quando ela ficou doente, o meu tio Finn, irmão do meu pai, disse que poderia me ajudar a ganhar dinheiro para a comida e os remédios. Ele me ensinou todos os truques. Depois, quando a minha mãe morreu, me vi diante de duas opções: ir para um orfanato ou ir morar com Finn. Ele me aceitou como uma espécie de assistente."

"E...?" Ned não era burro. Sabia que Jinx tinha parado em Manifest porque estava fugindo, mas até agora nunca o pressionara por uma explicação.

Jinx estava cansado. A lata pesava nas suas mãos. Ele a deixou no chão para descansar.

"Foi um truque medíocre. Normalmente, era em serviços religiosos em tendas e missões que a magia funcionava, porque as pessoas chegavam procurando alguma coisa, e nós fornecíamos. Mas era preciso ter um infiltrado, alguém cuja associação com Finn fosse desconhecida."

Ele suspirou e continuou. "Eu era o infiltrado. Tinha uma doença qualquer, e Finn era a pessoa com a cura para o mal que me afligia. Às vezes, eu era cego. Em outras, era uma pessoa com deficiência. Mas era sempre alguma coisa visível para todos perto de mim. Então, quando Finn chegava, ele falava às pessoas sobre o seu elixir ou bálsamo, um remédio muito antigo dos nativos da selva Zambezi ou uma mistura especial preparada por um indígena curandeiro de cem anos de idade. E pedia a um voluntário para experimentar o remédio. Eu ficava quieto, esperava alguém me indicar. Era sempre melhor quando as pessoas tinham a ideia."

"Um curandeiro de cem anos, é?", falou Ned. "Eu sabia."

Jinx riu. "É, eu bebia o remédio, ou esfregava no corpo, dependendo da doença a ser curada. E sem nenhum drama, ficava curado. As pessoas pegavam a carteira rapidamente para comprar um ou dois frascos."

"Mas isso não é mentir, trapacear e roubar?"

"Acho que nunca encarei as coisas desse jeito. Era o que Finn fazia, e eu estava com ele." Jinx ficou em silêncio, consciente de que a resposta era insuficiente.

"Continue", disse Ned.

"Bem, teve uma reunião religiosa em uma tenda em Joplin. Normalmente as pessoas eram barulhentas e agitadas, com muitos gritos e braços balançando numa parte de louvor e duas partes de danação. Só que aquela situação era diferente. O pregador era silencioso e brando. Falava como um vizinho conversando por cima da cerca. Contava de coisas que tinha feito na vida das quais não se orgulhava. Ele disse que viveu tristeza e dificuldades que o deixaram perdido. Até que decidiu que não queria mais viver à deriva. Ele começou a cantar, e outras pessoas se juntaram a ele."

Jinx fez uma pausa e apoiou as mãos nos joelhos.

"Aquela canção era sobre pastos verdes e águas calmas. O pregador falava sobre andar no vale das sombras e da morte e não sentir medo." Jinx ficou quieto enquanto relembrava. "Nunca ouvi nada tão agradável. Tudo que Finn me dizia era que, se não fosse por ele, eu estaria morto ou num orfanato em algum lugar qualquer onde as crianças eram alimentadas com sopa de rato e obrigadas a lavar banheiros dia e noite. Ouvi as palavras daquele pregador e me peguei desejando estar naqueles pastos verdes, em vez de viver me esgueirando de cidade em cidade. Só que o serviço religioso acabou, e Finn entrou em ação, e eu precisava ser curado. Tudo aconteceu como sempre, até Finn e eu estarmos no bosque fora da cidade."

O poço abandonado da mina parecia ter desaparecido enquanto Jinx contava sua história.

Finn contava o dinheiro ao lado da fogueira quando um homem chegou ao nosso acampamento. "Olá, Finn", o homem falou por entre os dentes salientes. "Há quanto tempo."

Achei que ele se surpreenderia, mas não parecia surpreso. "Ei, Junior", disse sem levantar o olhar. Finn terminou de contar o dinheiro e o enfiou no bolso.

"Estou morando com a minha tia Louise. Eu me interessei por uma garota da cidade."

Finn não respondeu.

"Vi você na missa", Junior continuou, depois se sentou perto da fogueira.

"Sim, também vi você."

"Poxa, nós vivemos os nossos momentos, não foi, Finn? Lembra aquele serviço que fizemos em St. Louis? Mostramos para aqueles homens quem mandava, não foi?"

"Aquilo foi um trabalho de segunda, Junior. Ninguém precisa ter muito cérebro para bater na cabeça de dois homens e roubar os seus chapéus e sapatos. Não, senhor. Agora sou um homem

de confiança. Hoje em dia, voo mais alto. Faço coisas de que você não seria capaz."

Junior assentiu. "Esse é o seu novo parceiro?" E apontou para mim.

"Sim. Ele é mais novo que você, mas é mais esperto."

Junior deu um sorriso bobo. "Talvez tenha razão, Finn. Mas tenho vivido tempos difíceis e estou precisando de ajuda, se é que me entende."

"Ajuda ou caridade?" A voz de Finn era dura e cruel. "Esquece. Pode ir andando. Suma daqui."

Junior se levantou e parou atrás de Finn. "As pessoas não iam gostar de saber que você as enganou e roubou o dinheiro que seria para a igreja."

Finn também se levantou. "Está me ameaçando, Junior?" O rosto dele se transformou com um sorriso estranho. "Vá em frente. Diga ao xerife que capturou o famoso fora da lei que vende elixir falso. Ele vai rir na sua cara. Além do mais, quando voltar, eu já vou estar na metade do caminho para... Ora, quem sabe?"

Junior tirou uma faca do bolso do colete. As mãos dele tremiam. "Talvez, mas se eu levar você até a cidade e falar que peguei o homem que matou o filho daquele banqueiro em Kansas City, acho que eles podem ficar bastante interessados."

Finn parou onde estava. "Esta é a honra entre os ladrões, hein, Jinx?"

Havia acontecido pouco tempo depois da morte da minha mãe. Finn e eu morávamos num prédio velho em Kansas City. Ele tinha passado a noite fora bebendo e jogando, e voltou dizendo para eu pegar as minhas coisas. Estávamos indo embora. Nunca soube por quê, até Junior esclarecer o motivo que nos fez arrumar as malas.

Lembro-me de ter pensado duas coisas quando me sentei diante do fogo e vi a cena se desenrolar. Uma era que eu sentia muito por Junior, e outra era que não queria ser como ele. Vagando no vale das sombras da morte. Porque era isso que eu andava fazendo com Finn.

Com um movimento só, o tio Finn arrancou a faca da mão de Junior e torceu seu braço para trás das costas.

Junior se encolheu de dor. "Era brincadeira, Finn. Eu jamais entregaria você."

"Jinx, pegue uma corda."

"Deixe-o ir e vamos dar o fora daqui", falei.

"Por que a pressa, garoto? Agora tem medo de mim?", perguntou Finn.

Não respondi.

Finn arremessou a faca, que ficou cravada no chão bem na frente dos meus pés.

"Vou dar um motivo para você ficar com medo de verdade." Seus olhos eram como brasas, e ele continuava segurando Junior. "Corta logo um pedaço da corda na bolsa."

Puxei uma longa corda da bolsa e cortei um pedaço.

Finn empurrou Junior para o chão. "Amarre-o."

Junior se encolheu no chão. "Por favor, Finn. Eu não estava falando sério."

Caminhei na direção de Junior carregando a faca e a corda, tentando decidir o que fazer. Finn se movia pelo acampamento pegando as suas coisas. Talvez ele não notasse se eu fizesse um trabalho relaxado ao amarrar o homem.

Envolvi as mãos de Junior com voltas frouxas de corda e a prendi com um nó solto que poderia ser desfeito com facilidade. Depois peguei a faca e parei na frente de Junior. Sussurrei: "Solte as mãos enquanto estamos arrumando as coisas e depois vá embora".

Junior não respondeu. Só olhou além de mim com medo nos olhos. Eu sabia que Finn estava atrás de mim e sabia que ele tinha escutado. Virei a tempo de ver o punho se aproximando do meu rosto. A última coisa que lembro é do brilho da faca na minha mão.

Não podia ter passado muito tempo desacordado, mas quando recuperei a consciência, estava deitado ao lado de Junior e todo sujo de sangue. A faca o acertara bem na barriga.

Finn se ajoelhou para examinar Junior, depois olhou para mim. "Você matou ele." O tio balançou a cabeça. "Garoto, você dá azar. Eu ia só amarrar Junior e deixá-lo aqui no bosque até irmos embora. Agora, olha só o que você fez."

Olhei. Olhei por muito tempo.

"Sim, senhor, tem uma sombra de azar à sua volta. Primeiro o seu pai vai embora, depois a sua mãe morre. E então o pobre

idiota do Junior." Ele pegou a faca. "Devo ser o único livre do seu azar." Ele olhou para mim com uma mistura de desgosto e piedade. "Acho que você vai ter que ficar comigo", disse, limpando a lâmina com o lenço. "Ou pode acabar dando azar para si mesmo."
Fiquei com medo.

Jinx chutou sem querer a lata de TNT, o que o levou de volta ao poço abandonado e às latas desmontadas e pavios.

"Continue", disse Ned.

"Dois dias depois, começou a circular a notícia de que o xerife de Joplin estava procurando uma dupla responsável pelo assassinato de Junior Haskell. Junior tinha contado a alguns amigos que ia encontrar dois conhecidos dos seus tempos de glória. E que os tinha visto na missa. Sua tia Louise contou ao xerife sobre o serviço religioso na tenda, e havia uma cidade inteira de testemunhas para descrever a nossa aparência. Finn disse que era melhor a gente se separar, já que eles procuravam por uma dupla. E foi assim que entrei num trem e ele no outro. Viajamos em direções contrárias.

Ned olhou para Jinx, dando a ele toda a sua atenção. "Isso não pode ser considerado assassinato. Foi um acidente. E foi culpa do seu tio, na verdade."

"Mas era eu quem estava segurando a faca. Devo ter girado quando Finn me bateu e, bem, a faca foi parar onde foi parar. Mas tente explicar tudo isso para uma multidão enfurecida ou para um júri formado por conhecidos de Junior Haskell." O rosto de Jinx estava vermelho e as suas mãos tremiam. "Vem me ajudar a montar de novo a bomba do sr. Hinkley." Ele entregou a Ned o Lançador de Fogo da Manchúria original, encerrando a conversa. "Ele está montando a grande exibição de fogos de artifício perto da estação ferroviária. As pessoas não estão medindo esforços para a grande visita do presidente Wilson."

"Cadê o pavio?"

"Devemos ter usado numa das nossas latas. Corta um pedaço daquele rolo. Melhor que seja longo e firme. Cem metros de altura não são pouca coisa."

Os dias seguintes foram prósperos para os negócios de Jinx e Ned. Garotos de todas as partes encontravam desculpas para frequentar a casa de Shady. Quando a última lata foi vendida, os meninos tinham 50,75 dólares. Ned pegou a sua metade e insistiu para que Jinx ficasse com os 75 centavos, já que a ideia tinha sido dele.

Toda a empreitada teria sido perfeita se o pequeno Danny McIntyre, Joey Fipps, Froggy Sikes e mais uma dúzia de garotos sardentos não começassem a disparar o Lançador de Fogo da Manchúria por toda a cidade. Mães furiosas abordavam Shady na rua ou em lojas. Às vezes, uma era atrevida o bastante para entrar no bar levando um menino pela orelha, exigindo que Shady lidasse com o pequeno transgressor embaixo do seu próprio teto.

Shady deixou passar os primeiros incidentes. Afinal, Stanley, o porco de Donal MacGregor, não foi morto. Felizmente para ele, estava chafurdando na lama do chiqueiro quando um buraco foi aberto nas tábuas do telhado do galpão onde ele vivia. No entanto, Greta Akkerson apareceu um dia dizendo que o filho dela tinha se apoderado de uma lata de azeitonas húngaras e que, *de algum jeito*, o telhado do seu galinheiro explodira e as galinhas se espalharam, cacarejando em todas as direções. Foi então que Shady soube que precisava entrar em ação.

Jinx foi o rosto de toda a operação e, como não era de fugir da culpa, assumiu toda a responsabilidade e prometeu compensar os prejudicados. Ele não sabia o que poderia fazer, até que Shady explicou tudo no leilão da colcha no Ano-Novo.

O primeiro dia de 1918 estava frio e claro. As comemorações especiais ofereciam tantas distrações com a quantidade de gente circulando em torno da estação de trem que ninguém notou Ned Gillen no local de recrutamento do Exército, assinando o seu nome na linha pontilhada. O oficial de recrutamento estava tão ocupado contando os 25 dólares que Ned deu a ele que não pediu uma prova de idade.

2 DE JANEIRO DE 1918
SUPLEMENTO DE NOTÍCIAS DA HATTIE MAE

A celebração de Ano-Novo foi um sucesso estrondoso, embora um pouco imprevisível. Muitos habitantes se reuniram na estação de trem para beber e desejar saúde uns aos outros. Alguns versos de "Auld Lang Syne" foram cantados e certas pessoas beberam o suficiente para nunca mais se lembrar disso.

É claro, a maior expectativa esteve relacionada à chegada do trem das 19h45 e do presidente Woodrow Wilson. A banda da Manifest High School estava presente com toda a força e tocou a sua versão mais inspiradora de "Hail to the Chief".

A desafortunada explosão de fogos de artifício na torre da água, com um subsequente banho no presidente e na colcha da vitória recém-autografada, foi um acontecimento surpreendente. Apesar do choque reinante dos habitantes da cidade, também havia iguais medidas de alegria e desânimo entre os que ali estavam. No entanto, parecia que a insatisfação com o comentário do presidente sobre os "aventureiros" (referindo-se aos nossos cidadãos estrangeiros que atravessaram o oceano) atingia a todos.

Depois da partida do trem das 19h45, às 20h07, o dia culminou com o antecipado leilão das Filhas da Revolução Americana. O entusiasmo com a colcha da vitória diminuiu depois que o autógrafo do presidente borrou a ponto de se tornar irreconhecível, mas todos ficaram satisfeitos com os lances bem altos. Porém, esta repórter não entendeu muito bem a estratégia de membros da mesma casa fazendo lances uns contra os outros. A disputa foi acirrada entre Shady Howard e o garoto Jinx até o menino vencer e levar para casa a colcha da vitória de 1918 por um lance de 25,75 dólares.

O prefeito deseja estender os seus agradecimentos aos voluntários pela sua participação nas festividades do dia e solicita ajuda para a construção de uma nova torre d'água, que será construída a "não menos de quinze metros da estação" por ordem do presidente.

Além disso, se alguém tiver informações em relação ao paradeiro do vendedor de fogos de artifício, as Filhas da Revolução Americana oferecem uma recompensa de cinco dólares. Procurar pela sra. Eudora Larkin, presidente. Para saber tudo sobre as pessoas, os eventos, os motivos e os lugares da moderna cidade de Manifest, que contém 1.524 eleitores registrados, não percam a edição de domingo.

HATTIE MAE HARPER
REPÓRTER DA CIDADE

* * * * * * * * * * *
VITAMINA REVITALIZANTE DA VELMA T.
* * * * * * *

Precisa de um estimulante? Experimente essa solução química para falta de energia e de estamina. Com uma combinação cuidadosamente testada de ferro, potássio e cálcio, a Vitamina Revitalizante da Velma T. vai lhe dar uma nova primavera, e você vai conseguir realizar as diversas tarefas que são solicitadas no seu dia a dia. Apenas uma colher de chá de manhã e outra à noite, e você terá os recursos da sua juventude. Procure Velma T. no colégio para obter hoje mesmo a sua Vitamina Revitalizante.

Soldado Ned Gillen

CAMPO FUNSTON, Kansas
10 de fevereiro de 1918

Caro Jinx,

Estou instalado aqui no campo Funston e são quase 2100. (Esse é o jargão militar para nove da noite.) Logo, as luzes vão ser apagadas. Parece cedo para isso, mas a alvorada chega mais depressa que o chamado do pai para os ovos duros e o bacon queimado. O sargento disse que ficaremos aqui umas poucas semanas antes do embarque, por isso não temos muito tempo para treinar. Várias pessoas daqui estão em boa forma pela prática do futebol americano, do basquete ou da corrida, e estamos prontos para partir.

Espero que não esteja mais zangado comigo por ter partido. Afinal, eu não teria conseguido sem *você. Sem o dinheiro da venda dos fogos de artifício, eu jamais teria sido capaz de convencer o oficial do recrutamento a me alistar, mesmo sendo menor de idade. Devo essa a você, meu amigo.*

Não sei se posso dizer para onde vamos, mas preciso parley vous *um pouco sobre meu* vichy swaz, *se é que me entende. Parece que este garoto de Manifest vai sacudir o carvão dos sapatos e ver o mundo.*

Nossos uniformes estão prontos. Fui à cidade com Heck e Holler para tirar as nossas fotos. O homem com a câmera se confundiu com o nome diferente dos dois. Disse que o pai e a mãe deles deviam ter bebido muito antes de escolher os nomes dos filhos. Não conte isso ao juiz e à sra. Carlson. Uma casa tão seca pode acabar pegando fogo. Estou mandando uma foto ampliada para o meu pai colocar sobre o console da lareira, mas aqui também tem uma para você. Acha que vou conseguir matar uns chucrutes com o meu charme e a minha beleza estonteantes?

Como vão as coisas na sua busca pelo Cascavel? Pelo menos agora pode eliminar um suspeito. Moi. *(Mais uma pista do meu destino.)*

A revoada (é assim que Heck diz au revoir*),*
Ned

✳
SOB AS ESTRELAS
12 DE JUNHO
✳

Já contei e recontei para Lettie e Ruthanne a última história da srta. Sadie e o que aprendi com o "Suplemento de Notícias da Hattie Mae". Contei a elas tudo sobre o Lançador de Fogo da Manchúria, a morte prematura de Junior Haskell, a explosão na torre d'água e o infeliz banho na colcha da vitória. Tentei me lembrar de cada detalhe, inclusive da mulher húngara cujo retalho não foi aceito para a colcha. Mas ainda tinham coisas que precisavam ser ponderadas.

"Então a húngara era a srta. Sadie!" As palavras de Lettie romperam o silêncio do bosque escuro. "Por que ela chama a si mesma de mulher húngara? Por que não fala simplesmente 'eu' ou srta. Sadie?"

"Quando conta as histórias, ela se tira delas. Ela é a contadora de histórias."

"Tudo bem", disse Ruthanne, "mas como ela sabe certas coisas que aconteceram quando não estava lá para vê-las?"

"Também pensei nisso", respondi. "Mas você se lembra das azeitonas húngaras? Jinx entrou na barraca dela na feira e depois foi fazer um conserto na cerca para ela. Deve ter sido assim que ela descobriu algumas coisas. Ele deve ter contado."

"Bem, talvez ela tenha algum tipo de poder. Afinal, a maldição sobre a sra. Larkin e a colcha funcionou!", lembrou Lettie.

Lettie ainda ficava agitada, embora ela e Ruthanne tivessem me pedido para contar a história diversas vezes na última semana. E todas nós lemos as cartas de Ned tantas vezes que praticamente as sabíamos de cor. Era sempre interessante quando as histórias da srta. Sadie se sobrepunham a alguma coisa nas cartas dele.

Lettie comentava várias partes da história enquanto Ruthanne e eu andávamos ao seu lado, pisando sobre gravetos e folhas à luz da lua. Eu cumpria mais uma das tarefas naturais da srta. Sadie. Ela me obrigava a fazer todo tipo de *adivinhação*, como chamava. Coisas como sair ao anoitecer para pegar um musgo azul embaixo de uma figueira e me levantar ao nascer do sol para colher um punhado de dentes-de-leão antes de o orvalho desaparecer. As tarefas eram sempre incomuns e ela transformava tudo que eu levava em pasta ou pó. Eu não sabia bem para quê. Aquela noite era um pouco mais misteriosa, porém, e eu não fazia ideia do que estava procurando exatamente. A srta. Sadie disse que uma boa vidente precisava observar, ouvir e esperar.

"O que acha que era a maldição?", perguntou Lettie. "Quero dizer, que maldição faz uma torre d'água explodir?"

A verdade é que eu tinha medo de perguntar à srta. Sadie sobre a maldição que ela havia lançado sobre a sra. Larkin. As palavras pareciam tão antigas e cheias de maus presságios, que eu não queria que ela as pronunciasse em inglês e as direcionasse para mim sem querer.

"E ainda não entendo por que Shady dava lances disputando a colcha com Jinx", disse Lettie.

Ruthanne revirou os olhos. "Nunca vou entender como você consegue ter notas melhores que as minhas em matemática. Vou explicar de novo, escuta." Ruthanne sempre falava sobre as histórias como se tivesse testemunhado os eventos. "Ninguém queria a colcha no leilão, porque ficou molhada e o autógrafo do presidente borrou, certo?"

"Certo", falou Lettie, concentrada.

"Mas Shady sabia que Jinx tinha ganhado um bom dinheiro vendendo os fogos de artifício caseiros."

"Sim. A parte dele foi de 25,75 dólares."

"Pois é. Como foram os fogos de Jinx que causaram a explosão da torre d'água, Shady o fez comprar a colcha como forma de reparação. Jinx deve ter começado com um lance baixo, e Shady continuou dando lances até a colcha ser vendida para Jinx por 25 dólares..."

"E 75 centavos!" Os olhos de Lettie brilharam. "A mesma quantia que ele ganhou com a venda dos fogos de artifício."

"Exatamente", confirmou Ruthanne com um suspiro. "Só que deve ter sido a maldição da srta. Sadie que condenou a colcha, não acha, Abilene?" Ela não esperou pela minha resposta. "Ela deve ser uma bruxa. Até a sra. Larkin a chamou de feiticeira. Lançadora de encantamentos."

"Então, por que ela diz que é vidente?", perguntei. "Por que não se apresenta como srta. Sadie, feiticeira e lançadora de encantamentos?"

"Porque as pessoas no ramo de trabalho dela gostam de ser misteriosas. Como agora, nos fazendo andar pelo bosque no escuro. Tem um mistério." Ruthanne olhou para mim querendo uma explicação.

"A srta. Sadie me deu este balde e disse para eu encontrar uma árvore, um choupo jovem, à luz da lua."

"Mas para que o balde?"

"Ela só me mandou ficar de olhos abertos."

"E que tipo de instruções doidas são essas?", resmungou Ruthanne.

"É uma aventura", opinou Lettie. "É como aquela canção 'Viajando de Trem na Noite Enluarada'." Ela começou a cantar.

*"A vida me deu um golpe duro, e, numa noite escura
e terrível, tive que sair.*

*Primeiro o chefe me mandou embora, depois
começou a chover lá fora.
E eu não tinha para onde ir.
Iodel-airrí. Iodel-airrí. Iodel-airrí.*"

"Por favor, Lettie, se não cantar uma coisa um pouco mais alegre, Abilene e eu vamos jogar você debaixo de um trem."

"Não se preocupe, vai melhorar", garantiu Lettie.

*"Minha alma e meus sapatos estavam gastos, não
tinha dinheiro ou trabalho para assumir,
Mas quando alcancei os trilhos, levando o fardo
do pescoço aos fundilhos,
Pulei naquele trem sob o luar pálido para bem
longe partir."*

Não me contive e cantei junto.

"Iodel-airrí... Iodel-airrí... Iodel-airrí."

Chegamos a uma clareira no leito do riacho e estudamos o terreno seco e rochoso. Imaginei um tempo quando ali devia correr um rio cheio de vida onde era possível nadar.

"Tem muitos choupos por aqui", disse Ruthanne.

Toquei no tronco áspero, pesado. "Parecem muito velhos. Ela disse que tinha que ser uma árvore *nova*."

"Então vamos procurar outras que brotaram mais recentemente. Além do mais, a lua ainda não está brilhando muito forte. Vamos. Estou ficando com fome." Ela nos levou a uma clareira num bosque de choupos e olmos, alguns ainda do tamanho de mudas.

Ruthanne sentou-se com as costas apoiadas num tronco podre e abriu uma bolsa. "Se temos que esperar pelo olho do tritão e pelo coração do sapo se apresentarem, é melhor ficarmos confortáveis. O que trouxeram?"

Tínhamos combinado que cada uma levaria um pouco de comida para dividir. Ruthanne pegou três sanduíches de linguiça de fígado. Eu, um pote empoeirado de beterrabas em conserva que tinha encontrado na despensa de Shady. Elas não eram tão boas quanto sanduíches de linguiça de fígado, mas Lettie pegou uma lata com dois biscoitos. Ela deu um para mim e o outro para Ruthanne.

"Gengibre!", falei ao morder o biscoito e saborear a doçura picante. "Mas cadê o seu?"

"Já comi. Terça-feira foi aniversário da minha irmã Susie, e combinamos que ninguém comeria ovos no café da manhã durante a semana para que a mamãe pudesse trocá-los por açúcar no mercado", explicou Lettie. "Ela fez uma dúzia de biscoitos de gengibre."

"Pode comer metade do meu", ofereci. Ela aceitou com alguma relutância.

Ruthanne deu uma mordida no biscoito, depois outra. "Sua mãe faz um biscoito de gengibre muito bom. Minha mãe sempre diz que nasceu para empunhar uma frigideira de ferro, mas a sua foi abençoada com o toque mais leve de um confeiteiro." Ruthanne terminou de comer o biscoito. "Cante uma canção para nós, Lettie."

Ela se animou. "*A vida me deu um golpe duro...*"

Não tínhamos pressa, porque Lettie e Ruthanne obtiveram permissão para passar a noite comigo na casa de Shady. Eu não sabia se elas poderiam ficar, porque Shady era... Shady. Porém, aparentemente, as mães conheciam Shady desde sempre e as deixaram ficar, desde que suportássemos seus pãezinhos queimados de manhã.

A canção de Lettie nos embalou por um tempo. Depois tudo ficou quieto. Havíamos falado demais sobre as cartas de Ned e quem poderia ser o Cascavel. Era uma boa hora para pensarmos em outras coisas.

"Como vai indo a sua história, Abilene?", perguntou Lettie. "A que a irmã Redempta pediu?"

"Não sei. Não tenho nada para contar."

"Contar uma história não é difícil", disse Lettie. "Você só precisa de um começo, de um meio e de um fim."

"Hum", respondi, pensando se seria assim tão simples.

"Está muito quieto aqui", comentou Lettie, mudando de assunto.

Prestei atenção aos sons de pássaros, cigarras ou... cascavéis. Tanto as do tipo espião quanto as cobras. "Vocês acham que tem cobra nesses bosques?", perguntei.

"Cobras?" Ruthanne pensou no assunto. "O tio Louver diz que tem bichos de todos os tamanhos e formas por aqui. Ele conta uma história incrível sobre as coisas que acontecem nos bosques."

Eu não estava interessada, mas, considerando como ela se deitou e cruzou as mãos sob a cabeça, soube que esperava que perguntássemos.

"Talvez não seja uma boa hora para essa história, Ruthanne", disse Lettie. "Já está bem assustador aqui."

"Vá em frente", falei, fingindo segurar um bocejo. "Vamos ouvir a história."

Ruthanne olhou para mim de soslaio, talvez avaliando se o meu nível de entusiasmo estava à altura do relato.

"Bem", ela começou, "ele estava espalhando armadilhas, o tio Louver, quando de repente escuta um barulho horrível. Ele acha que é um guaxinim ou um gambá e vai verificar. Quando percebe que não é bicho nenhum, é tarde demais."

"Aham. Tarde demais", confirmou Lettie.

Ruthanne se inclinou para a frente. "Ele vê um homem olhando apavorado para alguma coisa. Ele está pálido, com os olhos arregalados. O homem estava petrificado."

"Pe-tri-fi-ca-do", disse Lettie.

"Por quê?", perguntei, cada vez mais interessada.

"Por causa do fantasma. Um grande fantasma preto flutuando e fazendo barulho bem na frente do tal homem. Ele começa a recuar, recuar. E tio Louver ouve o estalo de uma das suas armadilhas fechando." Ruthanne bateu palmas uma vez. "E tudo fica quieto."

"O que ele faz?", perguntei. "O tio Louver?"

"Foge. Corre muito."

"Minha mãe diz que ele sempre foi meio medroso", contou Lettie.

"Quem era? Quem caiu na armadilha?"

"É só isso." Ruthanne se reclinou de novo, deixando uma pausa suficientemente longa para os sons da noite da floresta ecoarem nela. "Nunca encontraram um corpo. O tio Louver voltou com os irmãos para examinar a armadilha e a encontrou lá fechada. E tudo que restava era uma bota velha."

"Isso mesmo. Uma bota velha e surrada", disse Lettie.

As duas meninas falaram ao mesmo tempo: "E o pé ainda estava dentro dela".

Eu não sabia se elas estavam brincando, mas naquele momento, na escuridão daquele mesmo bosque, a imagem pairava diante de mim como se fosse o próprio fantasma.

"E a bota, o pé, o que fizeram com eles?"

Ruthanne continuou: "O tio Louver não queria nada com aquelas coisas, caso o fantasma voltasse para buscá-las, por isso as enterrou".

"Alguém viu o fantasma de novo?"

"Ah, algumas pessoas viam uma sombra passando de vez em quando, mas já ouviram o fantasma fazendo barulho de chocalho no bosque."

"Barulho de chocalho? Mas e se o fantasma e o Cascavel são a mesma pessoa?"

"É uma ideia." Ruthanne considerou a possibilidade. "O tio Louver diz que, às vezes, ainda hoje, ele vê o contorno difuso daquela sombra aqui e ali, principalmente na lua cheia."

Enquanto ela falava, percebemos que a lua cheia brilhava sobre nós.

"Vejam", falei.

"O quê? Encontrou o olho do tritão ou o coração do sapo?", perguntou Ruthanne.

"Quase", apontei. Brilhando no solo macio em volta das mudas havia centenas de minhocas grandes e gordas. "A srta. Sadie sabia que encontraríamos minhocas aqui para o jardim dela."

"Ou para as suas poções de bruxa."

"De qualquer maneira, vamos colocá-las no balde. Depois podemos sair desse bosque assustador."

Trabalhamos depressa, pegando punhados de terra antes de as minhocas voltarem a se esconder. Depois, dividindo o peso do balde entre duas de nós de cada vez, começamos a voltar para a casa de Shady, olhando em volta em busca de algum movimento fantasmagórico.

Nós três fomos para a cama, uma do lado da outra, e ficamos ouvindo o som de uma gaita ao longe. Provavelmente, era só alguém tocando uma canção folclórica, mas depois da história de Ruthanne, a melodia parecia um lamento triste.

Quando Lettie e Ruthanne ficaram quietas, peguei o dólar de prata com a Cabeça da Liberdade nem tão brilhante da coleção de objetos no parapeito da janela. Virei um pouco a moeda para colocá-la sob a luz da lua. Não me surpreendia mais encontrar ligações entre os artigos na caixa e as histórias da srta. Sadie. Mesmo assim, algumas coisas eram um mistério. Pensei no nosso estoque de minhocas lá fora. A vida revirando no balde era um mistério. Como a srta. Sadie sabia, por exemplo, que encontraríamos minhocas ao luar? O que aconteceu com o homem que perdeu o pé na armadilha do tio Louver? Quem ou o que assombrava o bosque? Era o Cascavel? Devolvi o dólar de prata ao lugar dele ao lado da isca Wiggle King.

Todas essas perguntas giravam na minha cabeça, deixando-me inquieta e desconfortável. Porém, foi a expressão no rosto de Lettie naquela noite, sob o luar cada vez mais intenso, que mais me fez pensar. O jeito como ela ficou toda animada quando Ruthanne pediu para ela cantar uma canção.

Eu achava que sabia algumas coisas sobre as pessoas. Tinha até a minha lista de universais. Mas agora estava em dúvida. Talvez o mundo não fosse feito de universais que podiam ser arrumados em pacotinhos perfeitos. Talvez só tivesse pessoas. Pessoas que estavam cansadas, magoadas e sozinhas, da sua própria maneira e no seu próprio tempo.

Mais uma vez, eu me senti desequilibrada, como se estivesse brincando de cabo de guerra e a pessoa do outro lado soltasse a corda.

Meio dormindo, Lettie cantou: *"Mas quando alcancei os trilhos, levando o fardo da minha mora, pulei naquele trem sob o luar pálido para bem longe partir"*.

Admirei como Ruthanne sabia o que eu não sabia. Que Lettie não tinha comido o seu biscoito de gengibre. Numa família de seis filhos, o mais provável era que ela tivesse aberto mão do próprio biscoito e trocado alguma coisa por outro para trazer os dois para nós.

A lua brilhava sobre o dólar de prata, e pensei na história da srta. Sadie sobre Jinx e Ned. Na história do fantasma do tio Louver. Na história de Lettie sobre ter comido seu biscoito. Nas cartas de Ned e no "Suplemento de Notícias da Hattie Mae", que eu lia antes de dormir. E na história de Gideon, que eu tentava descobrir. Se existe mesmo algum universal, e eu não estava preparada para jogar todos os meus pela janela, é que existe poder numa história. E se alguém é suficientemente bondoso para inventar uma história para deixar você comer um biscoito de gengibre, você acredita nessa história e saboreia até a última migalha.

Iodel-airrí. Iodel-airrí. Iodel-airrí.

POST CARD

Space as well as the back may now be used for writing upon. (Post Office Regulation)

The Address to be written here.

Inland
$^1/_2$ d.
Stamp.
Foreign
1 d.

Soldado Ned Gillen

CAMPO FUNSTON, *Kansas*
14 de março de 1918

Caro Jinx,

Obrigado pela carta. Vamos zarpar em breve. As tropas que estão lá vão comemorar a chegada dos substitutos. Heck, Holler e eu estamos no mesmo regimento. Acho que eles decidiram que a equipe de corrida de Manifest deveria ficar junta. Assim que mandarmos o velho Heine de volta para a Alemanha, os outros rapazes da turma de 1918 da Manifest High planejam se encontrar conosco na Torre Eiffel para um brinde. Diga a Pearl Ann e às outras garotas para não ficarem com ciúmes das mademoiselles. Seus bonne rapazes vão voltar para casa a tempo de levá-las ao baile de volta às aulas no outono.

E agradeça a Velma T. pelas provisões de comida e remédios que enviou. Tem algum tipo de vírus por aqui que derrubou metade do acampamento com dores, febre e arrepios. Começou há alguns dias, quando um homem procurou a enfermaria antes do café da manhã, e hoje tem quinhentos em camas improvisadas por lá. Estou tomando vários remédios caseiros da Velma T. Depois da minha centésima visita à latrina, deduzi que a maior parte dos elixires é laxante, mas estou melhor que a maioria.

É tudo por enquanto. Na próxima vez que receber notícias minhas, será em alguma folha daquele papel perfumado de "lá".

Ich habe widerlich footen (*Eu tenho pés fedidos*),

Ned

P.S.: Dissemos a Heck que isso quer dizer "Abaixe a arma".

30 DE MAIO DE 1918

SUPLEMENTO DE NOTÍCIAS DA HATTIE MAE

A recente cerimônia inaugural da turma de formandos de 1918 foi uma ocasião grandiosa e certamente trouxe de volta lembranças ternas da minha graduação no ano passado. Porém, de acordo com todos os relatos, o evento deste ano foi agridoce, porque alguns alunos não estavam presentes. Vocês com certeza recordam da recente celebração de *bon voyage* para os recrutas das Forças Armadas da turma de 1918 de Manifest. Foi um evento emocionante no qual nos despedimos, embora só por algum tempo, dos nossos bravos rapazes. Achei adequado citá-los nominalmente aqui, bem como relacionar algumas das suas atividades.

{L.C.1918}	**LUTHER (HECK) CARLSON** Atletismo, Coral
{I.C.1918}	**IVAN (HOLLER) CARLSON** Atletismo, Tesoureiro da Turma
{L.D.1918}	**LANCE DEVLIN** Atletismo, Futebol Americano
{N.G.1918}	**NED GILLEN** Atletismo, Jogador Sênior
{D.H.1918}	**DOUGLAS HAMILTON** Equipe de Reforço

FORÇAS ARMADAS DE MANIFEST

Depois da carinhosa despedida dos novos recrutas, agora é hora de todos os bons homens ajudarem o seu país. E isso também diz respeito a vocês, senhoras! As Filhas da Revolução Americana vão patrocinar a confecção de um cobertor, uma venda de assados, uma campanha de redação de cartas e muito mais. Agradecemos a Pearl Ann Larkin por organizar o esforço antes de ir à faculdade. A srta. Velma T. Harkrader ia recrutar a ajuda da sua turma de química para preparar um pouco do seu elixir "bom para todos os males". (Parece que a necessidade é grande no campo Funston, porque muitos soldados enfrentam uma gripe.) Infelizmente, ela tem que produzir o elixir em casa, devido a mais um bizarro acidente que explodiu as janelas da sua sala de aula. E para vocês que pediram uma cópia do incentivo especial de despedida, aqui vai:

=== *"Para a guerra, vamos ser afoitos!* ===
Somos os rapazes do um-nove-um-oito!"

(Agradeço especialmente a Margaret Evans, presidente da turma de formandos, por escrever o incentivo, que adaptei aqui. Publicado com autorização.)

Para saber tudo sobre as pessoas, os eventos, os motivos e os lugares, aqui ou no exterior, leia o *Manifest Herald*. Temos fontes que nem nós conhecemos.

HATTIE MAE HARPER
REPÓRTER DA CIDADE

POMADA PARA LUMBAGO DA
SANTA FORTUNA

* * * * * * * * * * * *

Não se queixe de dor na coluna.
==MASSAGEIE==
Com a Santa Fortuna.

As costas doem? Não consegue se alongar sem sentir dores repentinas e fortes, além de pontadas? Isso é lumbago ou ciático, ou talvez você esteja apenas ficando velho. Seja qual for o caso, a Santa Fortuna é a pomada para você. Peça para a esposa massagear o produto na sua traseira e você terá um alívio abençoado. A pomada deixa a pele levemente descolorida, mas brilhante, e também pode ser usada no rosto. Não espere. Pegue a sua amostra grátis da Santa Fortuna na loja de ferramentas da sua cidade, perto do verniz.

* * * * * * * * * * *

CASA DE VIDÊNCIA DA SRTA. SADIE
13 DE JUNHO

Fez calor no dia seguinte. Eu não sabia se as minhocas ficariam felizes com a nova casa, mas elas foram entrando na terra seca como se estivessem no seu lar, doce lar. Imaginei que teriam que cavar muito para encontrar água, tanto que sairiam do outro lado do mundo.

A srta. Sadie parecia estar de mau humor naquela manhã. "Hoje você faz fileiras. Não muito fundas. Nem muito largas. Cave." Sua perna estava vermelha e inchada, e até balançar a cadeira na varanda a levava a ranger os dentes. E o tom de voz dela me fez ranger os meus.

Eu estava reunindo coragem para perguntar que maldição ela tinha lançado sobre a sra. Larkin. A que havia deixado a esposa do avaliador da cidade em pânico. Lettie e Ruthanne não descansariam enquanto eu não descobrisse.

"Hum, s-senhorita?", gaguejei, sem saber se ela se incomodaria por eu ter deduzido que ela era a mulher húngara na história. A srta. Sadie continuou balançando. "Aquela maldição que você lançou sobre a sra. Larkin?"

"Maldição!" Ela bufou. "Você acredita em tudo que dizem. Maldições? Espiões?"

Assustei-me ao ouvir a palavra "espiões". Como ela sabia? Nunca falei sobre o Cascavel perto dela. A srta. Sadie podia não ver o futuro, mas com certeza tinha uma segunda visão do presente.

"A única maldição que aquela mulher carrega é a própria ignorância", bufou a srta. Sadie.

"Bem, o que disse a ela?"

"*Ava grautz budel nocha mole.*"

Eu me encolhi quando ela repetiu a frase.

"É cigano. Significa: 'Que a sua vida seja tão longa quanto os pelos no seu queixo'. E se não começar a trabalhar, vou lançar uma maldição igualmente devastadora sobre você."

Peguei a pá e não consegui conter o riso. Cavei um quadrado de terra, que joguei para o lado, e torci para o humor da srta. Sadie ter melhorado. Não tinha.

"Não", ela me censurou. "Você cava como um *disznó*. Um porco. Não pode jogar a terra de lado como se fosse um trapo velho. Desse jeito, ela não vai servir para você mais tarde. Use uma enxada. Tem uma ali, perto do galpão."

Que tipo de demônio ela era? Peguei a enxada e comecei a remover a terra de um lado, depois do outro, abrindo uma vala no meio. Isso me irritou um pouco porque, mesmo sendo maluca, ela tinha feito uma sugestão sensata sobre abrir uma fileira reta no solo deixando terra dos dois lados para impedir que a umidade escapasse. Se é que a chuva ia cair em algum momento.

Porém, o tempo passava, a terra se misturava ao suor do meu corpo, e eu me sentia estranhamente confortada pelo barulho da enxada abrindo o chão. Deixei o ritmo me levar de volta a muitas viagens poeirentas com Gideon a bordo de um vagão de carga. Nós dois ouvindo o barulho das rodas nos trilhos, perdidos nos nossos pensamentos.

Continuei fazendo a minha lista das coisas que eu sabia sobre Gideon. Ele acendia uma fogueira mais depressa que qualquer pessoa. Sempre suspirava satisfeito depois de um primeiro gole de café. E gostava de jogar panquecas para cima.

Sorri ao pensar nisso, mas uma ruga preocupada tomou o lugar do sorriso quando tentei imaginar o que ele estaria fazendo naquele momento. Talvez descarregando sacos de farinha de um vagão de carga. E se tivesse sido demitido do emprego na ferrovia? Estaria tentando assegurar uma refeição, oferecendo trabalho em troca de comida? Ele sabia que o homem atrás do balcão rejeitaria a oferta, mas, em um dia de sorte, um cliente comendo no balcão poderia comprar para ele um sanduíche e uma xícara de café. Sempre ajudava ter uma garotinha ao lado. Ele precisava de mim.

Ou eu pensava que precisasse. O que tinha mudado? Se havia uma parte da vida de Gideon que precisava de vidência, eu estava pensando nela. Por que ele me mandou para longe? Como a srta. Sadie gostava de dizer, eu teria que cavar mais fundo.

Fora só um arranhão que levei na minha perna naquele dia em que Gideon começara a se voltar para dentro. Era 12 de abril. Eu lembrava porque era Páscoa e um dia depois do meu décimo segundo aniversário, apenas dois meses antes. Estávamos em Shreveport, Louisiana. A Igreja da Missão Evangélica Shreveport oferecia um jantar de Páscoa para todos que aparecessem e ouvissem o sermão do pastor. Pelo jeito como o pastor passou duas horas falando sobre se sentar no grande banquete do Senhor e comer o maná do Paraíso, acabamos alimentando muitas esperanças. Então, quando nos conduziram até a fila para pegar uma tigela de sopa aguada de cebola e pão duro, foi uma decepção. Um velho vagabundo disse ao pastor que, se ele queria mais peregrinos naquela estrada para o paraíso, devia pavimentá-la com carne de porco e feijão, não sopa de cebola.

Naquela noite, embarcamos no Sulista a caminho de St. Louis. Estávamos de cara feia. Com fome e cansada, sentei com as pernas balançando no vagão de carga, sentindo a brisa, e foi assim que o galho de uma árvore arranhou a minha perna. Quase me arrancou do vagão, mas consegui me segurar. Foi um arranhão feio, fundo, e tivemos que procurar um médico.

Cavando a terra no quintal da srta. Sadie, eu sentia a poeira encostando na cicatriz sobre o meu joelho. A infecção e a febre duraram três dias. Não me lembro de muito mais do que sonhos agitados e de suar até molhar a camisola e os lençóis. E da cara preocupada de Gideon ao lado da minha cama. Quando eu enfim melhorei, ele me olhou como se eu fosse uma pessoa diferente da menininha que conhecia. E ficou repetindo que eu estava crescendo. Que estava me tornando uma mocinha e outras bobagens do tipo. Falei que não tinha visto o galho chegando e que fora só um arranhão, mas acho que ele decidiu que seria mais fácil viajar sem mim para dar trabalho.

"Ele acha que é culpa dele", a sra. Sadie disse do nada.

A enxada quase acertou o meu pé. "Por que ele pensaria assim?", perguntei, sem nem me incomodar em questionar como a srta. Sadie podia saber que pensamentos ocupavam a minha cabeça.

"Ver Ned entrar no trem e deixar Manifest e as pessoas que o amam. Jinx acha que é culpa dele."

"Ah. Sim, imagino que foi o plano de Jinx com os fogos de artifício que rendeu os 25 dólares usados para subornar o oficial de recrutamento e conseguir se alistar, mesmo sendo menor de idade. Mas era Ned quem queria partir."

"Quando há sofrimento, procuramos um motivo. E é mais fácil encontrar esse motivo dentro de si mesmo." A srta. Sadie levantou a mão, protegendo-se da clara luz do dia.

Pensei em Jinx se despedindo de Ned na estação de trem. Vendo-o desaparecer, depois olhando para o vazio. Perguntando a si mesmo por que um precisava ir embora, enquanto o outro ficava para trás.

Por alguma razão, meu rosto ficou vermelho, e não era de calor. "Deixe-me adivinhar. Jinx saiu da cidade. Fugiu. Não é isso que as pessoas fazem quando as coisas ficam difíceis?

Seguem para a próxima cidade e deixam os problemas para trás? E abandonam todos de quem gostam?" Minhas palavras saíram tão depressa que eu não sabia se estava falando sobre Gideon ou Jinx.

"Você está falando de uma cidade de imigrantes. Pessoas que já deixaram tudo para trás", respondeu a srta. Sadie. "Sim, tem muita culpa circulando, e boa parte dela acabou em Manifest." As palavras perderam força e ela olhou para a frente.

De algum jeito, senti que não estávamos mais falando sobre Gideon *ou* Jinx, mas sobre a própria srta. Sadie. Foi naquele momento, quando vi o peso da idade e da dor sobre ela, cada rangido da cadeira de balanço soando como se brotasse dos seus ossos, que tive uma revelação. Eu tinha a necessidade de ouvir a sua história, e ela tinha a mesma necessidade de contá-la. Era como se a história fosse o único bálsamo a proporcionar conforto.

"O que aconteceu depois que Ned se foi?"

A srta. Sadie respirou fundo, e tive a impressão de que ela prendeu a respiração por muito tempo. Finalmente, ela soltou o ar, que carregou as palavras.

"Depois que Ned se foi, os problemas dos quais todos nós havíamos fugido chegaram e nos encontraram..."

ELIXIR DA VIDA
12 DE JULHO

Ned havia partido meses antes, e os dias quentes de verão se arrastavam para Jinx. Depois de se alistar, o rapaz conseguira voltar para casa uma ou duas vezes por mês em licença de Funston, mas agora que estava no exterior, não faria mais visitas até voltar para casa definitivamente. A maioria dos recrutas imaginava estar em casa antes do Natal. Jinx não tinha tanta certeza.

Ele ocupava o seu tempo fazendo trabalhos variados. Shady acreditava que Jinx precisava aprender um ofício, por isso ele decidiu aprender a soldar. Foi até contratado para fazer um portão de ferro forjado. Com a viseira do capacete abaixada e o maçarico aceso, ele praticava o quanto queria soldando todo tipo de objetos de metal: garfos, pás, ferraduras, até a grade de um fogão. Seu trabalho bastante incomum não provocava grande demanda, e essa era a sua única atividade remunerada.

A tarefa seguinte dele foi trabalhar no campo de treinamento de química na casa de Velma T. para compensar a explosão das janelas da sala de química durante as aulas de ciência. E, é claro, a irmã Redempta o pressionava para estudar, exigia leituras extras no verão para que ele alcançasse o restante da turma. Mas pescar era o seu passatempo favorito, e ele sempre tinha muita sorte com a isca Wiggle King de Ned. Naqueles longos dias de verão, o seu tio Finn, Junior Haskell e Joplin, Missouri, pareciam vagas lembranças que já não o seguiam mais tão de perto.

"Acha que pesa o quê, uns cinco quilos, Shady?" Jinx estava na porta da casa de Shady e segurava um peixe que ainda pingava água do riacho.

O homem passou um pano molhado no balcão do bar. "Se não for isso, chega bem perto. Tem uma balança lá nos fundos."

Jinx atravessou um labirinto de mesas, cadeiras e copos vazios de uísque, indo além de uma cortina desfiada. Encontrou a balança, que estava cheia de bitucas de cigarro, na sala do fundo.

"Teve um bom público ontem à noite?"

"Foi meio fraco", respondeu Shady, seguindo Jinx para a sala dos fundos. "Todos os alemães estavam numa reunião de mineiros no Salão Fraternal Alemão."

"Reunião de mineiros? Pensei que eles já minerassem o suficiente no horário de trabalho. Por que ainda querem se reunir para falar disso?"

"Estão tentando se organizar para poder opinar sobre as suas condições de trabalho. Sabe, quanto tempo trabalham, qual a duração dos plantões. Enfim, ficou meio vazio sem eles. E os que estavam aqui pareciam meio desanimados. Muitas dores e tosse." Ele jogou os cigarros no chão e pôs o peixe na balança. O ponteiro se moveu e parou pouco antes da marca dos cinco quilos.

"Quase." Jinx olhou para a balança com a testa franzida.

Shady coçou o queixo. "Que horas são?"

"Saí para pescar quando o sol nasceu. Agora devem ser oito, mais ou menos."

"Bem, você pegou esse daí antes de ele ter conseguido tomar café da manhã." Shady enfiou um resto de maçã na boca do peixe, e o ponteiro ultrapassou a marca dos cinco quilos. "Até um condenado tem direito a uma última refeição. Acho que um peixe não merece menos."

Jinx riu. "Eu também estou com fome."

"É melhor ir limpar o peixe, se ele vai ser o nosso café da manhã, então."

Uma voz chamou da frente. "Tem alguém aí?"

Shady espiou de trás da cortina.

"É o xerife Dean", ele sussurrou para Jinx.

O menino olhou para a porta dos fundos, pronto para fugir. Conseguira evitar o xerife por meses, e embora tivesse a impressão de ter escapado do próprio passado, não queria um encontro cara a cara agora. A reação de Jinx não passou despercebida por Shady. "Estou indo", falou alto. Depois cochichou para Jinx. "Ele veio buscar a sua bebida de cortesia." Isso significava o álcool ilegal dele.

Jinx não disse nada. Shady nunca fizera perguntas sobre a vida do garoto antes de ir para Manifest. Só que ele não era cego, e era evidente que Jinx ficava nervoso sempre que o xerife Dean estava por perto.

"Filho, se eu fosse você, ficaria aqui e manteria o peixe escondido, ou ele é capaz de requisitar todos os cinco quilos."

Jinx assentiu. Ficou atrás da cortina, espiando.

"Como vai, xerife?" Shady pegou quatro garrafas cheias de uísque e as colocou sobre o balcão. "Aí está. Seu pedido bimestral, bem no prazo."

"É isso?", perguntou o xerife num tom cético.

"Até a última gota", respondeu Shady sem encarar o xerife.

Jinx já tinha visto Shady jogar pôquer muitas vezes para saber que o amigo era bom de blefe. Havia mais álcool em algum lugar.

O xerife Dean serviu uma dose e bebeu. Foi como engolir uma bola de fogo, e ele tossiu. "O que colocou nisso? Gasolina?"

"O milho estava um pouco verde", explicou Shady, se desculpando.

"A verdade é que já tenho fogo na barriga", contou Dean com os olhos ainda lacrimejando da bebida. "Deu um problema na Tenda Batista Missionária em Joplin no mês de outubro. Um homem acabou morto."

Jinx respirou fundo e sentiu os joelhos fracos.

"Deve ter sido um serviço religioso bem especial", falou Shady enquanto levava as garrafas de duas em duas para a caminhonete do xerife.

"Ah, bem, ele não morreu rezando", respondeu o xerife quando voltou ao seu lugar perto do balcão. "Foi esfaqueado. Estão procurando por dois homens. Um mais velho, outro mais novo."

"É mesmo? Bem, outubro já ficou lá para trás. Esses dois devem estar longe daqui. Aposto que está aliviado por não ter sido na sua jurisdição." Shady pegou o pano e limpou o balcão até deixá-lo brilhante. "Os rapazes de Missouri vão ter que cuidar disso."

O xerife virou de lado para mostrar a arma que levava na cintura.

"Antes fosse, Shady. Acontece que um desses rapazes do Missouri, o que é xerife em Joplin, também é irmão da minha esposa, Leonard Nagelman. Aparentemente, a história já tinha sido encerrada, mas agora ele meteu na cabeça que os fugitivos estão aqui. Alguém acredita ter visto o mais velho a alguns quilômetros de Manifest, perto de Scammon ou Weir. E o reconheceu do culto religioso. Leonard me pediu para ficar atento. Conheço o sujeito, sei que ele vai farejar por aqui até encontrar alguém que possa prender, se é que me entende." E levantou uma sobrancelha. "Eu acho que seria melhor ele ficar do lado dele da fronteira estadual."

O xerife começou a abrir armários.

"Homens como você, com um estabelecimento tão bom, devem ouvir muitas conversas num lugar com este", disse, passando pela cortina para a sala dos fundos. Quando olhou de passagem para o cabide que sustentava a capa de chuva de Shady, não viu os dois pés descalços embaixo dela.

O xerife andou um pouco pela sala mexendo aqui e ali, olhando no fogão e embaixo da mesa. Quando já estava indo embora, tropeçou na banheira, que fez um ruído não muito oco. Quando a chutou para o lado, encontrou uma garrafa de uísque.

O xerife Dean suspirou. "Está escondendo coisas de mim, Shady. E eu pensei que tivéssemos um acordo. Agora vou ter que dobrar a quantidade até amanhã, ou fechar este lugar."

"Seja razoável, xerife. Não consigo produzir toda essa bebida para amanhã. Levo uma semana para ter quantidade e qualidade."

O xerife Dean viu o peixe de Jinx na balança, que ainda marcava pouco mais de cinco quilos. Tirou a maçã da boca do peixe e a jogou para Shady. O ponteiro caiu para baixo dos cinco quilos. "Parece que não é só com a bebida que tem trapaceado." Ele jogou o peixe em cima da mesa e, com um golpe certeiro do facão, cortou a cabeça do animal. "Tem uma coisa sobre mim que, a essa altura, pensei que já soubesse, Shady." O xerife embrulhou o peixe em um pedaço de jornal e o segurou embaixo do braço. "Eu sempre encontro o que estou procurando." E pegou a garrafa. "Eu volto amanhã. E fique atento a qualquer notícia sobre os dois fugitivos."

"Pode deixar."

O xerife Dean saiu, deixando a porta de tela aberta. Ligou o carro e partiu, deixando para trás uma nuvem de poeira que pousou no balcão limpo de Shady.

Jinx saiu do esconderijo ainda um pouco abalado. "Shady, eu..."

O homem levantou a mão e, por um momento, não disse nada. Depois voltou a limpar a poeira do balcão. "Alguns peixes são pegos porque mordem a isca, outros só por estarem na parte errada do lago." Ele estudou Jinx, esperando que as palavras encontrassem o seu alvo. Depois se inclinou sobre o balcão e ficou olhando para o copo meio vazio do xerife. "Não sou vidente, mas passei boa parte da vida na parte errada do lago, e normalmente consigo saber qual peixe morde a isca e qual peixe não morde. Desconfio que você já tenha estado do lado errado do lago uma ou duas vezes."

Jinx relaxou um pouco. "Aquele homem encurralou você", disse.

Shady olhou para o copo de uísque como se procurasse uma resposta nele.

"Vivemos tempos drásticos, Jinx. Tem uma guerra acontecendo, e um homem tentando ganhar a vida leva uma rasteira de um policial corrupto. Onde está a justiça?" A mão dele tremia quando bebeu o que restava do uísque. "Pega aquela rolha para mim. Pelo menos posso sentir o cheiro da bebida."

Jinx pegou a rolha úmida e cheirou o forte aroma do uísque. Ele a girou entre os dedos e inalou o aroma de novo. Tinha alguma coisa familiar no cheiro.

"Dá isso aqui. Um garoto da sua idade tem coisas melhores para fazer do que ficar cheirando bebida. Eu ofereceria café da manhã, mas como só sobrou um caroço de maçã..."

Jinx olhou para a rolha como se fosse de ouro, depois a guardou no bolso. E pulou da banqueta. "Tempos drásticos pedem medidas drásticas, Shady."

"O que quer dizer?"

"Quer dizer que você vai me encontrar no beco atrás da casa de Velma T. hoje à meia-noite", falou Jinx ao sair e bater a porta de tela.

Apenas um quarto de lua iluminava a noite. Shady olhou em volta, mas mal conseguia enxergar o galpão atrás da casa de Velma T. Ele ouviu um graveto quebrar.

"Uuuu, uuuu", chamou, e o som parecia o de uma coruja que tinha fumado demais.

"Shady, aqui no galpão."

Ele bateu a cabeça no batente baixo. Segurando a testa, resmungou uma sequência de palavrões. "O que estamos fazendo aqui, Jinx? Estou surpreso por Velma T. deixar você chegar perto da casa dela depois daquela explosão na aula de química." Shady se abaixou para entrar e, acidentalmente, chutou um recipiente de quinze litros contra outro. Um cachorro latiu.

"Shhh." O menino fechou a porta. "Não foi uma explosão. Foi mais um forte desacordo entre um ácido carbônico e um óxido nitroso. Além do mais, acho que a srta. Velma T. pensa que, se o meu castigo vai ser me fazer ser químico no campo de treinamento, é melhor ela me tornar útil. Outro dia, ela me fez encher vários frascos. Tinha acabado de preparar uma nova receita do seu elixir 'bom para todos os males'."

"Duvido que essa coisa resolva o mal que me aflige. O xerife Dean vai me prender amanhã, quando eu não tiver pronto todo o uísque que ele quer."

Jinx tirou a rolha de uma garrafa. "Sente o cheiro."

Shady inspirou hesitante, depois mais profundamente.

"Reconhece? Ela usou o mesmo milho verde que você na sua última produção de uísque."

Shady cheirou de novo. "E daí?"

"Se tem cheiro de uísque, talvez o sabor seja suficientemente parecido para tirar o xerife Dean de cima de você."

Shady levantou a cabeça como se visse a luz no fim de um longo túnel, mas balançou a cabeça. "Impossível. Velma T. não vai se desfazer daqueles frascos. E não vou roubar nada."

"Não seria roubo. Ela disse que o elixir precisa oxidar por duas semanas. Vamos só pegar emprestado o que ela já fez e depois substituir por alguns frascos dos seus."

"Você acha que ela não vai perceber a diferença?"

"Provavelmente não, ela nunca bebe essa coisa. Mas podemos guardar um pouco do dela e misturar com o seu."

Shady considerou a ideia. "Isso faria a mistura dela descer mais fácil, com certeza. Talvez até fizéssemos um favor a Velma T. Mais gente poderia beber o elixir."

Jinx entregou uma mangueira a Shady. "Vamos tirar um pouco de cada recipiente para encher as garrafas vazias."

Um cachorro latiu outra vez enquanto os dois começaram a trabalhar em silêncio.

Várias noites mais tarde, a cena ainda era idêntica, exceto pela lua, que tinha minguado para uma fatia fina, e por estarem enchendo os recipientes de onde tiraram parte do elixir de Velma T.

"Pega aquela vareta, Jinx." Shady mexia o conteúdo de cada recipiente para misturar os dois líquidos.

"Deu tudo certo com o xerife Dean?", perguntou Jinx.

"Sem nenhum problema. Ele disse que ia guardar um pouco da bebida para um jogo de pôquer no próximo sábado. Disse que o cunhado estava atrás dele para encontrar os dois fugitivos do culto religioso em Joplin. Eles foram vistos discutindo com a vítima antes de ela morrer. Um mais velho, outro mais jovem, disse." Shady olhou de esguelha para Jinx. "Seja quem for, é melhor ficar escondido, ou vai acabar enfrentando mais que química para um campo de treinamento."

Jinx se sobressaltou e quase derrubou todo o conteúdo de um recipiente meio cheio.

"Vá com calma aí, Jinx. É bobagem ficar nervoso agora, estamos quase acabando." Ele endireitou o recipiente. "Pronto. Ainda sobrou bastante. Além do mais, esse negócio não vai salvar vidas nem nada parecido." Shady terminou de encher a garrafa e a fechou com a rolha.

Mesmo depois do comentário de Shady sobre Dean e o cunhado xerife em Joplin, o menino se sentia estranhamente à vontade e confortado quando eles voltavam para a casa de Shady. Nunca antes se sentira tão seguro. Manifest fora um refúgio, e ele se convencera de que coisas ruins não aconteciam ali. Não em Manifest.

Porém, quando se aproximavam do Salão Fraternal Alemão, ele notou que a área em volta estava estranhamente iluminada. Shady segurou o seu braço e eles ficaram parados, olhando para a frente. Não havia nenhum homem de manto branco e capuz, mas logo na frente do pequeno edifício, uma grande cruz ardia em chamas.

20 DE JULHO DE 1918

SUPLEMENTO DE NOTÍCIAS DA HATTIE MAE

Desde os recentes e desafortunados acontecimentos no Salão Fraternal Alemão, todos têm estado tensos e o clima na cidade é sombrio. Não está claro se o motivo do ataque foi a nacionalidade dos alemães ou a sua tentativa de organização na mina. O sr. Keufer informa que as reuniões da ordem estão adiadas por enquanto.

São nestes momentos que esta coluna de notícias não pode fornecer o conforto e o consolo necessários. No entanto, como fui instruída no meu curso de jornalismo por correspondência da *Harper's Magazine,* um bom repórter deve continuar fazendo o seu trabalho, mesmo nos tempos mais difíceis. E estes são tempos difíceis, com absoluta certeza.

Faz um ano que os primeiros "ianques" zarparam para o exterior, e o país esperava que eles estivessem de volta antes do último Natal. Porém, nossos rapazes ainda estão fora. A Sociedade Americana de Defesa continua fazendo pressão pela abolição de nomes germânicos da América. Por exemplo, trocar *sauerkraut* por "repolho da liberdade" e *frankfurters* por "filhotes patrióticos". Porém, muitos em Manifest acham que isso é desnecessário. Em especial o sr. Hermann Keufer, que gosta do próprio nome e não considera o seu chucrute ou a si mesmo ameaças à segurança nacional.

- 153 -

Muitos soldados do campo Funston tiveram uma viagem difícil por mar e ainda se sentem indispostos com sintomas da gripe. O médico do Exército diz que nunca viu contágio tão rápido, mas que logo a situação deve estar controlada. As tropas vão gostar de saber que Velma T. mandou mais pacotes contendo remédio e comida, com seu elixir produzido recentemente.

Para a sra. Larkin, que tem se sentido estranha nos últimos tempos, o elixir caiu bem no dia da reunião da Liga da Temperança Feminina. Depois de consumir quase uma garrafa inteira, ela pareceu se sentir muito melhor, e embora a sua versão de "How Dry I Am" tenha sido um pouco desafinada e uma escolha surpreendente para a plateia, ela parecia ter uma coloração saudável.

A notícia triste é que a Viúva Cane faleceu em sua casa no dia 1º de julho. Autoridade indiscutível em flora e fauna, ela era capaz de discutir exaustivamente as 37 variedades de hortênsias em Crawford County. A sra. Cane foi abençoada por 93 anos de vida saudável, e várias pessoas que compareceram ao seu funeral comentaram que "ela não parecia ter nem um dia a mais que noventa". Para saber tudo sobre as pessoas, os eventos, os motivos e os lugares, aqui e no exterior, acompanhe o "Suplemento de Notícias da Hattie Mae".

HATTIE MAE HARPER
REPÓRTER DA CIDADE

* * * * * * * * * * * *

AZIA?
EXPERIMENTE
AS PASTILHAS PARA
ESTÔMAGO
SIZER'S

Seu estômago está sempre lhe perturbando? Sente-se estufado e incomodado? Sente na boca o refluxo de gás e comida azeda? Então, você precisa das Pastilhas para Estômago Sizer's. Tome cinco pastilhas antes de dormir e experimente alívio imediato. Elas expulsam os gases venenosos que causam a fermentação da comida e limpam, renovam e restauram completamente o estômago para que ele possa digerir o alimento sem todo aquele gás excessivo. Você vai ficar surpreso com a redução de todo esse peso e o alívio que o envolverá como uma nuvem. Compre hoje mesmo as Pastilhas para Estômago Sizer's e elimine os seus problemas esta noite.

* * * * * * * * * * * *

MORTO OU VIVO
17 DE JUNHO

Dobrei o artigo de Hattie Mae e me descobri na mesma disposição sombria em que a cidade de Manifest estava depois de aquela cruz ter sido incendiada na frente do Salão Fraternal Alemão. Normalmente, eu não demorava a encontrar um "Suplemento de Notícias" que tivesse alguma relação com as histórias da srta. Sadie. Os eventos que ela me contara até então tinham acontecido ao longo de muitos meses, e os artigos de Hattie Mae eram todos datados e estavam prontos para serem lidos. E eu tinha tempo.

Lettie e Ruthanne estavam viajando, foram passar alguns dias no segundo funeral da tia-avó Bert. O primeiro, elas contaram, aconteceu no aniversário de 74 anos de tia Bert. Ela queria ouvir todas as coisas boas que as pessoas diriam sobre ela, por isso adiantara o serviço.

Só que dessa vez era de verdade, e Lettie falou que todo mundo estava tentando pensar em coisas boas e novas para dizer. Infelizmente, como a tia-avó Bert era meio mal-humorada, elas teriam que ser criativas. De acordo com Lettie, a maior parte da família decidira que, no futuro, os parentes teriam só um funeral e precisariam escolher se ele aconteceria quando estivessem vivos ou mortos.

Com Lettie e Ruthanne longe e nenhuma novidade sobre quem poderia ser o Cascavel, eu não tinha nada para fazer além de procurar mais raízes, mato, ervas e insetos para a srta. Sadie. Certa manhã, o sol mal havia nascido e ela me fez perambular atrás de cardo-santo, língua-de-sapo, planta-aranha e erva-esqueleto. Se isso não parece uma receita de poção de bruxa, então eu sou a rainha da Inglaterra.

Fui à cidade esperando parar na redação para dar uma olhada em alguns jornais velhos de Hattie Mae. Ela tinha acabado de se servir de uma xícara de café.

"Bom dia, Abilene." Ela me cumprimentou sorrindo. "Hoje não tenho limonada. Tem um pouco de leite, se quiser."

O cheiro de café fresco me levou de volta a muitas manhãs geladas com Gideon. "Posso tomar café?"

"Se acha que vai gostar, sim, é claro. Tem um pouco de creme. Sirva-se, docinho."

Eu gostava quando ela me chamava de docinho. "Obrigada", respondi, servindo mais creme que café. Dei uma olhada numa pilha de jornais, apreciando o cheiro de tinta e impressão. Aqueles velhos exemplares estavam cheios de histórias sobre todo tipo de pessoas nos tempos bons e ruins. Acima de tudo, procurava o "Suplemento de Notícias da Hattie Mae". Era nas suas pessoas, nos seus eventos, nos seus motivos e nos seus lugares que eu encontrava as notícias mais interessantes.

"Hattie Mae", falei, reunindo coragem. "Por que ninguém sabe muito sobre o meu pai?"

"Como assim?", perguntou ela sem olhar para mim. "Eu sei que o seu pai pescava..."

"Eu sei, ele pescava, nadava e causava confusão. Foi isso que Shady disse." Lembrei-me da cara de revelação que Shady fez quando contei a ele sobre a história da srta. Sadie. Desde então, ele não falou praticamente nada sobre Gideon.

Aparentemente, Hattie Mae também ia manter a boca fechada. Talvez a srta. Sadie tivesse lançado um encantamento sobre os dois. Talvez eu pudesse desfazer a magia. "Mas deve haver mais. Ele morava aqui. Se uma pessoa morou num lugar, não devia ter deixado marcas? Não devia ter algum tipo de pessoa, evento, motivo e lugar deixados por ele?"

Hattie Mae colocou a xícara na mesa. "Sente saudade do seu pai, não é?"

Assenti, pensando que tinha começado a sentir saudade dele antes mesmo de nos despedirmos.

"Bem", respondeu ela, pensativa, "talvez o que você procura não seja tanto a marca que o seu pai deixou na cidade, mas a marca que a cidade deixou no seu pai." Hattie Mae olhou para o café como se procurasse nele as palavras certas para dizer. "Esta cidade imprimiu algo no seu pai, provavelmente mais do que ele saberia dizer. E, às vezes, as marcas mais profundas são as que mais doem."

"Como uma cicatriz", falei, tocando a marca na minha perna. Foi a cicatriz que me marcou e marcou uma mudança em Gideon.

Hattie Mae tocou o meu braço. "Isso mesmo, docinho."

Segurei a xícara de café com as duas mãos, tentando sentir algum calor. A bebida tinha esfriado. "Shady me pediu para dizer que vai ter culto no próximo domingo à noite, e que vai ser um prazer ter a sua presença lá." Hattie Mae olhou para mim com um sorriso triste. "Obrigada pelo café", falei.

Billy Clayton subia na bicicleta quando eu saí. Ele ainda tinha meia sacola de jornais para entregar.

"Ei, Abilene", disse ele. Suas sardas se destacavam mesmo no rosto bronzeado.

"Oi, Billy", respondi, ainda distraída com a conversa com Hattie Mae. "Como estão a sua mãe e o bebê?" Lembrei como Billy tinha parecido aliviado quando a irmã Redempta disse a ele que a mãe e o irmãozinho estavam bem.

"Estão bem. O pequeno Buster, como eu o chamo, tem tido muitas cólicas. Mas a irmã Redempta levou um pouco de chá de gengibre da srta. Sadie. É só encharcar a ponta de um pano na bebida e deixar o bebê chupar. Acalma na mesma hora."

"A irmã Redempta levou o chá?"

"Sim, ontem."

Então a irmã Redempta *esteve* na casa da srta. Sadie. Devia estar saindo de lá quando a encontrei. Se eu tinha dificuldade de imaginar as duas na mesma cidade, imaginá-las na mesma sala da Casa de Vidência era quase impossível. A srta. Sadie em toda o seu traje exuberante e a irmã Redempta com o hábito austero. Elas pareciam apoios de livros desencontrados com os seus vestidos longos, as suas contas e os seus véus.

O que poderia ter levado a irmã Redempta a se aventurar no caminho para a casa da srta. Sadie? PERDIÇÃO, anunciava o portão. De acordo com a história da srta. Sadie, o próprio Jinx forjou aquele portão. Teria sido a pedido dela, ou ele decidira que o nome era apropriado para o antro de iniquidade?

As questões ainda giravam sem resposta quando Billy disse: "Bem, é melhor eu ir entregar esses jornais, ou Hattie Mae vai me matar".

"Certo. Vejo você mais tarde, Billy", respondi, ainda perdida em pensamentos.

A caminho da saída da cidade, passei pela casa desbotada que eu tinha visto ao chegar a Manifest. Aquela onde a mulher séria estava sentada na cadeira de balanço. Lá estava ela de novo, como se não tivesse se movido durante todo esse tempo. Como se a sua vida estivesse parada. Se é que ela *estava* viva.

Lettie e Ruthanne me disseram que o nome dela era sra. Evans. Ela era a mulher que podia transformar em pedra quem olhasse nos seus olhos. As duas disseram que ela nunca falava com ninguém. Ficava sentada na varanda, olhando. Parei junto da cerca de pintura descascada, observando-a da lateral da varanda, onde ela não me veria. Era como se ela não visse nada. Só olhasse.

De repente, ainda sem olhar para mim, ela levantou a mão e balançou suavemente os dedos, acenando na minha direção como se balançasse um dos sinos do vento da srta. Sadie, produzindo música que só ela podia ouvir.

A srta. Sadie me dera algumas instruções. O cardo-santo tinha pétalas brancas com laranja e vermelho no meio. Ela me disse para procurar a planta junto dos trilhos da ferrovia. A flor da erva-esqueleto era roxa e não tinha folhas. Eu devia ir procurar no pasto na propriedade do velho Cybulskis. E assim por diante.

Eu já tinha encontrado a erva-esqueleto, a planta-aranha e a língua-de-sapo nos lugares que ela indicara, mas não havia cardo-santo em lugar nenhum. Com o meu saco de farinha cheio de plantas e mato, fui andando ao longo dos trilhos. Havia algum conforto em estar na ferrovia. Fechei os olhos e a deixei me guiar. Um pé depois do outro.

Imaginei Gideon do outro lado da linha, vindo na minha direção. Um pé depois do outro. Era como a história de um daqueles problemas na escola. Se Gideon sai de Des Moines, Iowa, às 6h45, percorrendo um dormente por vez, e eu saio de Manifest fazendo a mesma coisa, em quanto tempo vamos nos encontrar? Eu tentava resolver o problema na minha cabeça, mas comecei a imaginá-lo num trem, chegando mais depressa.

Devia ser o calor cada vez mais forte, mas eu sentia os trilhos vibrando embaixo dos meus pés. Mantinha os olhos fechados e tentava me lembrar do som e do movimento do trem nos trilhos, algo que, às vezes, me fazia sentir solitária, às vezes, tranquila.

Uma rima se formou espontaneamente na minha cabeça. *Andando, andando, é preciso continuar andando, é preciso continuar andando para voltar. Olhando, olhando, é preciso continuar olhando, nessa ferrovia ainda tenho quilômetros para andar.*

Ouvi um apito triste ao longe e o barulho dos vagões de carga percorrendo os trilhos.

Um trem vem vindo, vindo, vindo, um trem vem vindo para me levar.

O trem parecia tão próximo que eu sentia o cheiro do vapor e da fuligem. Se ficasse nos trilhos, talvez ele me recolhesse e me levasse para longe.

Abri os olhos bem a tempo de ver a grade preta de uma locomotiva na minha frente. Ele não ia me recolher. Ia me atropelar. Pulei dos trilhos e senti o coração disparar quando o deslocamento de ar quase me derrubou. Quando o trem passou, percebi que ele reduzia a velocidade e me chamava a embarcar. Para muitas pessoas que viajam clandestinamente nos trens, existe uma urgência poderosa em continuar em movimento. Mesmo sem saber para onde se está indo, é melhor do que ficar parado.

Pula, pula, pula, os vagões de carga provocavam. Estendi a mão. Busquei o único lar que eu conhecia, os trilhos e os trens. Busquei Gideon. O som morreu e o trem seguiu viagem. Fiquei ali, lamentando o silêncio. Perdi a minha chance.

E, de repente, Shady estava ali. Ele tocou no meu ombro, e juntos vimos a composição desaparecer além da curva.

Shady me deu dois sacos de farinha para carregar, enquanto ele levava duas sacas de café. Andamos em silêncio por um tempo, depois ele disse: "É como um balão de ar quente".

Olhei para ele com ar confuso. Shady sacudiu as bolsas que carregava ao lado do corpo. "Lastro. Como os sacos de areia que penduram no cesto de um balão de ar quente para mantê-lo pesado e estável. Andei num desses há muito tempo. O homem fazia passeios por quinze centavos. Subir era leve e excitante. Dava para ver todos os lugares aos quais uma pessoa podia querer ir no mundo. Mas, depois de um tempo, o corpo só quer voltar ao lugar a que pertence." Ele sacudiu de novo os sacos. "Lastro."

Seus olhos estavam vermelhos outra vez, o rosto não fora barbeado. Ele havia passado a noite toda fora. Na noite anterior, eu tinha escutado a gaita de novo, e queria saber se era esse som que o chamava a sair. Como as sereias no mar de que Gideon falava. Seu canto atraía os navegantes, que se chocavam contra as rochas com os seus navios. Eu não pensava mal de Shady. Já tinha visto muita gente que procurava coisas perdidas numa garrafa de uísque. Acredito que o próprio Gideon teria ido procurar suas coisas no mesmo lugar, se não estivesse tentando criar uma filha na estrada.

Paramos perto da casa da srta. Sadie, e Shady pegou os meus sacos de farinha. "Vai estar em casa para o jantar?", perguntou, como se reconhecesse que eu poderia ir embora, se quisesse.

Eu queria fazer uma centena de perguntas. Por que Gideon o tinha escolhido para ficar comigo? Por que ele me mandara para longe, e quando voltaria? Queria contar a Shady que eu tinha uma velha rolha que era dele no parapeito da minha janela. Uma rolha que se tornara especial por ser parte de uma história. E sabia que aquela história não havia terminado. Mas também sabia que não era Shady quem ia me contar o resto dela.

"Depende", respondi. "O que vai ter para jantar?"

"Ah, vou preparar uma coisa especial."

"Deixa eu adivinhar. Feijão e pão de milho."

"Você espiou o meu cardápio", disse ele como se estivesse magoado, embora não fosse necessário ter dons de vidente para essa adivinhação.

"Eu vou jantar. Seu cardápio é melhor do que o que eu teria." Mostrei o saco de erva-esqueleto e outras plantas. "Será que sabe me dizer onde encontro cardo-santo?"

CASA DE VIDÊNCIA DA SRTA. SADIE
17 DE JUNHO

No fim daquela tarde, voltei à casa da srta. Sadie meio mal-humorada. Depois de ter me enfiado numa moita enorme para procurar o cardo-santo, eu me sentia tão espinhosa quanto a planta. Por que a srta. Sadie tinha que me mandar por esse mundo de Deus para procurar plantas que nunca tinham sido criadas para o uso humano? Sua Alteza Vidente não estava à vista quando cheguei, por isso me ocupei procurando um vaso ou um recipiente para deixar as flores. Na varanda do fundo, só havia uma lata com água e pilhas de folhas secas amontoadas num canto.

O galpão de jardinagem parecia ser o lugar mais provável para um vaso, mas estava trancado. Espiei pelas janelas sujas tentando ver o que tinha lá dentro, e então...

"Saia daí!" A srta. Sadie saiu da casa. "Não tem nada aí para você", disse, ofegante com o esforço.

Levantei o saco de farinha cheio de plantas. "Trouxe a maioria das que pediu. Estava só procurando um vaso." Notei a ferida na perna dela. Estava pior, muito vermelha e infeccionada. "Posso lancetar isso para você. Para deixar sair a infecção."

A srta. Sadie se acomodou na cadeira de balanço de metal e respirou mais devagar, como se superasse uma crise. "Não."

Não sabia o que ela estava esperando, mas a perna era *dela*.

"Deixe-me ver." Sua respiração ainda era pesada quando ela apontou para as plantas na minha mão. A srta. Sadie deslizou a ponta dos dedos por elas, sentindo os caules, as folhas e as pétalas, cheirando-as como uma pessoa cega que quer conhecer o que não pode ver.

"Eram essas que você queria?", perguntei.

"Sim. Mas elas não me dizem o que quero saber." E olhou para o céu sem nuvens. "A terra guarda segredos que ainda não quer revelar."

Então, como se tivesse visto o suficiente, ela começou a desmontar as plantas, separando com habilidade as folhas dos caules e das sementes, criando pequenas pilhas de cada parte no colo.

"Enfrentei todas as provações para colher essas coisas, e tudo que queria eram flores mortas?"

"Elas só estão mortas para o que eram antes. Agora se transformaram em outra coisa. Vá." Sem levantar a cabeça, ela apontou o solo seco do jardim. "Volte ao trabalho."

Olhei para as fileiras de solo revolvido que lembravam feridas abertas e fiz o que ela dizia. Minhas mãos, já cheias de bolhas, e os meus joelhos esfolados se rebelaram quando a poeira me cobriu como um enxame de abelhas. Fui até o fundo do quintal para poder resmungar sem ninguém ouvir. "*A terra tem segredos que ainda não quer revelar*", imitei. "Que bobagem", murmurei, jogando um torrão de terra por cima do ombro contra o galpão trancado. Estudei o pequeno edifício e, sentindo o olhar da vidente em mim, cheguei à única conclusão razoável. A srta. Sadie também guardava alguns segredos.

Com o passar da tarde, comecei a me sentir como os mineiros de anos atrás, coberta de sujeira. Sentindo o gosto de terra na boca, imaginei que era a fuligem das minas. Os familiares os reconheciam quando voltavam à superfície depois do trabalho desolador? Alguém me reconheceria? Alguém se importaria? Eu apreciava os meus pensamentos de autopiedade. E se eu morresse ali em cima da terra? Alguém perceberia?

"A morte é como uma explosão", disse a srta. Sadie com aquele sotaque pesado, como o ar úmido que pairava à minha volta. "Faz as pessoas notarem coisas que não teriam percebido."

Sentei sobre os calcanhares, incomodada pelos meus pensamentos pesarosos terem sido interrompidos e, aparentemente, ouvidos. Sobre o que a srta. Sadie estava falando dessa vez? Morte de quem?

"Aconteceu assim com a Viúva Cane. A morte dela fez as pessoas notarem coisas que não teriam visto", prosseguiu ela.

Minha mente teve que trabalhar em marcha à ré. Lembrei-me do nome. O poço abandonado da mina onde Ned e Jinx haviam produzido os fogos de artifício. Ficava na propriedade da Viúva Cane, perto da mina. Tentei ignorar a história que se aproximava, mas as palavras da srta. Sadie me envolviam. Era como sair de uma mina escura e ter que proteger os olhos contra a luz radiante do dia. Eu preferia ficar perdida na escuridão dos meus pensamentos desanimadores.

Implacável, a srta. Sadie continuou: "O sr. Devlin e os seus empregados na mina tiveram um repentino interesse naquela pequena faixa de terra perto do limite do bosque que antes tinha sido só uma fonte agradável e um lugar de sombra para sentar-se entre Manifest e a mina".

Eu ouvia a aproximação como a de um trem, e não havia como detê-la. Continuei de costas para ela.

"Lester Burton anda de um lado para o outro naquele trecho de terra. Observa a área de vários pontos de vista. Eles até chamam um novo geólogo para fazer um relatório. Os habitantes da cidade ficam atentos, mas só fazem perguntas entre eles."

Continue falando. Não estou ouvindo.

"Em pouco tempo, o sr. Devlin vai visitar o gabinete de terrenos públicos para verificar a possibilidade de comprar a terra, agora que a Viúva Cane está morta. Esse é o seu erro. O vizinho da sra. Larkin trabalha no gabinete. O sr. Devlin mal entrou no prédio, e a cidade inteira já sabe que ele quer comprar aquela terra."

Virei, mas só porque estava no fim de uma fileira e começando outra.

"Ele diz que vai usá-la como área de piquenique onde os mineiros vão poder almoçar. Não é preciso ser vidente para saber que é mentira. Ele mal dá tempo para os homens comerem, e, de qualquer forma, eles almoçam lá embaixo. É perda de tempo subir e descer por alguns minutos de ar fresco. A notícia se espalha, e Hadley Gillen convoca uma reunião. Eles deduzem o que eu poderia ter dito desde o princípio."

Ela faz uma pausa prolongada, e juro que as palavras saem da minha boca sem que eu queira.

"O quê? O que poderia ter dito a eles?"

A srta. Sadie quase sorriu. "Onde a grama é densa e os animais não cavam, tem minério embaixo."

Me lembrei de uma coisa do começo da história da srta. Sadie. Jinx tinha visto o sr. Devlin discutir com o geólogo da mina. Era alguma coisa sobre o veio de carvão fazer uma curva inesperada e ir na direção errada. Era disso que ela estava falando?

A srta. Sadie continuou de onde os meus pensamentos pararam.

"O veio foi para um lado onde deveria ter ido para o outro, e corre sob o trecho de terra entre a mina de Devlin e a cidade de Manifest, na propriedade da Viúva Cane. Infelizmente, depois da sua morte, aquele era o único trecho de terreno cuja propriedade nenhum dos lados podia reclamar..."

TERRA DE NINGUÉM
20 DE JULHO

Jinx correu para a casa de Shady. "Ei, Shady, não vai acreditar em quantas garrafas eu vendi." Ele abanava um maço de dinheiro.

O homem olhou de modo furtivo para a porta da frente. A noite caía. "Não é uma boa hora", disse.

Sem notar o desconforto de Shady, o menino continuou: "Sua bebida e o elixir de Velma T. são uma combinação do céu. Faz menos de duas semanas, e quase todo mundo na cidade...".

"Algumas dessas pessoas vão chegar aqui a qualquer minuto para a reunião de Hadley."

"Por que aqui?"

"Porque Hadley só convidou uma ou duas pessoas de cada ordem fraternal, e ele não quer que Burton saiba. Depois que queimaram a cruz na frente do salão alemão, as pessoas estão um pouco nervosas. Mas vão vir, e do jeito que Eudora Larkin está me seguindo a semana inteira, desde aquele episódio na reunião da Liga da Temperança Feminina, ela vai chegar logo depois deles. Seu elixir deixou uma impressão duradoura nela."

Jinx estava boquiaberto. "Ela comprou uma garrafa de Velma T., não de mim. Além do mais, quem disse a ela para beber uma garrafa inteira de uma vez só?" O garoto hesitou. "Acha que ela sabe que modificamos um pouco a bebida?"

"Você andou vendendo a bebida pela cidade inteira, imagino que ela tenha uma boa ideia."

Jinx fez uma careta. "Bem, tinha sobrado, e imaginei que eu estaria fazendo um favor a Velma T. divulgando seu elixir entre o público necessitado."

"É claro que essa foi a sua prioridade", Shady falou sem olhar para ele.

Eles ouviram passos do lado de fora.

"Depressa", sussurrou. Ele levantou um painel móvel atrás do balcão e revelou um estoque de garrafas de uísque.

"Para que isso?", perguntou Jinx, atônito.

"É para esconder coisas. O que parece? Entre e fique aí." Jinx mal teve tempo para enfiar o maço de dinheiro no macacão e se esconder antes de a porta da frente abrir.

O espaço era escuro e apertado. Jinx se moveu para encontrar uma posição mais confortável e notou um buraquinho de luz. Com esforço, se esticou e aproximou o olho de um visor perfeito, através do qual podia ver a maior parte da área das mesas e cadeiras do bar.

Chester Thornhill entrou. Ele era um cliente regular que não sabia nada sobre a reunião. "Boa noite, Shady. Vou querer uma dose."

Jinx ouviu Shady atrás do balcão.

"Boa noite, Chester. Vai tomar uma rápida hoje? Sua esposa deve estar esperando."

"Não estou com pressa."

A porta da frente se abriu de novo e mais gente entrou. Jinx observava tudo do esconderijo.

Cadeiras foram afastadas e arrastadas pelo chão empoeirado enquanto as pessoas se acomodavam, se encarando sem falar nada. Nunca houve uma reunião da cidade antes. Normalmente, cada ordem fraternal se reunia no próprio salão e discutia os próprios assuntos. De vez em quando, podia acontecer um encontro aleatório no mercado ou na loja de ferramentas, e membros de uma nacionalidade cumprimentavam os de outra.

Até na igreja as pessoas se mantinham nos seus grupos. Entre os católicos, os austríacos iam à missa às oito horas, os italianos, às nove, e os irlandeses iam à missa das dez. Os cultos eram divididos igualmente entre luteranos e metodistas.

No entanto, à luz dos recentes acontecimentos na mina, a cruz queimada no Salão Fraternal Alemão e a morte da Viúva Cane, a cidade inteira estava agitada. Com todos querendo falar e um desejo maior que o habitual de não ser notado por Burton e os seus capangas, representantes de cada nacionalidade e alguns outros foram convidados para a reunião secreta no estabelecimento de Shady. Chester Thornhill, que era da equipe de Burton, não fora convidado. Contudo, lá estava ele, bem no meio do evento.

De olhos arregalados, Chester bebia o seu drinque quando Velma T. Harkrader chegou. Pouco depois, Olaf e Greta Akkerson, da Noruega, ocuparam os seus lugares. Os Akkerson eram o casal mais seco da cidade. Quando eles começaram a mastigar algumas castanhas, Chester não se conteve.

"O que está acontecendo aqui, Shady?", perguntou quando Casimir e Etta Cybulskis, da Polônia, se juntaram ao grupo crescente acompanhados da filha de quatro anos, Eva.

"Ah, vamos discutir a flora e a fauna do prado em homenagem à Viúva Cane." Shady limpou cinco copos e os encheu com salsaparrilha.

"Flora e quem?"

"Fauna", respondeu Shady sem explicações. "Sabia que há 37 variedades de hortênsias só em Crawford County?"

A pequena Eva olhou para Chester ao beber o primeiro gole da borbulhante salsaparrilha. Depois, como estava no mesmo nível do visor de Jinx, olhou para ele e riu.

Chester bateu o copo sobre a mesa. "Isto aqui é um bar, Shady, não um clube de chá para mulheres." E jogou uma moeda em cima da mesa, quase batendo de frente na mulher húngara ao sair.

O esconderijo de Jinx estava ficando abafado e os seus pés formigavam por falta de circulação. No entanto, mesmo depois de ter sido visto por Eva, ele não conseguia desviar o olhar do drama que se desenrolava na sua frente.

A mulher húngara, cujos braceletes e contas tilintavam, sentou-se sozinha junto ao balcão. Shady serviu uma dose para ela e sorriu. Nunca havia recebido tanta variedade de pessoas no seu estabelecimento. Alguns eram clientes, mesmo sem o conhecimento das suas esposas, enquanto outros preferiam morrer a passar pela sua porta. Porém, lá estavam todos eles.

Sentada no chão, Eva brincava com um jogo de bonecas coloridas, removendo uma boneca oca de dentro da outra enquanto todos esperavam alguém falar. Jinx respirou aliviado. Aparentemente, a sra. Larkin não chegaria, afinal. Então, a porta se abriu com um estrondo, e lá estava ela de dedo em riste. Também não tinha sido convidada.

"Shady, tenho um problema para resolver com você. Aquele encrenqueiro que você hospeda aqui..." E parou ao perceber o salão cheio de gente que, ela sabia, não era a clientela habitual. "O que está acontecendo aqui?"

Shady só assobiou nervoso e limpou mais copos de uísque.

"Venha, Eudora." Hadley puxou uma cadeira para ela à mesa dos Cybulskis. "É só uma reunião para tratar de assuntos da cidade, acho que também interessa a você."

A sra. Larkin parecia estar perplexa demais para falar e, quieta, ocupou o assento segurando a bolsa entre as mãos.

"Obrigado por virem", iniciou Hadley. "Acho que todos sabem por que estamos aqui, exceto, talvez, a sra. Larkin. Peço desculpas, Eudora. Para resumir, Arthur Devlin quer a faixa de terra que pertence à finada Viúva Cane e, pela primeira vez, não conseguiu pôr as mãos em algo que quer. Aquela terra pode ser uma importante ferramenta de negociação para todos nós. Ele precisa ter acesso ao veio de carvão, e se fôssemos donos da terra da Viúva Cane, ele teria que contar conosco para chegar ao minério."

Houve um silêncio enquanto os presentes pensavam no que aquilo significava.

"Só que a Viúva Cane está morta, não está?", perguntou Callisto Matenopoulos. "Quem é dono da terra agora?"

"Legalmente, ninguém", disse Hadley. "A Viúva Cane faleceu no dia 1º de julho e não deixou herdeiros. Portanto, seus bens são considerados em inventário, ou retidos."

Todos olhavam para ele sem saber o que ele estava dizendo.

"Na verdade, a terra e o veio de carvão que corre embaixo dela não têm dono neste momento. Para todos os fins práticos, aquilo é..."

"Terra de ninguém." As palavras foram ditas por uma voz profunda cheia de água salgada e álcool. Jinx sabia quem tinha falado mesmo sem ter visto. Donal MacGregor estava parado na porta, do lado de dentro do bar, com os braços cruzados sobre o peito largo e esperando a imagem invocada pelas suas palavras se formar.

Todos conheciam o termo usado para descrever o território aberto entre trincheiras opostas nos campos da França, Bélgica e Alemanha e da luta mortal por aquela terra.

"Bem colocado, Donal", continuou Hadley. "A propriedade pode ser adquirida pela cidade de Manifest mediante o pagamento dos impostos retroativos num prazo de noventa dias. Se a cidade não tiver os fundos necessários, ou simplesmente não quiser a terra, a partir do dia 1º de outubro, ela poderá ser oferecida em leilão público."

Donal se aproximou do bar e pegou uma bebida.

"E a mina vai cobrir todos os nossos lances e ficar com a propriedade. Terão o que é necessário para nos manter no seu controle. Sim, vai ser uma batalha sangrenta manter aquele território longe das mãos de Devlin." Ele bebeu o uísque de um gole só.

Mesmo sem a presença do sr. Underhill, todos podiam praticamente ouvir o último prego ser martelado no caixão.

"O que podemos fazer?", perguntou Nikolai Yezierska. "A mina... ela nos domina. Diz que temos que trabalhar mais horas num dia para receber pagamento. E pagam com cupom para comprar o que custa o dobro no armazém da companhia. É domingo? Primeiro o trabalho, depois a igreja. Olhem para os alemães. Fizeram algumas reuniões, e os homens do capuz branco queimaram uma cruz como aviso."

Todos assentiram.

"Quanto custaria comprar a terra, Hadley?", perguntou Hermann Keufer, que fora um homem de algumas posses na sua terra natal, a Alemanha, até se pronunciar contra o Kaiser. Enquanto esperava a resposta, ele ajeitou o bigode de guidão.

"Comprar as terras e pagar os impostos vai custar mil dólares."

Callisto Matenopoulos expressou o choque de todos os presentes. "Nenhum de nós tem dinheiro. Tudo que temos para vender são cupons do armazém e algumas colheres e dedais de prata que trouxemos das nossas terras."

"E as habilidades que trouxemos?", perguntou Casimir Cybulskis. "Eu era alfaiate na Polônia. Sei fazer ternos. Com certeza há outros que podem fazer produtos ou prestar serviços por dinheiro."

"E quem pagaria por isso?", indagou Nikolai. "Sim, eu faço sapatos. Mas quem aqui vai comprar meus sapatos? Como você diz, não temos dinheiro."

"Além do mais", argumentou Olaf Akkerson, "Burton e os seus capangas vão saber dos nossos passos. E vão agir contra nós. Lembra de Sean McQuade? Ele perdeu o emprego na mina simplesmente por sugerir que os homens não deveriam trabalhar aos domingos."

"Temos filhos para criar." Etta Cybulskis apoiou a mão sobre o ventre distendido onde crescia seu sexto filho.

"Eles têm razão", falou Callisto. "Não podemos correr o risco de nos opormos à mina. Haverá consequências."

Um murmúrio temeroso de concordância preencheu o local e, depois, a sala ficou em silêncio. Era como se não houvesse mais nada a dizer. A pequena Eva continuava brincando com as bonecas, abrindo uma maior e tirando dela uma menor, que colocou diante do visor para Jinx ver. Felizmente, ninguém prestava atenção a ela. Jinx se moveu com cuidado para massagear o pé esquerdo, torcendo para a reunião acabar logo.

A mulher húngara bateu com o copo sobre o balcão e limpou a boca com o dorso da mão. "Vocês esquecem de onde vêm?" E olhou para todos com altivez. "E os outros que dependem de nós? Os que ficaram para trás?" Sua respiração era pesada. "Casimir Cybulskis." Ela ergueu o queixo para ele. "Quando seu vilarejo foi atacado, sua avó não o escondeu num celeiro? Não se desfez das economias de uma vida inteira para mandá-lo para os Estados Unidos? Callisto Matenopoulos. Sua mãe. Ela não trabalhava em três empregos para que você tivesse a chance de fazer a mesma viagem? E Nikolai Yezierska. E a sua família? Tiveram que fazer uma escolha. Que filho iria para os Estados Unidos e que filho seria forçado a se alistar no Exército? Seu irmão mais velho. Ele insistiu para você ir e ele ficar, não foi?" Houve um silêncio perplexo. Ninguém tinha notado que ela sabia tanto sobre todos. "Eles se sacrificaram para nos mandar para cá", prosseguiu a mulher. "E para quê? Para viver um sonho de liberdade e prosperidade? Ah! Eles teriam vergonha de nós. O que é desafiar a mina Devlin para quem arriscou tudo?"

Suas palavras ficaram suspensas no ar. As pessoas que estavam ali e não foram citadas nominalmente pensaram no passado, na própria história de vinda para os Estados Unidos.

Até pouco antes, aquelas pessoas no bar de Shady pensavam conhecer pouco uns dos outros, porque ficavam encolhidos com os seus patrícios nas próprias trincheiras. Porém, o que a mulher húngara disse os fez reconhecer de repente algo especial uns nos outros. Eles tinham o mesmo sangue. Sangue de imigrante.

O longo silêncio finalmente foi rompido por Donal MacGregor.

"Ela está certa. Eles já nos dominaram por muito tempo. Acho que é hora de fazermos alguma coisa."

Hadley viu quantos assentiam concordando com a colocação. "Muito bem. A pergunta é: o quê?"

"Sim." Donal esfregou o queixo. "Eles nos têm dentro de um barril e sabem disso."

"E o que fazem os escoceses quando estão presos num barril?", perguntou o sr. Matenopoulos.

Donal sorriu. "Antes ou depois de bebermos o que há nele?"

Havia alívio nas risadas. Até Olaf e Greta Akkerson deram uma risadinha.

"Bem, mesmo que quiséssemos", disse Hadley, "acho que não poderíamos beber esse problema até fazê-lo desaparecer. Precisamos de dinheiro, muito dinheiro. Infelizmente, os únicos que ganham dinheiro aqui são os donos da mina e os contrabandistas. Sem ofensa, Shady."

"Não me ofendi."

O corpo todo de Jinx estava se tornando um nó contorcido. Ele esticou um pouco a perna e, por acidente, derrubou uma garrafa de uísque com um estrondo.

Todos ficaram parados e a tensão invadiu o salão.

"O que foi isso?", perguntou o sr. Matenopoulos.

Shady pegou um copo vazio. "Alguém quer mais uma rodada? Mais uma xícara de chá?"

Hadley Gillen foi para trás do balcão e, depois de um exame rápido, removeu o painel e tirou Jinx do esconderijo, tirando também o maço de notas que se espalharam sobre o balcão.

"Você!", gritou a sra. Larkin. "Velma, esse é o encrenqueirozinho que teve acesso ao seu elixir? Aquilo é uma poção do diabo, se quer saber a minha opinião. É esse tipo de coisa que prepara na sua aula de química?"

"Calma, Eudora", respondeu Velma T. "Admito que eles estavam um pouco mais fortes que de costume, mas você mesma admitiu que melhorou da febre e dos calafrios."

"Mas fiz papel de boba! Aquelas mulheres da Liga da Temperança vão falar disso até o fim dos tempos."

Jinx recolheu o dinheiro e começou a se dirigir até a porta, pensando que poderia escapar enquanto as duas mulheres discutiam.

"Chamem o xerife. Aquele rapaz deve ser preso", ordenou a sra. Larkin.

Donal MacGregor esticou a perna para pôr o pé na frente de Jinx. "Calma aí, garoto."

"Ele está criando problemas e enganando diversas pessoas nessa comunidade há muito tempo", continuou a sra. Larkin. "Olhem só para isso. Quem sabe quantas outras pessoas inocentes ele induziu a comprar esse óleo de cobra? Insisto para que seja preso."

"Um instante, Eudora", disse Hadley. Ele olhou para Jinx, que segurava o dinheiro. "É melhor você se sentar, filho, até esclarecermos tudo isso. E por que não entrega esse dinheiro para Shady por enquanto?"

Jinx colocou o dinheiro em cima do bar e sentou-se atrás do balcão ao lado de Shady, seu único aliado certo na sala.

"Temos problemas maiores para resolver", disse Casimir Cybulskis, retomando a discussão. "Como levantar mil dólares sem chamar a atenção de Burton? É impossível."

A sala toda concordou com ele. Depois Shady teve uma ideia. "Aparentemente, os donos da mina e os contrabandistas não são os únicos que estão ganhando dinheiro, afinal." E abanou o maço de notas diante do rosto.

"O que está dizendo?", perguntou Hadley.

"Estou dizendo que esse moleque pode ter uma ideia que seria bom ouvirmos."

"Está sugerindo que aceitemos os conselhos de um vigarista?" A sra. Larkin ficou horrorizada.

"Só estou dizendo que tempos drásticos pedem medidas drásticas."

Todos olharam para Jinx, e ele olhou para Shady com um horror que se igualava ao da sra. Larkin.

"Hadley Gillen!" A sra. Larkin protestou.

O dono da loja de ferramentas deu um pulo, tentando entender como fora posto naquela posição de juiz e júri. "Bem, agora..." Ele coçou a cabeça, tentando pensar em uma solução para o seu problema. Velma T. o socorreu.

"É verdade que Jinx alterou o elixir que deixou a sra. Larkin um pouco mais... animada que o normal. Sendo assim, creio que é o caso de pensarmos numa reparação. Posso sugerir que ele faça algum trabalho manual para a sra. Larkin? Com a supervisão adequada, ele pode ser bem produtivo."

"É uma boa ideia. O que acha, Eudora? Uma reparação resolve o seu problema?"

"Bem, Excelência, não acho..."

"Caso encerrado." Hadley bateu o copo sobre a mesa como se fosse um martelo. "Agora, vamos voltar ao assunto em questão."

Todos olharam para Jinx.

"Shady, acho que essas pessoas não querem saber o que penso", sussurrou Jinx.

"Bem, tenho certeza de que o xerife Dean estaria bem interessado em fazer algumas perguntas", o dono do bar cochichou de volta. "Essas pessoas estão desesperadas. Não há como prever o que podem fazer."

Hadley Gillen olhou para os rostos exaustos voltados para Jinx. "Rapaz, essa cidade vive um impasse. Se tiver alguma sugestão que pode nos ajudar, essa é a hora de falar."

O menino se encolheu. Olhou para Shady com ar de súplica, implorando por ajuda para sair daquela situação.

A pequena Eva, que continuava separando com muito cuidado as bonecas, finalmente tirou a menor de todas e se aproximou de Jinx. "Matrioska", disse, falando o nome das bonecas que se encaixavam umas dentro das outras. Ela entregou a ele a boneca sorridente, como se aquele pequeno presente personificasse as esperanças e os medos de todos na sala.

Jinx aceitou o presente e o fardo. Depois, pigarreou limpando a garganta. "Então", começou altivo, "vocês querem manter Devlin e Burton fora da cidade por um mês e juntar mil dólares?"

"É isso mesmo", respondeu Hadley pelo grupo.

"Isso inclui manter o xerife Dean fora da cidade?"

Hadley parou e estudou Jinx. Era como se ele sentisse a barganha acontecendo.

"Acho que sim."

"Então, tenho uma ideia."

Naquela noite houve solidariedade entre as pessoas reunidas no bar de Shady. Uma a uma, todas saíram das suas trincheiras e se aventuraram na terra de ninguém.

DOMINGO — 21 DE JULHO DE 1918

MANIFEST, KANSAS PÁGINA 1

GRIPE ESPANHOLA
NÃO HÁ MOTIVO PARA PÂNICO

DR. ALFRED GREGORY, EQUIPE MÉDICA DA MINA

A gripe espanhola não é nada mais que a velha gripe, que circula de tempos em tempos. Os sintomas incluem calafrios, dor, febre e, às vezes, náusea e tontura. Os germes atacam o revestimento das passagens de ar, nariz, garganta e brônquios, o que resulta em tosse profunda e dor de garganta.

Ao sentir os primeiros sintomas, vá para a cama, fique em repouso e não se preocupe. Tome um laxante, como ameixas, e consuma comida nutritiva. Também se pode aplicar mentol e cânfora massageando o peito, as costas e o pescoço. Porém, a prevenção é o melhor remédio. A evidência parece provar que essa é uma doença contagiosa que se propaga principalmente por contato humano, basicamente pela tosse, espirro ou saliva. Então, evite pessoas que parecem fazer essas coisas. E lembre: o trabalho duro e a vida saudável mantêm o indivíduo livre de doenças.

HOT SPRINGS
FONTE DE ÁGUAS CURATIVAS,
ARKANSAS

Venha para as fontes curativas HOT SPRINGS, Arkansas. Quem precisa de Colorado Springs quando se pode encontrar cura e conforto no clima moderado de Hot Springs, Arkansas? Dê um passeio pelo calçadão de Bathhouse Row e escolha uma dentre as várias casas de banho. Você pode se banhar nas nossas fontes minerais termais naturais, que são conhecidas pelo seu valor terapêutico no alívio das enfermidades comuns como artrite, bursite, reumatismo e gota. Visite as fontes de Hot Springs, Arkansas.

21 DE JULHO DE 1918
SUPLEMENTO DE NOTÍCIAS DA HATTIE MAE

Lamento, mas não haverá "Suplemento de Notícias da Hattie Mae" esta semana por eu estar me sentindo fraca nos últimos dias. Vou manter a cabeça erguida, e espero voltar a escrever tudo sobre as pessoas, os eventos, os motivos e os lugares na próxima semana.

HATTIE MAE HARPER
REPÓRTER DA CIDADE

Soldado Ned Gillen

EM CAMPO ABERTO
28 de junho de 1918

Caro Jinx,

Como vai a busca pelo espião? Descobriu algum subterfúgio? Se o presidente Wilson fizer outra visita, o que provavelmente não vai acontecer, diga a ele que Ned Gillen manda um oi, e que nós, os rapazes no exterior, precisamos de cobertores quentes e comida melhor.

Estamos todos cansados e com fome. Depois de uma longa viagem em vagões de carga com soldados espremidos ombro a ombro, enfrentamos uma marcha ainda mais longa embaixo de chuva torrencial. Seguíamos numa direção vendo linhas de veteranos marchando no sentido contrário. Um grupo de aparência triste com barbas desgrenhadas e uniformes enlameados, eles pareciam estar no limite. Vimos sessenta ou setenta soldados em fila, franceses de uniformes azuis, todos com os olhos vendados, caminhando com as mãos sobre o ombro do soldado na frente para não perder o senso de direção. Os pobres coitados foram intoxicados por gás mostarda, e eles nem puderam ver os ianques chegando para dar um fim à guerra.

Finalmente acampamos para passar a noite, se é que se pode falar assim sobre ficar espremido atrás da parede de lama de uma trincheira de dois metros. Estou com tanta fome agora que só consigo pensar em alisar as rugas da barriga, como dizem os companheiros. Estamos nos revezando para comer, porque não tem kits suficientes para todo mundo. Falta tanta coisa, que tenho sorte por ainda ter uma arma.

Hoje vamos comer feijão e pão. Queria dizer que o meu pai cozinha melhor, mas nós dois sabemos que seria mentira. Não conte para ele que eu falei isso. Estamos usando garfos militares. Isso significa que comemos com os dedos, caso esteja estranhando as manchas de comida na carta. Não tem papel chique perfumado. Estou com saudade da lasanha caseira da Mama Santoni. Diga a ela para manter uma panela de molho quentinha para quando eu chegar em casa.

Pelo que ouvi aqui, estamos longe da zona de avanço. Ouço ruídos de uma tempestade ao longe, com o estrondo de canhões e umas luzes eventuais no céu que parecem relâmpagos. Se fecho os olhos, posso quase me imaginar em Manifest embaixo de um céu de tempestade em junho. Quase.

O sargento diz que vamos seguir em frente amanhã cedo. Zero hora, ele disse. Acho que foi para isso que viemos, para acabar logo com isso. Agora sei por que eles mantiveram Heck, Holler e eu juntos. Éramos os mais rápidos no campo, junto com um sujeito chamado Eddie Lawson. O sargento pediu para sermos corredores, os rapazes que correm do regimento até a base do campo e de volta transportando ordens e suprimentos. Ele disse que era uma escolha voluntária, mas não íamos recusar a oferta. Eddie ganhou quando tiramos a sorte jogando a moeda, por isso está fora agora na sua primeira corrida. Ele é rápido como o diabo. Além do mais, é muito competente. Mal posso esperar para saber se ele viu alguma ação.

Das trincheiras perto dos widerlich footen de Holler,

Ned
Herói no exterior

29 DE JUNHO DE 1918

Eddie foi morto ontem à noite. Levou um tiro a menos de dois quilômetros daqui. Um quilômetro e meio. Ele era capaz de correr essa distância em pouco mais de quatro minutos.

UM CURTO, UM LONGO
3 DE JULHO

Tinha lido tantos novos artigos sobre a gripe espanhola que comecei a me sentir com dores e calafrios. E naquele calor de julho, não havia motivo para isso. A carta de Ned mudou o clima de ensolarado para triste muito depressa. Foi quando eu soube que precisava de um descanso nesse exame do passado.

Lettie, Ruthanne e eu nos revezamos pulando corda, com o calor do sol de verão fazendo o suor escorrer pelas minhas costas. Todas estávamos de acordo sobre termos passado da idade de pular corda, mas Shady tinha me dado aquela de presente, e quando não há nada melhor para fazer, acho que voltamos àquilo que um dia nos fez sentir bem. Além do mais, não tínhamos pressa de nos tornarmos moças, se isso significava não caçar sapos nem usar macacão, ou ter que ser toda contida como Charlotte Hamilton.

Além do mais, faltava um dia para o Quatro de Julho e tínhamos que pensar em alguma coisa para fazer. Os únicos fogos de artifício na cabeça das pessoas eram as possíveis faíscas de uma fogueira que poderia fazer toda a cidade seca virar fumaça.

O pátio da escola estava vazio, exceto pela gente e pela terra que revirávamos com nossas rimas.

*"Eu tinha um ursinho de pelúcia, o nome dele era Omar.
Eu o joguei na banheira para ver se sabia nadar.
Ele bebeu toda a água e comeu o sabonete de planta,
E no dia seguinte morreu com uma bolha na garganta."*

Eu recitava as rimas, mas não estava realmente prestando atenção. A boneca da pequena Eva morava na minha mente e tinha conquistado o seu lugar no parapeito da janela ao lado da cama. Eu ficava admirada como cada objeto havia entrado na história da srta. Sadie. Depois de todo esse tempo trabalhando na casa dela, havia conforto em saber que eu estava conectada às suas histórias. Por intermédio daqueles objetos que eu encontrei embaixo de uma tábua do assoalho, a isca Wiggle King, o dólar de prata Cabeça da Liberdade, a rolha de Shady e a bonequinha de encaixe, eu estava conectada àquele lugar e àquelas pessoas. Os lugares e os nomes no mapa de Ned agora eram familiares para mim.

E havia Jinx. Eu sentia que entendia aquele garoto que tinha vivido sempre indo de um lugar para o outro. Esse menino cheio de aventura. Eu esperava que Gideon fosse mencionado numa das histórias da srta. Sadie. Contudo, só restava um objeto. A chave. Eu queria que ela me levasse a Gideon de algum jeito. Foi, provavelmente, nessa espécie de vontade e esperança que comecei a imaginar que talvez eu o tivesse encontrado. Imaginei que Jinx e Gideon eram a mesma pessoa. Que podia ter sido o meu pai que chegara a essa cidade e encontrado um amigo em Ned, produzido fogos de artifício e explodido uma torre d'água, e conhecido gente que gostava dele. Talvez Jinx fosse essa pessoa. E foi assim, imaginando-o dessa maneira, que passei a amar aquele garoto do passado.

Ruthanne e eu batíamos a corda quando Lettie saiu. Era a vez de Ruthanne.

"Tenho uma nova." Lettie e eu batemos a corda para Ruthanne entrar.

"Na cidade de Manifest havia um espião.
O nome dele era Cascavel, mas quem sabe a razão?
Era escorregadio feito cobra, era sujo feito rato.
O que queremos saber era o que tramava no anonimato."

"Ele é o açougueiro, o padeiro ou o coveiro?
Mineiro, sapateiro ou ferreiro?
Leiteiro, carteiro ou ferroviário?
O homem está lá agorinha, viajando no vagão da cozinha?"

Nesse momento, vimos a irmã Redempta se dirigindo à escola. Lettie e eu soltamos a corda por instinto, pensando que era melhor não cantarmos sobre espiões na propriedade do colégio. Por que um ursinho de pelúcia se afogando na banheira parecia um assunto apropriado era algo que eu não sabia dizer.

De qualquer maneira, era uma boa chance para cada uma de nós sentar num balanço e deixar os dedos dos pés desenharem linhas na terra.

"Está calor", falei.

"Sim, está", repetiu Lettie. "Aposto que Charlotte Hamilton está mergulhada na água fria de alguma praia na Carolina do Sul."

"Ah, quem se importa?", Ruthanne interferiu. "Temos uma caça ao espião só para nós aqui em Manifest."

Isso era olhar o lado positivo. Mantive Lettie e Ruthanne informadas sobre os últimos acontecimentos nas histórias da srta. Sadie, e a nossa conversa normalmente girava em torno de Manifest nos seus tempos antigos e mais excitantes. Acho que isso ajudava a nos distrair do calor, da seca e da monotonia do aqui e do agora. Para nós, parte dessa excitação era, obviamente, o Cascavel.

"Ele teria que ser alguém com algumas conexões com o mundo fora de Manifest", resmunguei. "Alguém que pudesse passar informações secretas para o inimigo."

Ruthanne se interessou. "Entendi. Quem tem contato com gente de fora de Manifest todos os dias?"

Lettie estalou os dedos. "O primo Turk. Ele entrega fertilizante para gente de toda a região."

Ruthanne a encarou e eu não pude deixar de fitá-la com um misto de pena e consternação. "O primo Turk acabou de fazer dezoito anos."

Lettie se recuperou e disse: "Em quem você pensaria, Ruthanne?".

"Eu pensaria em alguém que estivesse *vivo* quando o Cascavel estava em ação." Ela retraiu os lábios como se estivesse se preparando para cuspir uma semente.

Nesse momento, o sr. Cooper, o barbeiro, saiu da sua loja do outro lado da rua para sacudir o avental.

"E ele?", cochichou Lettie. "Talvez ele seja como o Barbeiro de Sevilha."

"Quem é o Barbeiro de Sevilha?", perguntei. Pulamos dos balanços e nos aproximamos da lateral da barbearia para olhar mais de perto.

"Não sei exatamente, mas acho que ele tinha cabelo longo e desarrumado, porque era o único barbeiro na cidade e não tinha ninguém para cortar o cabelo dele. E provavelmente passava dia após dia cortando cabelo, um cliente depois do outro, até que, um dia, perdeu a cabeça."

O sr. Cooper pegou a navalha e limpou a lâmina no avental. Ele a examinou à luz do sol, depois a limpou de novo e entrou.

"E nesse dia", continuou Lettie, "o Barbeiro de Sevilha pegou a sua navalha e esperou a próxima alma desgraçada a passar pela sua porta e ocupar a cadeira. Ele cobriu o rosto do homem de espuma para barbear, mas deixou o pescoço limpo, e aí..."

"Pelos céus, Lettie! Que imaginação você tem!", disse Ruthanne. "Acho que ele é só um barbeiro. Vamos dar uma olhada no correio."

Porém, alguma coisa chamou a minha atenção na vitrine. Era um quadro. Fui até a frente da loja. Uma foto velha de um grupo de homens vestidos com macacão e usando chapéu de mineiro. Todos olhavam para a câmera. Olhavam para mim com... o que era aquilo? Esperança, desespero, derrota? Eu não sabia dizer.

Levantei a cabeça e vi o sr. Cooper olhando para mim pela vitrine.

De repente, percebi que Lettie e Ruthanne tinham ido embora e eu estava sozinha. Corri atrás delas com o coração batendo como um tambor. O sr. Cooper não parecia ser um assassino a sangue-frio, mas eu não conhecia nenhum assassino, certo? E ele me viu olhando para a sua vitrine.

Passei abaixada por dois quintais e me arranhei em cercas e arbustos. Ouvi um rosnado baixo. Era um buldogue, e sua boca frouxa de dentes à mostra estava meio metro atrás de mim. Corri para a balaustrada de uma varanda e pulei um segundo antes de os dentes se fecharem na perna da minha calça. Agarrada à balaustrada, fiquei olhando para o cachorro bravo.

"Vai embora", falei em voz baixa. "Vai embora, vai." Ele ficou parado, rosnando, como se preferisse me esperar.

Respirei um pouco mais devagar ao subir na grade da varanda, mas o meu coração voltou a disparar. Reparei melhor onde estava, no trabalho complexo em madeira daquela varanda, e percebi que era a casa velha onde ficava sentada, como se petrificada, aquela mulher. E se ela estivesse do outro lado? Olhando pra mim? Puxei a outra perna para dentro e lá estava ela, exatamente onde eu a tinha visto antes. Na sua cadeira de balanço, olhando para o nada.

Ou eu pulava a balaustrada e voltava ao lugar de onde tinha vindo, ou atravessava a varanda e passava por ela para descer a escada. Olhei para trás. O cachorro mordeu o ar e latiu. Tentei chegar à escada. Pisei com cuidado a caminho dos degraus. A cadeira rangeu e, sem que eu planejasse, meu corpo virou e os meus olhos encontraram a sra. Evans. E a sra. Evans olhava diretamente para mim.

Sem saber o que fazer, examinei os meus braços e as minhas pernas. Ainda se mexiam. Eu não tinha sido transformada em estátua. Durante um tempo, nenhuma de nós falou nada. Depois eu disse as únicas palavras que passaram pela minha cabeça. As palavras que Shady havia me orientado a dizer a qualquer pessoa que eu encontrasse nas últimas semanas.

"Shady vai fazer um culto na casa dele na noite de domingo. Ele ficaria muito feliz com a sua presença."

Não esperei pela resposta. Pulei os degraus da escada e corri até ir parar no beco ao lado do correio com os joelhos e os cotovelos esfolados.

"Abilene." Era Lettie. "Aqui", ela sussurrou alto.

"Por que demorou tanto?", reclamou Ruthanne. "Pensei que estivesse bem atrás de nós, e de repente você desapareceu."

Eu estava ofegante demais para responder, mas me aproximei delas. Ruthanne usou o antebraço para limpar uma janela empoeirada, e descobriu que um armário bloqueava a visão lá dentro.

"Vamos", cochichou ela. "Temos que dar a volta e olhar melhor pela frente."

"Olhar quem?", perguntei.

Ruthanne levou um dedo aos lábios. Ela espiou pela beirada da parede do prédio como se estivesse esperando por tiros. Depois correu, e Lettie e eu a seguimos. Nós três espiamos pela porta da frente.

"Ele", respondeu a menina, apontando para o homem muito alto e magro atrás do balcão. Ele usava suspensórios sobre a camisa branca e, mesmo sem as longas costeletas, tinha uma forte semelhança com Ichabod Crane da lenda do Cavaleiro sem Cabeça.

"Ivan DeVore?" Lettie falou como se considerar a possibilidade de ele ser o Cascavel fosse semelhante a desconfiar do Papai Noel. Ruthanne já tinha falado sobre ele antes, mas nunca chegamos a espioná-lo.

"Pense nisso", respondeu Ruthanne sem desviar os olhos do homem. "Ele sabe de toda correspondência que chega e é despachada. Era operador de telefone e operava a máquina de telégrafo. Sabia transmitir qualquer informação que quisesse a quem quisesse, e ninguém jamais perceberia."

Vimos o sr. DeVore se mover com eficiência pelo lugar, colocar uma carta em uma caixa e outra na caixa vizinha. Depois, ele bateu com os dedos no balcão como se estivesse considerando alguma coisa. Finalmente, o homem tirou uma chave do bolso, destrancou a gaveta de cima da mesa e pegou uma folha amarela de papel timbrado e um envelope da mesma cor. Com um meio sorriso, escreveu uma nota breve, colocou-a no envelope e, depois de olhar desconfiado para um lado e para o outro, enfiou rapidamente a mensagem numa das caixas na parede.

"É a caixa postal de Velma T.", disse Lettie. "Eu sei por causa daquela vez que ela foi visitar a prima em Oklahoma. Você se lembra disso, Ruthanne, quando a prima dela teve herpes? Velma T. me pediu para pegar a correspondência." Lettie parou para pensar. "Pensando bem, ela recebia um daqueles envelopes amarelos por semana. Por que Ivan DeVore colocaria o envelope na caixa postal, se ele a vê o tempo todo? Podia simplesmente falar o que quer. Ou será que os dois são espiões e precisam falar em código ou por mensagens secretas?"

Estudamos o sr. DeVore enquanto ele assobiava e se movia pela sala. "Espiões não escrevem bilhetes em papel amarelo. Acho que ele gosta dela", opinei.

"Então, por que não fala para ela?", perguntou Ruthanne.

"Talvez tenha medo. Aposto que ele nem assina aqueles bilhetes."

Nesse momento, a máquina de telégrafo começou a fazer barulho, e o sr. DeVore sentou-se para receber a mensagem. Um clique longo, seguido por dois curtos. Um curto. Um curto, um longo. Curto, longo, curto.

Gideon passou um tempo trabalhando num pátio de carga em Springfield, Illinois, e a srta. Leeds, que trabalhava no escritório, me tomou como protegida. Ela operava uma máquina de telégrafo como ninguém. Disse que, com o tempo, se tornou capaz de distinguir um operador de uma operadora, porque cada um desenvolvia um estilo, quase como uma voz. A operadora em Decatur tinha um toque *staccato* preciso. Cada letra vinha pelo cabo afiada e pontiaguda. "É bem provável que ela também tenha o nariz pontudo", dizia a srta. Leeds. O operador em Peoria tinha uma característica pesada, martelante. A srta. Leeds imaginava que ele era um homem grosseiro que dava socos na mesa quando exigia o jantar. No entanto, o operador em Quincy tinha um toque firme, estável. Um toque que indicava mão firme e atitude educada. Na verdade, tive a impressão de que ela gostava dele, embora nunca o tivesse visto.

Agora, quando estávamos encolhidas do lado de fora da porta ouvindo aquelas primeiras letras, senti que me contorcia por dentro. Q-U-E-R-I-D-O. Alguém receberia aquela mensagem. Alguém que era amado para a pessoa que mandava o telegrama.

Eu me abaixei. Não queria decifrar o restante da mensagem. Que importância tinha, para mim, que palavras doces esse alguém distante tinha para dizer para o seu "querido" aqui? Meus olhos ardiam um pouco. Tentei deixar os estalos longos e curtos se misturarem para não ter que entender as palavras. Só que eles continuavam ecoando na minha cabeça. S-A-U-D-A-D-E.

Eu sabia que Gideon estava ocupado. Devia estar trabalhando duro para ganhar dinheiro suficiente para mandar me buscar. Já era julho. Ele viria em algumas semanas. Em algum momento de agosto, provavelmente. V-O-L-T-O-L-O-G-O. Não queria ouvir mais nada. Comecei a correr, os pés se movendo no mesmo ritmo forte do coração.

Se ele me mandasse um telegrama, o tempo não ia passar mais depressa. Mesmo assim, meu coração doía como se estivesse sendo rasgado ao meio.

Continuei correndo, sabendo que iria parar na casa da srta. Sadie.

CASA DE VIDÊNCIA DA SRTA. SADIE
3 DE JULHO

Cheguei à casa da srta. Sadie, mas só encontrei terra quente e uma velha rabugenta. Ela estava de mau humor, e nada a faria mudar de disposição.

Passei o dia inteiro trabalhando, esfregando a varanda, separando botões, tirando insetos mortos da porta de tela. Ela me fez até tirar o grande tapete persa da sala de vidência e bater a poeira com uma vassoura. Foi pura perda de tempo, porque a poeira subiu como um velho hábito do qual a pessoa tenta se desfazer, só para assentar na sua antiga forma, de volta àquele tapete.

Ela me manteve ocupada fazendo de tudo, menos trabalhar no jardim. E em *qualquer* lugar, menos perto do galpão do jardim.

Quando comecei a trabalhar para saldar a minha dívida com a srta. Sadie por ter quebrado o vaso húngaro, ela disse que eu saberia quando a tivesse quitado. Eu sabia que tinha trabalhado mais horas do que era necessário para pagar a dívida. Mas também sabia que não havia terminado. Não tinha escutado toda a história que ela contava sobre Manifest.

Eu poderia pedir a Shady para contar o restante e me poupar de mais trabalho. No entanto, de alguma maneira, eu sabia que ele só conhecia a parte dele na história, assim como Hattie Mae sabia apenas a dela. Só a srta. Sadie conhecia a história inteira. Ela observou e escutou durante todos esses anos. Mesmo agora, as pessoas que iam à casa dela falavam e falavam, desabafavam e revelavam todo tipo de relatos e histórias. E ela ouvia tudo.

Eu também estava me interessando mais pela história da própria srta. Sadie. O que a trouxe aos Estados Unidos? Por que ela continuava em Manifest, se era tão excluída? Havia mais nela do que contas e enfeites.

O mau humor da mulher me contagiava. Eu trabalhava, e ela não falava. Tentei encontrar um jeito de induzi-la a contar uma história, e decidi que não tinha isca melhor para um contador de histórias do que entender errado uma parte do caso.

"Vi alguns arbustos de lilás na casa de Ruthanne." Fazia um calor miserável naquela tarde na varanda da srta. Sadie. Minhas mãos estavam mergulhadas numa bacia de água com sabão, onde eu lavava vários potes empoeirados, enquanto ela se balançava na sua cadeira.

"Humm", murmurou ela, desinteressada, soprando um pouco de cinzas de tabaco do cachimbo.

"Aposto que a Viúva Cane poderia dizer qual das 37 variedades de lilás era aquela. E tenho certeza de que um ramalhete ficaria lindo num desses potes."

"Hortênsia." A srta. Sadie pôs mais tabaco no cachimbo.

"Como é?"

"São trinte e sete variedades de hortênsia, não de lilás. E vou usar os potes para fazer conservas de frutas e vegetais."

Frutas e vegetais do jardim seco, sem dúvida.

"Hortênsia, lilás. Provavelmente não fez muita diferença, no fim. Duvido que alguém pudesse juntar mil dólares em quatro semanas."

Ela parou de balançar. "É isso que você pensa?"

"É sim", respondi, lavando mais um pote que passaria outro ano juntando poeira, provavelmente, sem que ela tivesse frutas para fazer a conserva.

"Bobagem", resmungou a srta. Sadie. "Uma pessoa que não sabe a diferença entre hortênsia e lilás não pode especular sobre essas coisas."

Eu estava perto, mas ainda não tinha o que queria.

"Bem, pelo menos Shady ficou fora disso. Ele nunca teria se envolvido em alguma coisa... suspeita."

A srta. Sadie deixou escapar um suspiro profundo.

"Shady estava envolvido nisso... como dizem?... até o pescoço. Todos nós estávamos..."

AS MURALHAS SOBEM
15 DE AGOSTO

Começou com a tosse e as dores no corpo. Depois vieram a febre, os calafrios e a tontura. Todo mundo tinha lido que os sintomas não eram motivo para preocupação — os mesmos sintomas que se espalhavam de cidade em cidade por todo o país.

Em Manifest, as pessoas exibiam sinais da tal gripe. Na igreja, na biblioteca, nas minas, algumas tosses que se transformavam num espirro. Massagear a nuca e os ombros. Mesmo com o calor de agosto, era possível ver uma mulher ajeitar o xale para conter os arrepios.

Havia uma tensão que permeava Manifest, como se um sapato tivesse caído e toda a cidade esperasse o outro pé cair também. Mas onde, quando e em quem ele iria cair, isso ninguém sabia.

Muitas foram as vezes em que Jinx pensou em agir enquanto tinha boas chances. No entanto, cada vez que pensava em agir, ele via o xerife Dean por perto, observando-o. Não, por ora, ele teria apenas que esperar que a cidade tivesse mais sorte que ele.

Uma vez exibidos os sinais reveladores da doença, não demorou para Lester Burton, Arthur Devlin, suas esposas e seus associados começarem a sentir a fraqueza. Ou, se ainda não se sentiam realmente doentes, era claro que, com todos tossindo, espirrando e assoando o nariz à sua volta, era apenas uma questão de tempo. Assim, todos os que tinham recursos, inclusive Burton, Devlin e as suas famílias, aproveitaram a oportunidade para tirar férias em qualquer outro lugar. Até o xerife Dean se mantinha perto de casa, que ficava próxima do rio e longe da cidade.

O médico do distrito foi chamado e, em trinta minutos, declarou que até o vírus influenza cumprir o seu ciclo, toda a cidade de Manifest estaria sob quarentena oficial. Ninguém entra. Ninguém sai.

Depois que o último trem partiu e a fumaça do último Model T se dissipou, instalou-se um silêncio sobrenatural, como se a morte tivesse vencido. Depois, em um ou dois minutos que pareceram durar por horas, o apito da mina soou.

Algumas cortinas foram afastadas e as pessoas olharam para fora para ter certeza de que estava tudo bem. O sr. Keufer, ainda de pijama, foi o primeiro a se aventurar na rua. Depois a sra. Cybulskis surgiu na varanda, lavando do rosto o pó que lhe dera uma palidez mortal.

Logo, todos sorriam e trocavam apertos de mão e tapinhas nas costas. Era como se um milagre tivesse acontecido e todos estivessem curados, mas o verdadeiro milagre era que Burton e Devlin caíram no truque. Com a mina incluída na quarentena, não haveria apitos chamando os homens para o trabalho. Não haveria os longos turnos cujos resultados eram apenas encher os bolsos de Devlin e Burton.

As crianças estavam especialmente animadas. O começo das aulas seria adiado. Comida e suprimentos seriam levados de trem e deixados na entrada da cidade. A notícia se espalhou rapidamente, e logo Stucky Cybulskis, os garotos McIntyre — Danny, Michael, Patrick e Sean — os irmãos Santoni e até Rosa Santoni, de nove anos, que era linda, mas levada e grosseira como os meninos, subiram em árvores ou se empoleiraram nos telhados, declarando-se sentinelas de Manifest. Eles ficariam de guarda e atentos para qualquer pessoa que tentasse se aproximar. Entre eles, Jinx foi declarado herói local por ter pensado no maior de todos os planos.

Contudo, o maior de todos os planos exigiria muito trabalho. Enquanto as árvores eram ocupadas por jovens sentinelas, os adultos se ocupariam da única coisa que rendia dinheiro ultimamente: a mistura da bebida alcoólica de Shady e do elixir de Velma T.

Mama Santoni vestiu um avental e foi comandar as mulheres que debulhavam milho. Greta Akkerson e Etta Cybulskis arregaçaram as mangas para ajudar. Juntas, elas trabalhavam e compartilhavam histórias das suas terras natais e das suas famílias.

Falavam sobre a experiência comum de viajar para os Estados Unidos em navios cheios de imigrantes, e lágrimas de emoção se formaram quando relatavam como havia sido ver pela primeira vez a Estátua da Liberdade, e a alegria e o medo de chegar à ilha Ellis.

"Estava apavorada de ser mandada de volta", falou a sra. Cybulskis, enxugando a testa com o dorso da mão. "Eles examinavam todo mundo para ver se as pessoas tinham alguma doença." Todas assentiram concordando. Todas conheceram de perto o medo de serem declaradas impróprias para entrar nos Estados Unidos. Um simples risco de giz feito pelo médico nas roupas de uma pessoa poderia impedir a entrada no país por ela escolhido. Um "O" para problemas nos olhos, um "F" para fraqueza ou deficiência física, um "C" para problemas cardíacos. Essas pessoas eram obrigadas a embarcar em outro navio e voltar para o lugar de onde tinham saído, por mais longa que tivesse sido a viagem que acabaram de fazer.

"Na Polônia", continuou a sra. Cybulskis, "não tenho sapatos, e o meu vizinho, que é sapateiro, fez um par para mim. Belos sapatos com salto elegante. Eu nunca tinha andado de salto. Os inspetores me pararam, porque acharam que eu estava com algum problema de equilíbrio e talvez estivesse doente." A sra. Cybulskis deu de ombros e levantou as mãos cheias de grãos de milho. "Tive que tirar os sapatos para mostrar que andava direito!" As mulheres riram enquanto enchiam baldes e mais baldes de milho.

Callisto Matenopoulos e Hermann Keufer colocaram o milho numa carroça e o levaram para a casa de Shady.

"Ma-te-no-pou-los", disse o sr. Matenopoulos, enunciando cada sílaba do seu nome. Ele riu quando o sr. Keufer tropeçou na pronúncia. "Você acha que o meu nome é difícil? Na ilha Ellis, o inspetor perguntou ao meu amigo Milo qual era o sobrenome dele. 'Zoutsaghianopoulous', respondeu ele. O inspetor perguntou se ele queria mudar o nome para facilitar a pronúncia. Meu amigo pensou bem. Afinal, aquele era o nome da sua família. Finalmente, depois de muita consideração, ele concordou: 'Tire o *h*'." O sr. Keufer riu alto.

É claro, a verdadeira animação se concentrava na casa de Shady, e Jinx estava bem no meio dela. Aquela era a primeira vez que o uísque de Shady via a luz do dia. A máquina de produzir uísque fora retirada da escuridão do poço abandonado da mina na propriedade da Viúva Cane, onde funcionava constantemente desde o início da Lei Seca. No entanto, apenas uma não seria suficiente para a operação que eles montaram. Por isso, Donal MacGregor, Hadley Gillen e Nikolai Yezierska montaram mais quatro máquinas com tanques e canos de cobre e as instalaram num velho celeiro perto da fonte natural. Assim garantiram o suprimento de água e uma localização afastada para a operação.

Porém, era como se o próprio Shady fosse exposto de repente à luz do dia e estivesse perplexo e inseguro. Ele pegou uma garrafa de uísque guardada embaixo do beiral do telhado sobre a escada dos fundos. Tomou um gole para parar de tremer e dar coragem. Ele tirou a rolha da garrafa e voltou para as sombras do beiral.

A porta de tela se abriu com um rangido, e Jinx entrou. "Vamos, Shady, você consegue. Mostre a eles o que sabe."

O homem passou o dorso da mão pelo rosto. "Eu não sei nada."

A voz de Jinx era calma e firme. "Nesse momento tem só uma coisa que essas pessoas precisam saber, e você é o único que pode ensinar a elas."

Shady ficou quieto por um minuto antes de devolver a rolha à garrafa. Ele guardou o uísque de volta no esconderijo sob o beiral e saiu para o dia quente, passando pela porta de tela que Jinx segurava aberta. Shady supervisionou o processo com a atenção de um mestre artesão, desejando que cada um deles aprendesse a arte do seu ofício. Ele parecia grato por ter Jinx por perto como apoio moral.

"É isso mesmo, mantenha o fogo baixo, sr. Keufer. Não vai querer queimar a mistura. Casimir, comece outra partida naquele tanque, por favor. Milho, água, fermento e açúcar", disse, recitando os ingredientes de uma antiga receita usada por fabricantes clandestinos em muitas regiões onde a Lei Seca era vigente.

"Conheci um homem em Chicago", contou Jinx. "Ele queimava o açúcar para conseguir uma cor mais intensa."

Shady balançou a cabeça. "Pode ser errado fazer uísque, mas existe um jeito certo de fazê-lo."

As primeiras partidas da mistura fermentavam dia após dia, com grupos de números variados de homens se mantendo por perto, como crianças na cozinha de Mama Santoni. Mexendo, cheirando, olhando, questionando.

No nono dia, Donal MacGregor estava ao lado de um tanque em fermentação. "Cheire isso, Shady. Acho que está pronto."

O homem cheirou a mistura. "Tira a tampa, e Jinx vai acoplar o cano de cobre. Quando o líquido separar da polpa, vai passar pelo tubo e cair naquele barril." Ele levantou a trave da torneira na base do barril de carvalho e pegou um pouco do líquido cor de âmbar num pote de vidro de geleia.

A mão de Shady tremia um pouco quando ele levantou o pote contra a luz para verificar a cor. Sentiu o aroma do líquido. As pessoas que conheciam Shady sabiam que ele tinha problemas com a bebida. Então, quando ele devolveu o uísque e anunciou que estava pronto para o elixir de Velma T., todos entenderam que esse deveria ser o código de conduta. Nenhuma gota seria bebida por nenhum homem ali.

Jinx e Shady levaram o primeiro barril para o colégio. A sra. Larkin os viu da escada da frente. "Shady", chamou ela com uma voz estridente. "Shady Howard."

Eles fingiram não ouvir, entraram no colégio e seguiram pelo corredor para a sala de química. A sra. Larkin tem feito Jinx trabalhar duro limpando o seu jardim e esvaziando o armário onde o marido guardava papéis velhos. O pior de tudo era sentar para o chá da tarde e manter o que ela chamava de conversa educada, que, na avaliação dela, era algo que todo cavalheiro deveria ser capaz de fazer. Era compreensível, então, que Jinx quisesse manter distância.

Todavia, quando a sra. Larkin entrou na sala atrás de Shady e Jinx, os três pararam onde estavam.

"Que cheiro é esse?" Jinx massageou a nuca quando o odor forte praticamente queimou o seu nariz.

Hattie Mae levantou os olhos protegidos pelos óculos de segurança, enquanto Velma T. vigiava vários recipientes de líquido transparente mantido aquecido sobre bicos de Bunsen. "Uma mistura fermentada de milho, óleo de castor, extrato de eucalipto, mentol, ferro, potássio e cálcio", respondeu Hattie Mae.

"Nada que não houvesse nela quando vocês dois decidiram brincar de mágica com o meu elixir", acrescentou Velma T. enquanto fazia anotações numa prancheta. Os óculos de segurança pareciam olhos salientes de mosca no rosto estreito.

Shady e Jinx sabiam que precisavam ser cautelosos, porque Velma T. não concordava inteiramente com aquela empreitada.

"Como conseguem produzir tanto com tão poucos frascos?", perguntou Jinx.

"Isso é o que chamamos de mistura de base", respondeu Velma T., "o que você saberia, se aparecesse nas minhas aulas de química. O xarope misturado com a água mineral de Manifest numa proporção exata de quatro para um produz um elixir restaurador e fácil de engolir."

"Velma", interrompeu a sra. Larkin, "certamente você não vai participar dessa..." Ela tentou encontrar a palavra certa: "Farsa. Meu marido, o finado avaliador da cidade, deve estar se revirando no túmulo com toda essa depravação. Estou pensando em mandar um telegrama para o filho da minha irmã em Topeka. Ele trabalha no gabinete do governador. É assistente do assistente, você sabe".

Muitas pessoas ficaram surpresas e bastante curiosas quando a sra. Larkin decidiu ficar para a quarentena, em vez de acompanhar as pessoas de posses. Ela se opusera claramente ao plano de Jinx na noite da reunião. Sua filha, Pearl Ann, já tinha se mudado para a universidade, e alguns especulavam que a sra. Larkin talvez tivesse menos recursos do que gostava de exibir, e não pudesse deixar a cidade. De qualquer maneira, como ela ainda estava ali, não havia nada a ser feito, além de torcer para que ela não estragasse tudo.

Ignorando a sra. Larkin, Velma T. empurrou os óculos de segurança para o topo da cabeça e olhou para Shady e Jinx com os olhos meio apertados. "Sabe, eu devia ter deixado o xerife Dean prender os dois por terem adulterado um produto medicinal e posto em risco a saúde pública. Meus elixires são compostos de materiais cuidadosamente sintetizados a partir de elementos potencialmente perigosos." Ela despejou o líquido grosso num copo de medida e testou o volume e a densidade. "São remédios preparados com extrema meticulosidade que merecem um pouco de respeito."

"Sim, senhora." Nenhum deles comentou que o elixir nunca tinha curado ninguém antes de ser misturado ao uísque de Shady. Porém, o silêncio prolongado dizia tudo.

"Ainda assim, suponho que a sorte seja uma força a ser reconhecida aqui", concluiu Velma T. com um suspiro.

Hattie Mae a ajudou. "Não se subestime, srta. Velma. É claro que existem descobertas feitas por ocorrências inesperadas. No entanto, é preciso alguém especial para entender isso tudo. Você mesma nos disse: 'Uma maçã é só uma maçã até cair sobre sir Isaac Newton'."

"E depois ela é o quê?", Jinx perguntou.

"Gravidade", respondeu Velma T. "Acho que você tem razão. Até Louis Pasteur, o pai da medicina moderna, disse que 'o acaso prefere a mente preparada'."

A sra. Larkin estava chocada. "Velma, francamente! Não pode estar falando sério sobre esse suposto remédio milagroso."

"Não me sinto capaz de dizer se há ou não algo milagroso nesse elixir misturado. Mas parece que curou você, Eudora."

"Sim, e me tirou da Liga da Temperança Feminina. Além do mais, tenho certeza de que eu já estava me recuperando."

"Mesmo assim", continuou Velma T., "ouvi dizer que houve surtos de gripe espanhola em Pittsburgh e Baxter Springs, bem perto daqui. Se o meu remédio puder ajudar..."

"Querida", interrompeu a sra. Larkin, "tenho certeza de que o seu elixir é ótimo para manter um corpo funcionando regularmente, mas não acho que possa ser classificado como remédio."

As costas de Velma T. ficaram tensas. Seus lábios se comprimiram. Até o nariz parecia um pouco mais pontudo.

Todos na sala sabiam que a sra. Larkin fizera um comentário inadequado.

"Muito bem, Shady. Vai ser um prazer disponibilizar o meu elixir para todos que precisarem dele. É melhor nos dedicarmos ao trabalho. Quando a notícia sobre a recuperação da sra. Larkin se espalhar, a demanda pelo elixir de Manifest vai ser maior que nunca."

Shady resmungou para Jinx: "Com certeza o sabor melhor vai ajudar".

"Eu ouvi isso, Shady." Velma T. bateu nos bolsos. "Quem pegou os meus óculos de segurança?"

Shady apontou para a cabeça dela, indicando que os óculos estavam ali. Velma T. os puxou para baixo, soprou as lentes e as limpou na barra do jaleco branco. "Muito bem. Onde vamos preparar a mistura? Meu elixir e sua... contribuição vão render muito líquido para misturar."

Shady pigarreou. "Já discutimos bastante esse assunto. Tem que ser alguma coisa grande, como um cocho, mas limpo."

"Isso é óbvio", respondeu Velma T.

"Tem um cocho na igreja batista."

"Não me lembro de ter visto nenhum do lado de fora."

"Não é fora, é dentro." Shady esperava que Velma T. fosse uma mulher mais preocupada com a ciência do que com a religião.

"Você não pode estar sugerindo o batistério", interferiu a sra. Larkin, batista convicta e associada desde sempre à Primeira Igreja Batista. "O que o pastor Mankins vai dizer?"

"Ele não está por aqui para dizer nada. Saiu da cidade antes da quarentena."

"Bem, então", decidiu Velma T., "acho que é isso. Além do mais, são três partes do elixir para só uma de álcool."

"Na verdade, está mais para meio a meio", Jinx falou antes que Shady pudesse impedir.

"E por que não podem usar a igreja católica? Ou a metodista?", insistiu a sra. Larkin.

Shady respondeu: "As fontes são pequenas, não serviriam. Elas são só para regar. São os batistas que gostam de um bom mergulho de corpo inteiro".

A igreja batista, normalmente frequentada apenas pelos mais puros cidadãos de Manifest, ou os que tinham pais, avós e bisavós nascidos naquele país, de repente ficou cheia de estranhos. Cada um segurava um recipiente contendo o elixir de Velma T. ou o uísque de Shady.

Casimir Cybulskis foi o primeiro a falar. "Esse parece ser um momento solene. Acho que pede uma oração."

Todos olharam para Shady que, diante do batistério, parecia ocupar o lugar de um ministro.

Shady segurou o chapéu entre as mãos, girando-o num círculo lento. "Não passo muito tempo na igreja, mas me lembro de uma história que a minha mãe costumava me contar. Acontecia um casamento, e o vinho acabou. Os garçons apareceram com grandes jarros de água. Mas, dos jarros, começou a jorrar vinho, o melhor que todos ali tinham provado." Ele olhou para os rostos à sua volta. "Acho que foi uma coisa semelhante ao que estamos fazendo aqui."

Todos assentiram esperando pela prece.

Shady transferiu o peso de um pé para o outro. Jinx o cutucou num incentivo silencioso.

"Muito bem, então." Shady pigarreou e começou o que parecia mais um brinde do que uma oração. "Senhor, esperamos que o resultado seja o melhor que já provamos."

"Amém", disseram em uníssono aqueles cidadãos do mundo, e prenderam a respiração enquanto os muitos e variados ingredientes que foram fermentados e apurados, destilados e resfriados, eram misturados para fazer algo novo. Algo maior que a soma das suas partes.

SEGUNDA-FEIRA — 15 DE SETEMBRO DE 1918

MANIFEST, KANSAS PÁGINA 1

EPIDEMIA MORTAL
DE INFLUENZA SEGUE PARA O OESTE

Oficiais de saúde da Filadélfia divulgaram um boletim informativo sobre a epidemia de gripe. Centenas de casos são relatados todos os dias. Boston e Nova York já foram varridas pela enfermidade e tiveram hospitais lotados além da capacidade, e a doença mortal agora atravessa os Estados Unidos rumo a Oeste.

Tropas que retornam da França e da Bélgica estão sendo encaminhadas para as enfermarias de bordo no Commonwealth Pier em Boston com os sintomas habituais da gripe. Porém, esses casos pioraram progressivamente, transformando-se numa pneumonia mortal. O Commonwealth Pier está atualmente tomado pela doença, e novos casos são transferidos para o Hospital Naval de Chelsea.

O dr. Victor Vaughn, cirurgião geral do Exército, testemunhou os efeitos da influenza no campo Devens, um campo militar perto de Boston. "Vi centenas de homens fortes e uniformizados chegando às alas do hospital. Todas as camas estavam ocupadas, e outros continuavam chegando. Tinham no rosto um tom azulado. A tosse produzia muco e sangue. De manhã, os corpos empilhados no necrotério lembravam uma cordilheira." Sessenta e três homens morreram no campo Devens em um único dia.

Em uma trincheira
4 de julho de 1918

Caro Jinx,

Obrigado pela carta com notícias. Estava datada antes mesmo de eu deixar os Estados Unidos, o que significa, acho, que o Exército ainda usa o Pony Express. Como estão as coisas em Manifest? O pessoal da cidade deve estar aproveitando a parada do Quatro de Julho e um piquenique. Posso imaginar todo mundo se divertindo. Isso é bom. Por aqui, nós nos sentimos um pouco melhor sabendo que os nossos familiares e amigos estão fazendo as coisas de que lembramos. Por exemplo, Stucky Cybulskis escrevendo a sua "Ode ao Cascavel" na sala de aula sem nenhuma consequência. A sra. Dawkins tentando convencer Hadley a vender quinze pregos pelo preço de uma dúzia. Velma T. trabalhando no remédio para todos os males. E Pearl Ann escolhendo um novo e bonito chapéu.

Isso dá esperança de estarmos lutando por alguma coisa. Tenho que confessar uma coisa, meu amigo.

Às vezes, perco de vista o motivo pelo qual lutamos. Mas tenho perdido de vista muitas coisas por aqui nos últimos tempos. Como se não conseguisse lembrar a última vez que comi. Dois dias. Talvez três.

Volto sempre ao lugar onde deveriam estar os suprimentos e as rações, mas eles ainda não apareceram. Então, sentamos e esperamos. Os dias são escaldantes, mas eu quase os prefiro às noites. Refresca um pouco, mas os barulhos persistem.

Tento imaginar que são sons normais. Como se vespas furiosas passassem perto das minhas orelhas, em vez de balas. Ou que o "trá-trá-trá" da metralhadora alemã é só um pica-pau deslocando o bico.

Então me lembro da última chamada de correio. Os nomes dos rapazes que receberam cartas da família, da namorada, dos irmãos mais novos. Lembro-me de ouvir os nomes e não ouvir resposta alguma, um, mais um e outro. Muitas cartas devolvidas, não recebidas e fechadas. Fica difícil continuar ouvindo.

Lamento, meu amigo. Você tem coisas melhores para fazer do que ouvir as minhas queixas. Foi pescar recentemente? Experimente a enseada do Eco no riacho Triple Toe. A água ali é mais profunda, por isso não é tão quente para os peixes. Pode até usar a minha isca brilhante verde e amarela. Ela sempre pega alguma coisa.

Ned
P.S.: Pegue um para mim, está bem?

ODE AO CASCAVEL
4 DE JULHO

Estava nublado quando Ruthanne releu em voz alta a carta de Ned do dia 4 de julho. Não contávamos com chuva, mas uma brisa quente soprava na casa da árvore.

"Você os trouxe?", perguntou Ruthanne.

"Sim." Lettie mostrou o estoque de quatro rojões que tinha encontrado na caixa de ferramentas do irmão. Decidimos soltá-los em homenagem à carta do Quatro de Julho de Ned no nosso próprio Quatro de Julho. Era uma espécie de tributo, fazer as coisas normais que Ned mencionou.

"Mas essa carta sempre me deixa triste", disse Lettie.

Era interessante como as cartas de Ned nos afetavam de maneira diferente entre uma leitura e outra. Lettie podia ficar com os olhos lacrimejantes ao pensar em todas aquelas correspondências que não foram abertas, e outras vezes ela sorria ao ler o conselho para Jinx sobre a pescaria. Lemos as cartas tantas vezes que eu sentia com elas algo parecido com o que eu sentia quando ouvia alguém falando sobre as escrituras, como se as palavras fossem vivas e conversassem diretamente conosco.

Naquele dia, meus pensamentos se concentraram no fim e no que Ned disse sobre a isca brilhante verde e amarela. Eu ainda não tinha contado a Lettie e Ruthanne sobre os objetos que encontrei embaixo do piso do meu quarto. Nunca tive muita coisa para chamar de minha, por isso gostava de guardar aqueles pequenos tesouros só para mim.

Ruthanne pensava em outra coisa. "Queria saber se ainda está lá."

"O quê?", Lettie e eu perguntamos juntas.

Ruthanne sentou-se ereta como se fosse arrancada de um sonho. "O que Stucky Cybulskis escrevia em sala de aula. Sua 'Ode ao Cascavel'. Ned comentou que ele não sofria consequências, então, ele deve ter escrito em outro lugar inapropriado. Queria saber se ainda está lá."

Lettie afastou do rosto o cabelo suado. "Depois de todos esses anos? Já deve ter apagado, borrado ou sumido. O que acham de soltarmos os fogos e irmos procurar Hattie Mae? Talvez ela tenha limonada."

"Talvez ele tenha escrito num local escondido", insistiu Ruthanne, "ou guardado uma mensagem num... num lugar onde os colegas de classe podiam ver, mas não a professora."

"E se ainda estiver lá?", sugeri. "Você acha que pode servir para nos dizer alguma coisa sobre quem era o Cascavel... ou quem é?"

"Só tem um jeito de descobrir", respondeu Ruthanne, já descendo pela escada de corda. Lettie e eu nos olhamos, demos de ombros e a seguimos.

Outro universal da vida é que sempre existe numa cidade aquelas coisas que "todo mundo sabe", menos o recém-chegado. Então, quando chegamos ao colégio e perguntei como Ruthanne pretendia entrar, não me surpreendi quando ela falou que todo mundo sabia que a janela do depósito não fechava direito.

Demos a volta no prédio e Ruthanne juntou as mãos para improvisar um "pezinho" para mim. Depois de um último olhar ansioso pelo pátio da escola, pulei a janela. Com um impulso inesperado de baixo, acabei caindo no depósito e derrubando um balde galvanizado, o que causou um barulho enorme.

Lettie pulou a janela depois de mim. Ela foi mais elegante na aterrissagem. Lettie e eu usamos o balde virado como degrau para alcançarmos a janela e puxarmos Ruthanne.

"Estou surpresa por não terem arrumado aquela janela", comentei, agora que todas estávamos seguras ali dentro.

Ruthanne apertava a barriga arranhada no parapeito. "Teria sido trabalho do sr. Foster, o zelador. E ele provavelmente adoraria tecer uma teia de aranha para pegar as crianças que entram por aqui."

Lettie assentiu. "Meus irmãos dizem que ele consegue farejar travessuras ou trapaças antes mesmo de acontecerem. E quando não está mascando tabaco, adora pegar alunos pelo colarinho e levar para a sala do diretor, e antes que você perceba, ele já transformou uma bobagem qualquer em motivo para uma tremenda encrenca."

"Além do mais", acrescentou Ruthanne, "os alunos passam nove meses por ano tentando sair da escola. Acho que ninguém pensa que alguém vai tentar entrar escondido."

Isso fazia sentido. No entanto, lá estávamos nós.

"Vamos." Lettie seguiu na frente, indicando o caminho para a saída do depósito. "A sala do último ano fica lá embaixo no corredor, no térreo." Eu não duvidava que Lettie, que tinha seis irmãos mais velhos, sabia como andar pela escola.

Percorremos o corredor na ponta dos pés até a segunda sala à direita. A pesada porta de madeira se abriu com facilidade e nós entramos. Existe um clima sinistro e carregado de expectativa numa sala de aula no verão. Os objetos normais estavam ali: carteiras, lousas, enciclopédias. A bandeira americana e as fotos dos presidentes Washington e Lincoln. Mas sem alunos ocupando aquelas carteiras e sem os trabalhos presos às paredes, aquele lugar vazio parecia carregado de lembranças de alunos e aprendizados passados. Tentei ouvir, como se pudesse escutar os cochichos e os movimentos de outrora. Talvez Ruthanne estivesse certa. Talvez tivesse mais aqui do que podíamos ver.

"Não vamos encontrar nada se ficarmos aqui paradas", falou ela.

Demos uma olhada em tudo, no armário dos casacos, atrás da mesa do professor, em todas as paredes.

Ruthanne olhou ao lado do apontador de lápis e virou as páginas empoeiradas de um grande dicionário sobre uma estante. "Pena não podermos simplesmente procurar no dicionário. Isso tornaria tudo muito mais simples."

"Teria que ser num lugar que não precisasse ser pintado", disse Lettie, que, por alguma razão, olhava dentro da lata de lixo.

A sala estava em silêncio, e as carteiras pareciam familiares e convidativas. A carta de Ned estava fresca na minha memória, e sentada numa das carteiras, passando as mãos pela madeira granulosa, eu podia imaginar aquela sala cheia de alunos do passado: Ned Gillen, Stucky Cybulskis, Danny McIntyre. Deslizando os dedos pelas pernas de ferro forjado, eu conseguia imaginar Heck e Holler Carlson, Pearl Ann Larkin, até Hattie Mae Harper.

"Então, onde Stucky teria escrito a sua 'Ode ao Cascavel'?", Lettie interrompeu os meus pensamentos. "Onde uma professora não olharia?"

Bati com os dedos sobre a carteira, preferindo voltar ao meu devaneio de um tempo anterior cheio de mãos erguidas, risos abafados, lições a serem aprendidas e vidas por viver.

E então surgiram as perguntas que eu nunca conseguia manter afastadas. Gideon algum dia estivera nessa sala de aula? Alguma vez levantou a mão para responder a uma pergunta? Ou escreveu uma mensagem oculta que não fora apagada?

Foi quando uma ideia me ocorreu. "Onde um aluno escreveria uma mensagem secreta?" Eu estava pensando, mas devia ter pensado alto, porque Lettie e Ruthanne abandonaram a busca e se aproximaram de mim enquanto os meus dedos ficaram repentinamente quietos.

Levantei a tampa da carteira e a empurrei para trás nas dobradiças para revelar o espaço onde cada estudante guardava seus livros e cadernos. Onde alguém poderia guardar uma mensagem secreta ou um desenho feito por um amigo ou admirador.

A carteira estava vazia, exceto por um lápis velho apontado até virar um toco. Não havia mensagens de admiradores, nem mensagens escondidas passadas enquanto a professora estava de costas. Meus ombros caíram como se eu tivesse falhado em um exame final.

Então Lettie viu alguma coisa. "Olhem." Ela apontou para o lado de baixo da carteira. Lá, numa caligrafia rabiscada, vi as palavras.

Estou aqui sentado, com os olhos querendo fechar
Enquanto a professora não para de falar.

Louver Thompson

"O tio Louver?" Lettie estava chocada. E orgulhosa.

"É incrível", murmurou Ruthanne. Todas nós olhávamos para a inscrição como se houvéssemos encontrado hieróglifos egípcios antigos. "Ele se formou no colégio anos antes da minha mãe. Isso deve estar aí há mais de vinte anos."

"Não acredito que continua aqui", falei. "É lápis. Alguém poderia ter apagado há muito tempo."

"Quem ia querer apagar uma poesia tão boa?" Lettie sorriu. "É muita sorte sentar nessa carteira."

"Vamos ver se tem outra com mais alguma inscrição", sugeri, e me mudei para a carteira ao lado. "Aqui tem. Não está assinado."

"Minha mente vaga, minha atenção é pouca

Lá fora parece o paraíso

até o sr. Epson me chamar e dizer,

Resolva os problemas do um ao sete,

e é para agora isto!"

Ruthanne leu outra rima.

"Ouço uma explosão. O que pode ser?
É a aula de química, com a srta. Velma T."

Frankie Santoni

De repente, Lettie gritou da carteira no canto do fundo. "Aqui está! 'Ode ao Cascavel', por Stucky Cybulskis."

Ruthanne e eu empurramos as cadeiras para chegar lá. Olhamos para Lettie, mas ela disse: "Ruthanne, acho que você deve ler. Afinal, foi ideia sua procurar aqui."

"Muito bem." Ruthanne riu e levantou uma sobrancelha. "Mas não me culpem se for assustador. 'Ode ao Cascavel'", ela começou, adotando um tom sinistro como o do conde Drácula.

"Ele vaga pelo bosque, anda pela noite,
Faz um barulho para acordar quem já morreu.
Os cães farejam e latem, perseguem seu fantasma,
Mas voltam apenas com jeito de quem já comeu.

O que ele trama? Onde vai?
Ele é um esqueleto vagando, fora do alcance?
O Cascavel observa, ele sabe quem você é,
Talvez ele até te dê uma chance!"

Ruthanne apresentou uma versão tão boa que ficamos agradavelmente amedrontadas... até ouvirmos um barulho no corredor. Depois de vários segundos apontando umas para as outras, determinando quem deveria olhar pela janela ou pela porta, parecia que, já que Lettie e Ruthanne apontavam para mim, eu tinha sido a escolhida.

Sem dizer nada, Lettie se pôs sobre as mãos e os joelhos perto da porta, e eu subi nas suas costas. Vi um homem vestido com roupas manchadas de suor. Um cigarro pendia da boca. Ele mergulhou uma escova grande num balde com água e começou a esfregar o chão sem muita vontade.

Lettie se mexeu embaixo de mim. "O que está vendo?", resmungou.

"É o zelador."

"O zelador?" Ruthanne bateu com a mão na testa. "Ai, Deus, o sr. Foster."

"Ele está lavando o corredor. E tem uma lata ao lado dele, acho que vai encerar também."

"O homem não faz nada o ano inteiro e decide encerar o chão justamente agora?"

Lettie se moveu de novo, e eu bati na porta. O barulho assustou o sr. Foster, que derrubou o cigarro na água com sabão. Ele falou uma série de palavrões que fariam um marujo corar, depois se afastou e sumiu no fim do corredor.

"Ele foi embora!", falei, e pulei das costas de Lettie. "Acho que foi buscar outro cigarro. Se corrermos, podemos sair por onde entramos."

Nós três saímos da sala correndo e voltamos ao depósito com a janela aberta. Ruthanne e eu ajudamos Lettie a subir. Depois eu uni as mãos para ajudar Ruthanne. Ela olhou para mim. "Espere um minuto. Ele pegou o balde. Se você me ajudar, como vai subir na janela?"

Não tinha pensado nisso. "Vou procurar uma porta aberta."

"Mas..."

"Depressa, ou ele vai voltar e nós vamos ficar presas aqui. Eu dou um jeito", garanti.

"Está bem. Esperamos você no beco atrás do pátio."

Ela pulou a janela e saiu.

Dei uma olhada no corredor. O homem ainda não tinha voltado. Mas, assim que passei pela porta, os palavrões anunciaram o seu retorno. O lugar mais próximo para ir era a sala de aula do último ano. Corri para lá e colei as costas na lousa com o coração disparado, o suor escorrendo pela nuca.

No entanto, as sombras na sala haviam se alongado. Minha respiração era tão alta, que eu tinha certeza de que o sr. Foster podia me ouvir do outro lado da parede. Era a mesma sensação que eu sentia quando me preparava para pular de um trem. O problema é que esse trem não reduzia a velocidade.

Eu escutava o ruído da escova do zelador esfregando o chão do corredor. Aparentemente, ficaria presa ali por um tempo. Enquanto me movia devagar pela parede, me afastando da porta, minha mão tocou nas páginas do dicionário ainda aberto. Estava aberto na letra "H".

Esse era o único dicionário que eu tinha visto desde a minha chegada a Manifest, e me lembrei das instruções da irmã Redempta. Ela dissera para eu procurar o nome da cidade. "Manifesto". Virei as páginas. *Hematoma, hobby, homeostase. O que é homeostase?* Continuei virando as páginas. Maca, manicure... manifesto.

Agucei os ouvidos para o ruído da escova no chão do corredor. O sr. Foster ainda estava lá.

Manifesto — substantivo. Uma lista de passageiros ou mercadoria a bordo de um navio.

Isso era interessante, porque muitos habitantes de Manifest no passado eram imigrantes que desembarcaram de navios. Então, esses nomes deviam estar no manifesto de um navio. Mas logo depois, vi o verbo que se relacionava ao substantivo.

Manifestar — verbo. Revelar, dar-se a conhecer.

Admito que estava atônita. Ela tinha sugerido que eu começasse a minha história pelo dicionário e por essa definição em particular. Como isso poderia me ajudar a começar uma história? O que eu deveria tornar conhecido? A sala era quente e cheia de coisas. Levantei a perna para coçar o pé e derrubei um livro da prateleira mais baixa da estante. Ele caiu no chão com um baque.

Recolhi o livro depressa, e tudo que ouvia era a minha própria respiração. Era isso. Não tinha mais barulho de escova no corredor. Voltei rapidamente para perto da porta, e lá senti o cheiro azedo de cigarro velho. Depois, alguém do outro lado girou a maçaneta devagar. Eu não conseguia me mexer e, de todo jeito, não havia lugar onde eu pudesse me esconder. Essa era só uma sala de aula vazia nas férias de verão. Apertei o livro contra o peito e esperei ser descoberta, mas, nesse momento, ouvi barulhos altos no corredor. Era como se Al Capone tivesse chegado na cidade com metralhadoras e atirando.

O sr. Foster se afastou com mais uma exuberante sequência de palavrões, gritando enquanto andava pelo corredor. Aproveitei a chance e corri no sentido contrário, passando por uma porta lateral que era mantida entreaberta por uma lata de pregos.

Corri para o beco sem saber o que temia mais, o sr. Foster ou os gângsteres com as metralhadoras, e encontrei Lettie e Ruthanne.

"Depressa! Por aqui!" Ruthanne me empurrou para trás de uma treliça de roseiras que não fornecia muita proteção, já que não havia botões desabrochando.

Ruthanne e Lettie riram.

"Qual é a graça? O sr. Foster quase me pegou. E depois ouvi tiros disparados sei lá onde. Eu poderia ter morrido lá dentro!"

Elas riram ainda mais alto.

"Não eram tiros."

"Eram fogos!"

"Nós enganamos você."

"Feliz Dia da Independência!"

Os fogos de artifício de Lettie. Fiquei aliviada e um pouco envergonhada por ter me assustado tanto. Dei um sorriso trêmulo.

"Espere!", falei, percebendo que ainda segurava o livro. "Tenho que devolver isto aqui."

Mas elas já me puxavam para a redação do jornal, onde talvez tivesse um pouco da limonada de Hattie Mae.

"Não dá para voltar agora", disse Lettie. "Meu irmão, Teddy, vai se formar esse ano. Ele pode levar o livro de volta no primeiro dia de aula, e ninguém vai perceber."

"Tem certeza?", hesitei.

"Sim, absoluta. Guarde em algum lugar seguro até lá, e Teddy vai devolvê-lo ao lugar dele."

Devolver ao lugar dele. Primeiro dia de aula. Onde eu estaria? Qual seria o meu lugar?

Onde estaria Gideon? Eu tinha tantas perguntas sem resposta. Lembrei-me da definição no dicionário.

Manifestar — verbo. Revelar, dar-se a conhecer.

Na minha opinião, escolheram o nome errado para essa cidade.

TIRANDO A SORTE
11 DE JULHO

Na nossa busca pelo Cascavel, Ruthanne, Lettie e eu não fomos tão discretas quanto imaginávamos. Um dia, eu subia a rua Principal, distraída com um jogo solitário de jogar uma maçã para cima e pegá-la, esperando contar duzentas vezes sem derrubar a fruta. Estava em 158 quando o sr. Cooper, o barbeiro, saiu da barbearia e parou na minha frente.

Ele sacudiu a capa que usava nos clientes para remover pontas de cabelo e disse: "Olá, criança."

Olhei em volta para ter certeza de que ele estava falando comigo.

"Você é uma daquelas meninas que estavam procurando um espião?", perguntou, sem olhar diretamente para mim.

Eu não sabia muito bem como responder. "Hum." Dei de ombros. Admito que não era o melhor que eu podia fazer, mas serviu para mantê-lo falando.

"Sim, então, meu pai veio da Alemanha. Hermann Keufer. Moramos no 224 da rua Easy. Dá para acreditar? Uma rua chamada Easy, que é "fácil" em inglês, e um alemão vivendo nela durante a guerra? Eu tinha quinze anos quando a guerra começou, e posso lhe dizer, não era nada fácil." O sr. Cooper abriu a navalha e a limpou no avental.

Eu não sabia por que ele estava me dizendo tudo aquilo, mas o homem continuou: "Meu pai trabalhava nas minas e era barítono num quarteto vocal. Depois que ele morreu, minha mãe mudou o nosso sobrenome. Ela achava que isso facilitaria as coisas." O reflexo do sol na lâmina fez os meus olhos lacrimejarem. "De alguma maneira, sempre senti que estávamos dando as costas para o velho." Ele fechou a navalha e a guardou no bolso. "Então, se tem um espião aqui, boa sorte na busca, mas não era o meu pai. Certo?"

Assenti, aliviada por ver ele e a navalha voltando para o interior da barbearia. Olhei para a velha foto na vitrine, a dos homens de macacão e chapéu de mineiro. Não foi difícil identificar Hermann Keufer com o bigode de guidão. Devagar, deliberadamente, retomei o jogo com a maçã. *Um, dois, três...* mas eu não estava prestando atenção de verdade à contagem.

Dois dias depois, aconteceu outra vez. Dessa vez foi a idosa sra. Dawkins. Ela me viu passando na frente do salão de beleza enquanto estava arrumando os cabelos. Bateu na janela e acenou, me chamando para entrar. Depois me puxou para tão perto dela, que o líquido de cheiro forte da permanente quase queimou as minhas narinas.

"Sei o que estão tramando", cochichou ela, depois olhou para trás, para Betty Lou, a dona do salão, que lavava tiras de pano do outro lado da sala. "Tenham cuidado. Podem descobrir mais do que querem saber." Com os rolinhos bem apertados no cabelo, seu rosto parecia estranhamente deformado, e eu queria me afastar, mas ela me segurava com os olhos. "Aquela foi uma época estranha", continuou ela, baixando a voz e levantando as sobrancelhas.

Betty Lou estava voltando, e a sra. Dawkins me soltou. "Agora vá", sussurrou, "e não se esqueça do que eu falei."

Eu não havia dito nada à mulher, mas ela falou como se revelasse algum segredo escondido há muito tempo. Se tinha uma coisa que eu estava aprendendo sobre a cidade de Manifest, era que Segredo era o seu segundo nome. E se alguém tinha um segredo, aparentemente era eu quem teria que contá-lo. Uma coisa estava clara: aquela era *mesmo* uma época estranha.

No culto religioso da noite de domingo, a congregação na casa de Shady (se é que oito pessoas podem ser chamadas de congregação) se acomodou nos seus assentos. Hattie Mae comparecia regularmente com Velma T. Harkrader. Era interessante ver que algumas pessoas tinham justamente a aparência que eu imaginava depois de ouvir as histórias da srta. Sadie, enquanto outras eram bem diferentes. Velma T. era como eu imaginava. Alta e magra, com um jeito meio doméstico, só que mais esperta do que qualquer mulher que eu já havia conhecido.

E havia a sra. Dawkins, que não parecia tão assustadora com os cabelos bem arrumados, não mais presos em rolinhos. Ivan DeVore, o sr. Cooper, o sr. Koski do restaurante, Shady e eu. É claro, muita gente das histórias da srta. Sadie eu ainda não tinha visto, e me perguntava se elas simplesmente se afastaram ou se mudaram.

Naquela noite de domingo, tínhamos uma presença inesperada. A sra. Evans. A mulher de pedra da varanda. Não acredito que Shady soubesse que ela iria, ou ele teria mencionado algo, mas o homem não parecia nada surpreso. Só a recebeu e a acomodou numa cadeira ao lado de Hattie Mae. Eu devia estar olhando para ela com ar chocado, porque Shady teve que repetir três vezes para eu me sentar. Puxei uma cadeira.

Finalmente, ele começou o culto com uma leitura da Bíblia. Era sobre dois homens andando por uma estrada. De repente, Jesus estava andando com eles, mas os homens não sabiam que era Ele. Após conversarem um pouco, eles "partiram o pão", como diziam quando iam comer, e de algum jeito, só por comerem com ele, reconheceram Jesus.

Era uma boa história, e eu não teria me importado de ouvir o que Shady tinha a dizer sobre ela. Afinal, ele era um pastor, mesmo que apenas temporariamente. Porém, na Primeira Igreja Batista e Bar, como passei a chamá-la, nunca ouvi nenhum sermão. Shady achava que todos já tinham escutado sermões demais nas suas igrejas naquela manhã.

Embora ele fosse o ministro batista interino, acho que, no fundo, ele era mais um quacre. Uma daquelas pessoas que se diziam Amigos. Gideon e eu fomos a uma reunião quacre uma vez, porque eles serviriam rosbife e batatas-doces depois do evento. Era muito interessante o jeito como se uniam no que o pregador deles chamava de espera silenciosa. É claro que, depois de algum tempo, aqueles Amigos começavam a falar e conversar sobre o Senhor.

Bem, as pessoas de Manifest não eram realmente Amigas. Estavam mais para conhecidas. E nem sempre passavam da parte silenciosa para a parte da conversa sobre Deus. Suponho que alguns estavam ali pela comida que seria servida depois do serviço, como Gideon e eu, e se fosse o caso, deviam estar felizes por não terem desperdiçado muitas palavras sobre que comida seria servida. Às vezes, feijão, às vezes, bolachas e sardinhas em lata.

Mas parecia ter um clima diferente no grupo nessa noite de domingo. Como se as pessoas quisessem dizer alguma coisa, mas não tivessem coragem.

Depois de alguns minutos desconfortáveis sem ninguém dizer nada, Hattie Mae encerrou o silêncio, dizendo: "Bem, acho que é hora de servir os refrescos".

Eu estava pronta para ajudá-la a dividir a pouca comida disponível, quando Hattie Mae pegou um bolo enorme que tinha trazido. Devia ter uns trinta centímetros de altura. Ela o cortou em fatias largas enquanto eu servia o café.

Houve uma nova agitação quando os presentes comeram as primeiras porções e saborearam a massa doce e fofa. Por um momento, todos eles pareciam perdidos no próprio prazer privado proporcionado pelo bolo. Então, eu abri a minha grande boca. "Hattie Mae, este bolo é tão bom que poderia ter ganhado o primeiro lugar num concurso de confeitaria." Se parasse por aí, tudo teria ficado bem. Mas continuei: "Fui a uma feira uma vez onde aconteceu um concurso desses. Eles deram grandes fitas azuis para o primeiro colocado. Havia uma feira assim em Manifest?".

Todos pararam de comer e olharam para mim. Deixei o garfo no prato e tentei engolir o pedaço grande demais que coloquei na boca. "Quero dizer, toda cidade tem uma feira como essa?" Houve outra pausa durante a qual os únicos ruídos eram de garfos sendo deixados sobre pratos enquanto olhares eram trocados.

"Sim, querida", disse Hattie Mae. "Tínhamos uma feira assim. Há muito tempo."

Mais um silêncio demorado e incômodo que pairou como ar quente e úmido antes de uma tempestade.

"Teve um concurso de confeitaria, eu lembro", comentou o sr. Koski. "Mama Santoni ficou com o primeiro lugar. Ela era a minha vizinha e sempre trazia pão ou massa para eu experimentar. Dizia que precisava da opinião de um homem." Ele sorriu por causa da lembrança. "É claro que eu sempre a ajudava com muito prazer. Ela era a melhor confeiteira da cidade."

A sra. Dawkins levantou a mão enluvada. "Ah, eu discordo. Minha querida amiga, a sra. DeVore, que Deus a tenha", e assentiu em deferência a Ivan, "fazia os mais deliciosos biscoitos franceses. Como era o nome deles, Ivan? Aqueles biscoitos amanteigados que a sua mãe fazia?"

"*Galettes*", respondeu ele com orgulho humilde.

"Sim", disse a sra. Dawkins, "os mais delicados biscoitinhos de waffle. Quase derretiam na boca com uma xícara de chá quente. Lembra-se dos chás adoráveis que fazíamos naquele tempo?"

E continuou assim.

Histórias e mais histórias. Lembranças e mais lembranças. Era como se aquelas memórias estivessem guardadas numa dolorosa ferida que fora tratada e ignorada na mesma medida.

Descobri que eu ouvia com os olhos, além dos ouvidos, notando os menores movimentos. A sra. Dawkins dobrando o lenço de renda e colocando-o sobre as pernas. E o sr. Cooper, o barbeiro, afagando o bigode do jeito que a srta. Sadie contara que o pai dela, sr. Keufer, fazia.

Era interessante juntar fragmentos de histórias que eu tinha escutado da srta. Sadie. Notar o que mudou e o que continuava igual. Porém, por alguma razão, essas histórias me deixavam triste e muito irritada. Eu me irritava por todo mundo naquela cidade ter uma história para contar. Todo mundo era dono de um pedaço da história daqui. Mas ninguém falava do meu pai. Nem quando Gideon estivera ali, nem se realmente havia estado ali. Eu não conseguia encontrar um sinal de que ele tinha pisado em Manifest, muito menos de que deixara uma impressão na cidade.

Sabia que podia perguntar às pessoas naquela sala sobre Gideon. Contudo, já havia perguntado a Shady e Hattie Mae. E, é claro, à srta. Sadie. E não consegui descobrir nada. Não ia tirar nenhuma informação deles.

Também me incomodava o fato de eu não ter uma história. "Contar uma história não é difícil", Lettie dissera. "Você só precisa de um começo, um meio e um fim."

Esse era o problema. Eu só tinha o meio. Sempre estive entre o último lugar e o próximo. Como eu poderia criar uma história para a irmã Redempta, ou mesmo uma reminiscência do tipo "lembra quando" com outra pessoa? Por outro lado, eu não estaria aqui quando as aulas começassem.

Meio perdida nos meus pensamentos lamentáveis, percebi de repente que a sala ficara quieta com aquele tipo de antecipação quacre, com todos esperando o próximo Amigo falar. Todos os olhos estavam cravados na sra. Evans, e os olhos dela estavam em mim. Eu me senti petrificada por dentro sob aquele olhar.

"Você sabia", começou ela em voz baixa, mas firme, enquanto Hattie Mae segurava a mão dela e a afagava como se fosse uma irmã, "que minha filha Margaret foi presidente da turma de formandos de 1918 em Manifest?"

Eu não sabia que a sra. Evans tinha uma filha. Pensava nela apenas como uma estátua na varanda. Até então, nunca nem tinha escutado a voz dela, e estava surpresa com o tom. Esperava que fosse baixa e aguda, mas era suave e serena, como veludo. E as palavras transmitiam alguma coisa doce e preciosa.

"Ela e Dennis Monahan empataram, depois tiraram a sorte com o palito menor, e a minha Margaret ganhou."

Queria saber o que acontecera à filha dela. Só que o jeito como ela falava e como todos a ouviam me fez perceber que era melhor não perguntar.

A sra. Evans olhou para mim esperando que eu dissesse alguma coisa.

Descobri que não estava mais irritada. "Poxa, que coisa boa", falei. E eu realmente achava bom.

CASA DE VIDÊNCIA DA SRTA. SADIE
15 DE JULHO

Depois do culto da noite de domingo, as pessoas se despediram e agradeceram por tudo. Shady deixou-se cair num dos bancos. A noite parecia tê-lo afetado.

Pus a mão no seu ombro. "Foi uma boa cerimônia, Shady."

"Foi", concordou ele, e não disse mais nada.

"Parece que todo mundo nessa cidade tem uma história para contar."

Shady assentiu. "Acho que tem razão. O Senhor conhecia o poder de uma boa história. Como ela pode tocar e envolver uma pessoa como um cobertor quente."

Pensei nisso. Ele tinha razão. Eu só queria que o meu pai tivesse me envolvido com esse cobertor quente, em vez de me deixar no frio.

Não perguntaria a Shady sobre a filha da sra. Evans. Não naquela noite, pelo menos. Mas sabia como poderia sossegar os meus pensamentos. O resto da luz do dia foi suficiente apenas para eu atravessar o bosque e chegar ao cemitério perto da casa da srta. Sadie.

Comecei por uma ponta e fui andando por uma fileira de sepulturas, depois outra, lendo cada nome com cuidado, esperando, mas torcendo para não encontrar Margaret Evans. Então, eu vi grandes letras de forma gravadas numa pesada lápide de granito. EVANS — JOHN, MARIDO E PAI DEDICADO. 1868—1926. Eu sabia que era o marido da sra. Evans, porque o nome dela estava na tumba vizinha com a data de nascimento, mas sem a data de morte. Não havia nenhuma Margaret.

Fiquei aliviada. Isso não resolvia muito (como, por exemplo, o porquê de a sra. Evans falar daquele jeito sobre a filha ou o motivo de Hattie Mae ter segurado a mão dela), mas eu podia ficar tranquila por saber que não havia Margaret Evans nenhuma enterrada em Manifest. Provavelmente, ela era casada e morava em Joplin ou Kansas City com os filhos. Talvez a sra. Evans apenas sentisse saudade dela. Era o que eu esperava.

Estava escuro quando virei para voltar à casa de Shady. Os sinos do vento da srta. Sadie balançavam à brisa quente. Por alguma razão, senti a minha cicatriz e pensei na dolorosa e infeccionada ferida da vidente. Andei até o portão de ferro e olhei para o Caminho da Perdição, incapaz de me mover, incapaz de entrar e falar com ela, e incapaz de ir embora. Estava paralisada pela necessidade de cuidar dela e ignorá-la da mesma forma.

Então, das sombras da varanda, ela falou comigo, comunicando-se da sua escuridão para a minha.

"Era um jogo perigoso o que jogávamos."

Abri o portão. "O quê? Forjar uma quarentena na cidade?"

"Não, o que fizemos além disso."

Sentei no último degrau, de costas para a balaustrada da varanda. "O que pode ser mais perigoso do que uma falsa quarentena e uma operação clandestina de produção de bebida alcoólica patrocinada pela cidade?"

"A esperança..."

DISTRIBUIÇÃO
1º DE SETEMBRO

A notícia sobre o elixir milagroso se espalhou bem além das fronteiras de Manifest antes do começo da quarentena. A sra. Larkin não tinha sido a única cuja febre e tosse melhoraram por causa do remédio, embora diversos indivíduos cujos sintomas desapareceram eram os homens que se reuniram com Shady no poço abandonado da velha mina para comprar o seu uísque. Eram os mesmos homens que prefeririam beber até superar a febre e os calafrios. Normalmente, só acordavam com dor de cabeça, além dos outros sintomas, mas um a um, todos despertavam de uma longa noite de suor frio e febre alta sentindo-se como se tivessem enfrentado uma severa tempestade.

Eles não teriam notado o elixir milagroso, provavelmente. Atribuiriam a melhora às conhecidas vantagens de alguns drinques bem fortes. E como o elixir de Velma T. era relegado, em grande parte, a anúncios de jornal e piadas, as pessoas não teriam sabido de nada. Esposas e mães encontraram as garrafas marrons escondidas embaixo de travesseiros e camas. As mulheres que cuidavam daqueles homens doentes tentaram entender como eles tinham melhorado de repente, enquanto outros continuavam enfermos.

Elas cheiraram as garrafas e souberam que outros ingredientes estavam em ação naquela bebida. Mentol, óleo de castor e eucalipto, entre outros. Deram o remédio aos filhos e pais doentes e também tomaram elas mesmas quando a febre e a tosse pioraram. Tosse, febre e calafrios desapareceram. O elixir misterioso funcionava. No entanto, as garrafas estavam vazias. E com mais gente querida doente e a notícia de uma modalidade ainda pior da gripe seguindo de Chicago, Indianápolis e Des Moines para o Oeste, aquelas esposas e mães decidiram proteger as suas famílias.

As instruções eram simples. Seguir os trilhos do trem que saíam de Manifest em direção ao oeste. Onde os trilhos faziam uma curva para o sul, elas deveriam ir para o norte, para dentro de um bosque. Lá, entre o olmeiro e o carvalho, escondida por vários arbustos e muitas ervas, ficava a entrada para o poço abandonado da mina.

No começo de setembro, Shady e Jinx saíram da quarentena pela primeira vez na escuridão da noite, levando as garrafas de elixir escondidas no feno num carrinho de mão. No esconderijo subterrâneo, esperaram pela chegada dos doentes e esgotados. E eles chegaram. Rostos preocupados e abatidos. Homens, mulheres e crianças que chegavam com cestos e dinheiro. Eles recebiam as garrafas marrons em um silêncio grato e davam o que tinham. Alguns dólares, algumas moedas. Alguns levavam apenas garrafas vazias para os próximos usarem.

Uma mulher magra e pálida entregou a Jinx um embrulho feito com um lenço vermelho. Ele sentiu os grãos dentro do tecido. "É semente de mostarda", explicou ela pelos vãos entre os dentes. "Bom para compressas quentes que limpam os pulmões."

Jinx assentiu e deu a ela uma garrafa. Lembrava-se do cheiro forte da compressa de mostarda que a mãe aplicava nele quando criança. A lembrança estava gravada no seu peito. Algumas pessoas em Manifest tinham sucumbido à fadiga e a moderados sintomas da gripe. Todos estavam trabalhando sem parar. Talvez uma compressa quente pudesse ajudá-los.

"Obrigado", disse Jinx, levantando o olhar. Porém, como um fantasma, ela havia desaparecido.

Outros chegaram com o passar da noite. Jinx quase adormeceu durante um período mais calmo. Fazia dias que não dormia direito. Talvez isso explicasse por que teve a sensação de olhar para um rosto familiar ao entregar mais uma garrafa. Era o rosto de um homem. Havia uma frieza naquele rosto, e um sorriso que não era amigável. O homem foi embora. Era Finn? Era alguém? Foi tão rápido que Jinx não podia ter certeza, mas a garrafa também se foi.

O garoto voltou à proteção do poço e esperou o coração bater normalmente de novo. Pensou na última vez que tinha visto aquele rosto. Como os olhos se desviaram do corpo sem vida de Junior Haskell quando ele disse: "Você o matou".

"Você está bem?", perguntou Shady.

"Sim. Pensei ter visto um conhecido." Jinx balançou a cabeça. Os pensamentos giravam como poeira ao vento, e memórias conflitantes se chocavam correndo em círculos.

"Alguém que preferia ter esquecido?"

Jinx assentiu.

Shady aproximou-se da abertura, colocando-se entre ele e o que ou quem pudesse estar espreitando da escuridão.

Fazia tempo desde que a última pessoa passara por lá. As aves começaram a cantar, como faziam pouco antes do amanhecer. Sem dizer nada, Shady e Jinx esconderam garrafas vazias e outras formas de pagamento no meio do feno no carrinho de mão e voltaram à cidade, ambos cansados e tensos. Caminharam em silêncio por um tempo, e, de repente, ouviram um barulho.

"Dando uma caminhada matinal, cavalheiros?" Era o xerife Dean. Apoiado numa velha cerca de madeira, ele desbastava casualmente um pequeno pedaço de pau. O xerife nunca violava a quarentena se arriscando a entrar na cidade, mas, aparentemente, saía de casa de vez em quando.

"Não, senhor, xerife." Shady tirou o chapéu e, nervoso, bateu com ele na perna. "Uma caminhada vigorosa seria ótimo, mas estávamos... bem... sabe, estávamos..."

"Numa missão de misericórdia", respondeu Jinx.

"Missão de misericórdia?" O xerife Dean olhou para o carrinho de mão, mas manteve uma distância segura. "Isso não tem a ver com distribuir bebida alcoólica, tem?"

"Não, senhor." Jinx tirou do carrinho o embrulho com o lenço vermelho dado pela mulher idosa. "Semente de mostarda." E sacudiu os grãos. "Velma T. está produzindo compressas quentes que ajudam a limpar os pulmões. Ela pediu para procurarmos algumas ervas necessárias. Pode olhar", sugeriu Jinx. "Tem até duas compressas de mostarda no carrinho, que serviram para ajudar algumas pessoas a suar e superar a febre e os calafrios."

O xerife Dean recuou, aparentemente evitando o contato com as compressas suadas. Depois, cruzou os braços e olhou desconfiado para Jinx. "Um homem foi visto no bosque, acampando perto do rio e não muito longe da minha casa. Ele corresponde à descrição de um daqueles fugitivos que as autoridades de Joplin estão procurando. Eu mesmo o vi de longe, mas ele se afastou depressa. O detalhe é que ele faz parte de uma dupla."

Jinx e Shady não falaram nada.

"Fico pensando por que esse homem viria a Manifest. Talvez esteja procurando o parceiro."

"Pode ser", comentou Jinx.

"Se virem um estranho por aí, me avisem." O xerife Dean deu um passo para o lado, estudando Jinx de um ângulo diferente. "Bem, é claro que você é um estranho."

Jinx não se abalou.

"A verdade", prosseguiu o xerife, ainda desbastando a madeira com a faca, "como acredito já ter falado antes, o xerife de Joplin é o meu cunhado e não é muito inteligente. Se deixou algum delinquente fugir, a culpa é dele." Ele interrompeu o trabalho e examinou a lâmina contra o polegar. Então, olhou diretamente para Jinx. "Mas essa é a minha cidade, e aqui eu faço as regras. Vou ficar de olho em você." Uma pausa para enfatizar a declaração. "Tratem de ficar perto da cidade. Não queremos que a gripe se espalhe pela periferia."

"Sim, senhor", responderam Jinx e Shady.

Eles esperaram o xerife se afastar, mas ele continuou encostado à cerca entalhando o pedaço de pau. Com um aceno de cabeça, Jinx e Shady retomaram a caminhada para a cidade. O xerife não estava apenas atento. Estava numa vigília diligente.

Uma vela iluminava a casa de Shady, e o clima era igualmente sombrio. Pequenos grupos de homens se reuniam em torno das mesas, esperando alguém falar.

"O que vamos fazer agora?", perguntou Donal MacGregor. "Com o xerife atento à nossa movimentação, não poderemos entrar e sair da cidade sem sermos vistos."

"E Lester Burton tem ligado duas vezes por dia para a central", contou Ivan DeVore. "Ele quer saber se os homens estão bem para voltar ao trabalho. Não vai ficar satisfeito com alguém afastado dos turnos, a menos que a pessoa esteja morta e enterrada. E ainda assim, vai descontar do pagamento os dias de ausência."

Jinx achou estranho que Burton estivesse telefonando. Que notícia esperava receber? Com quem falava? E, mais importante, quem estava falando com ele? É claro, nem todo mundo na cidade tinha sido examinado e declarado são antes do falso surto de gripe. Eles apenas esperavam que as pessoas na cidade em quarentena estivessem suficientemente cansadas do domínio da mina sobre eles para continuar mantendo o esquema.

"E o menino?", perguntou Hermann Keufer em tom de acusação. "Tem outro coelho para tirar da cartola?"

De repente, todos os olhos se voltaram para Jinx, que estava quieto, sentado em uma banqueta atrás do balcão. As expressões lembravam o ar de ameaça do xerife Dean. Ele tinha sido identificado como um forasteiro, e a sensação de pertencimento se dissipava.

Shady o protegeu novamente, dessa vez dos olhares dos que esperavam mais um milagre. "Temos que continuar produzindo o elixir até pensarmos num jeito de distribuir as garrafas de novo."

O ruído de cadeiras arrastadas traduzia a inquietação que reinava na sala. Dessa vez, foi Donal MacGregor quem se manifestou.

"Bem, vamos lá. Todos temos coisas melhores para fazer, além de ficar aqui o dia todo ruminando preocupações. Vamos nos mexer." Como uma galinha, ele reuniu os pintinhos e às vezes empurrando, às vezes cutucando, levou todos para fora.

Donal continuou parado na entrada como se fosse um sentinela.

Jinx, no entanto, saiu em silêncio de trás do balcão e da casa, deixando a porta se fechar suavemente ao sair.

O clima na cidade já era sombrio quando a primeira morte da quarentena foi registrada alguns dias depois. O sr. Underhill preparava um caixão de pinho e ficou bem aborrecido quando Donal disse que cuidaria do resto. O corpo seria enterrado mais distante da cidade para manter afastados o cheiro e os germes.

Munidos de pá, Shady, Jinx e Donal MacGregor levaram o caixão para o local escolhido. Todos se curvavam sob o peso da difícil tarefa.

Chegaram à clareira, não muito longe do poço abandonado, e se revezaram cavando perto de um velho sicômoro. Um metro e oitenta de profundidade e um e vinte de largura. As sombras do fim de tarde se estendiam sobre a clareira quando Donal tirou a última pá de terra da cova. Ele limpou a testa e aceitou um cantil com água fresca que Shady ofereceu, e, nesse momento, Lester Burton surgiu do meio das árvores.

"Ouvi dizer que houve uma morte."

"Ouviu, é?", retrucou Donal. "As notícias voam, mesmo na quarentena."

"Quem foi?" A pergunta direta confirmava o que os homens já sabiam. O principal interesse de Burton era saber se ele tinha perdido um mineiro. E, em caso positivo, se o homem tinha um filho forte de treze ou catorze anos que pudesse ocupar o seu lugar.

"Gourouni", anunciou Donal.

"Gourouni? Não conheço."

"Sim, que Deus receba a sua alma. Ele não era de falar muito. Morava na casinha atrás da minha. Era bastante discreto." Donal inspirou profundamente. "Não, eu não o conhecia tão bem, mas o homem comia. Ele era sozinho, como eu, e eu sempre fazia comida a mais. Minha culinária não é das melhores, mas nunca o ouvi reclamar."

Shady estava parado ao lado da cova, segurando o chapéu. "Está na hora, Donal."

"Muito bem. Vamos baixá-lo."

"Esperem", disse Burton. "Quero vê-lo." Havia na voz dele uma nota de desconfiança, como se esse sr. Gourouni ainda pudesse trabalhar por mais algumas horas.

"Acho melhor não", disse Donal. "Ele morreu há mais de um dia. Não é um corpo fresco, se é que me entende."

"Já disse que quero vê-lo."

"Certo." Donal assentiu para Jinx, que abriu a tampa do caixão.

Imediatamente, um cheiro tão horrível saiu de dentro dele que Burton cobriu o nariz e quase vomitou. Jinx deixou a tampa cair.

"Sim", comentou Donal. "O cheiro de carne podre revira o estômago. Quando o sr. MacTweeg era um rapaz em Lochinver, ele voltava para casa do bar. Ia pelo atalho que atravessava Ballyknock Grove quando um javali o atacou, mordeu a sua perna, quase a arrancou antes de MacTweeg conseguir pegar a faca e cortar a garganta do animal. Três dias depois, ele ainda estava lá, cercado pelo cheiro da besta em decomposição e da perna infeccionada ainda atravessada pelas presas do bicho."

Donal MacGregor puxou a fumaça do cachimbo e deixou a fumaça sair da boca como a própria história. "Quando alguns rapazes da região o encontraram, MacTweeg estava caído sob o cadáver inchado e podre. Ele delirava, lutava contra os seus demônios invisíveis. A infecção o deixou sem a perna, mas foi o cheiro da morte que o enlouqueceu. No entanto", disse Donal, cuja disposição ficou repentinamente mais leve, "pode olhar, se quiser." E puxou a tampa do caixão, espalhando no ar mais uma onda fétida. "Ainda não é tão ruim assim."

Burton cobriu a boca e ameaçou vomitar de novo. "Tratem de apressar o sepultamento." Ele tirou do bolso uma bandana rasgada para cobrir o nariz enquanto se afastava.

Os homens esperaram até ele sumir de vista. Depois, Shady e Jinx se afastaram da cova aberta, tentando respirar. "Por que tinha que abrir o caixão de novo, Donal?", reclamou Shady. "Já estava insuportável antes."

"Bem, funcionou, não foi? Agora duvido que ele volte." Donal abriu o caixão. "Ah, Stanley, que Deus receba a sua alma." E tirou dele uma caixa menor de metal. "Porco melhor nunca existiu. Estava doente há um bom tempo, por isso acho que não foi errado sacrificá-lo."

"De onde tirou o nome Gourouni?", perguntou Jinx.

"Matenopoulos me disse que é porco em grego. *Gourouni.*" Donal reforçou o "r". Depois apontou um dedo para Jinx. "Você estava certo, rapaz, em vir preparado para Burton. Mas como acha que ele descobriu que estávamos aqui?"

Shady e Jinx ainda prendiam a respiração. "Donal, por favor, leve o corpo para o bosque e enterre-o", disse Shady. "Ninguém vai se aproximar com esse cheiro nos cercando."

O homem se afastou levando a caixa de metal com os restos do porco, e o cheiro o seguiu aos poucos.

"Parece que você tinha razão", disse Shady, sentando no caixão como um balão que esvaziava. "Como disse que era o nome?"

"Informante."

"Informante", repetiu Shady coçando as costeletas. "Então, tem alguém entre nós que está passando informações para Burton. Quem acreditaria?"

Os dois ficaram sentados por um momento, perdidos em pensamento e especulação sobre quem poderia ser o informante.

De repente, Shady levantou. "Bem, não vamos resolver nada aqui sentados. Me ajude aqui com a tampa."

Shady e Jinx abriram o caixão e inspecionaram as dúzias de garrafas aninhadas num leito de palha para não fazer barulho batendo umas contra as outras.

"Cavamos o buraco. Vamos usá-lo", disse Shady. "Assim não deixamos as coisas à vista, caso alguém passe por aqui."

Jinx entrou no buraco e ajudou a baixar o caixão de pinho. Shady o seguiu, e os dois se abaixaram como soldados em trincheiras, de costas para a parede. O entardecer virou noite.

Jinx rompeu o silêncio. "Acha que as pessoas vão nos encontrar aqui?"

Shady respondeu sem hesitar. "Ah, vão sim."

Mais alguns momentos passaram, e Jinx voltou a falar.

"Shady?"

"Sim."

"Você acha que uma pessoa pode ser amaldiçoada?"

"Como assim?"

"Amaldiçoada, como quando alguém não faz nada para que as coisas ruins aconteçam, mas elas seguem a pessoa como se fossem a sua sombra."

"Bem, não sei." Shady falava como se tivesse as próprias sombras. "Acho que é uma questão de fugir da sua sombra ou olhar para ela de frente na claridade."

"Olhar para ela de frente, é? Fácil assim?"

Shady balançou a cabeça e expirou sonoramente. "Não tem nada de fácil nisso. Não deixe ninguém convencê-lo do contrário."

Os dois ficaram em silêncio até notarem uma silhueta emergindo das sombras. E outra. E outra. As pessoas sabiam que deviam ficar longe quando o xerife e Burton estavam por perto. Mas agora os doentes e exaustos retornavam.

Shady e Jinx continuaram na cova aberta, pegando garrafas e mais garrafas. Trabalhavam sem parar, distribuindo o elixir. Era uma cena sinistra. Shady e Jinx estendendo os braços para fora da cova, como se os mortos pudessem dar algum conforto aos vivos.

FOR CORRESPONDENCE   FOR ADDRESS ONLY

POSTCARD   The Address to be written here.

Inland
$1/_2$ d.
Stamp.
Foreign
1 d.

Soldado Ned Gillen

12 de setembro de 1918

Caro Jinx,

    Os Akkerson ainda têm aquele cão incrível? Aquele cachorro que conseguia reunir um rebanho inteiro de vacas e praticamente alinhá-las em fila única? Deve ter sido assim que o sargento ganhou o seu apelido. Os homens dos outros batalhões o conhecem como primeiro-sargento Daniels, mas, para nós, ele sempre foi Shep. De sheepdog, o cão de pastoreio.

    Shep foi atingindo pelo estilhaço de um morteiro ontem. Nós ainda estamos sentados como um bando de meninos apavorados. Ah, todo mundo aqui fala grosso e é arrogante, mas ele era como um pai para a gente, e nós éramos os seus garotos. Nós o amávamos. Teríamos entrado num enxame de abelhas se ele mandasse.

    Mas, dessa vez, foi ele quem entrou no enxame. Pelo que ouvi dizer, os rapazes estavam sob artilharia pesada. Hank Turner levou um tiro na perna *e ficou encurralado na terra de ninguém. Shep gritou para os homens guardarem as suas posições, depois foi resgatá-lo. Ele carregou Hank por quarenta metros e o escondeu numa toca de raposa antes de ser atingido pelo estilhaço.*

Na última vez que vi Shep, eu estava me retirando para correr até o sexagésimo terceiro batalhão. Não bati continência, é claro. Ninguém bate continência para os oficiais assim, tão perto do front. Isso só informa a Heine quem está no comando. Mas os nossos rapazes tinham uma espécie de continência verbal para demonstrar respeito pelo sargento. Só um assobio curto. Ontem, quando comecei a corrida, cumprimentei Shep com aquele assobio curto. Ele acertou a minha cabeça com uma pinha por causa disso, mas éramos os seus meninos. Nós sabíamos disso. E Shep sabia disso.

Eu estava voltando ontem à noite. Não conseguia entender o que tinha acontecido naquele bosque. O barulho era como o de um bando de grilos cantando para o céu. Eu me uni ao coro antes de perceber que aquela seria a nossa saudação final para o velho Shep. Foi bonito. Muito bonito.

Ned

P.S.: Ei, meu amigo, pode me fazer um favor? Eu mesmo faria, mas não estou aí e quero que isso seja feito com palavras e em voz alta. Diga ao meu pai que eu o amo.

UM ÚLTIMO SUSPIRO
7 DE AGOSTO

"Logo as aulas vão começar, e não vamos ter nenhum resultado da nossa caçada ao espião de verão", comentou Lettie depois de subir a escada de corda para a casa na árvore, levando com ela uma lata de biscoitos amanteigados para o nosso lanche da tarde. "Na verdade, eu estaria convencida de que o Cascavel foi embora ou morreu, não fosse pela nota que encontramos no tronco de árvore." Ela arregalou os olhos. "Ei, tive uma ideia. Talvez o Cascavel esteja morto e enterrado *e* tenha deixado aquele bilhete para nós. Vocês se lembram da história do tio Louver sobre o fantasma se movendo pelo bosque?"

"Por favor, Lettie. Todas nós vimos e lemos o bilhete."

"Eu ainda o tenho bem aqui, na caixa de charutos."

"As palavras ainda estão no papel? Ou desapareceram?", perguntou Lettie.

Ruthanne revirou os olhos.

Peguei o papel amassado da caixa e arregalei os olhos com a surpresa. "Não tem nada aqui. A folha está em branco!"

"O quê?" Ruthanne arrancou o papel da minha mão. Ela olhou incrédula para a folha em branco. Depois a virou. "Engraçadinha. Está do outro lado."

Lettie e eu rimos. Ruthanne não achou nenhuma graça.

"Não precisa ficar brava, Ruthanne. Faz mal nesse calor."

O bilhete ficou no chão entre nós, e olhamos para as quatro palavras iniciadas por letras maiúsculas. *Deixa Isso Para Lá*. As palavras nos provocavam, nos desafiavam.

"Temos que pensar num plano", disse Ruthanne. "Alguma coisa esperta e eficiente que lance uma luz sobre a pessoa que escreveu essa mensagem."

"Sim, mas e se ele for alguém mau de verdade, como James Cagney em *Inimigo Público*?", sugeriu Lettie. "Lembra quando ele esmagou uma fruta na cara de Mae Clarke? É claro que em *G Men Contra o Império do Crime* ele estava do outro lado da lei como Brick Davis. O que acha que ele faria?"

"Usaria a arma e, no fim, a cidade inteira estaria morta ou presa", respondeu Ruthanne. "Não, tem que ser alguma coisa mais sutil, e não tão sangrenta." Ela olhou para mim. "O que Jinx faria, Abilene?"

Era estranho. Eu me perguntava a mesma coisa. A resposta era simples. "Ele pensaria em algum esquema complexo para enganar o Cascavel e fazê-lo se entregar. Sabe, uma trapaça."

"Como por exemplo...?", perguntaram Lettie e Ruthanne ao mesmo tempo.

"Bem, deixem-me pensar." Sentia que conhecia Jinx bem o bastante para me colocar no lugar dele. O que ele faria? Sorri. "Isso é como ser uma vidente. Vocês têm algum objeto pessoal?" Pedi com o sotaque húngaro da srta. Sadie, engrossando a voz e tornando-a mais rouca.

Lettie e Ruthanne olhavam para mim confusas.

"Um berloque ou um penduricalho. Alguma coisa que pertença à pessoa em questão." Falei a palavra *questão* como se ela terminasse com *o* e *n*, *queston*.

Lettie se animou e deu um pulo. "O bilhete. Está aqui, use o bilhete."

Peguei o papel e exagerei nos gestos para alisá-lo sobre as tábuas do piso da casa da árvore. Depois respirei fundo e pensei sobre a mensagem.

"O que é? O que está vendo?", perguntou Lettie.

"Ela vê uma menina que acredita em qualquer bobagem", falou Ruthanne revirando os olhos.

"Ah, por favor, Ruthanne. Sei que ela está brincando, e posso brincar também, não posso?"

"Silêncio!" Levantei a mão. "Os espíritos estão pensando."

Olhei intensamente para a nota, segurando-a contra a luz como se assim pudesse revelar alguma resposta. E quase tive.

"Ei", comentei com a minha voz normal. "A caligrafia."

"O que tem ela?", disse Ruthanne.

"Conheci uma mulher em Springfield, Illinois. A srta. Leeds. Ela conseguia dizer várias coisas sobre as pessoas simplesmente pela forma como escreviam as suas mensagens numa máquina de telégrafo."

"Você pode dizer quem é o Cascavel simplesmente pela caligrafia?", perguntou Lettie.

"Não, mas como telegrafar é diferente de uma pessoa para outra, a caligrafia também é. Vê aqui?" Apontei a mensagem. "Vê como essas letras são retas, como sobem e descem enchendo a página? E no fim de cada palavra, a última letra se estende como se desse o seu último suspiro?"

"É, tem razão", concordou Lettie, admirada. "Vamos bater de porta em porta e pedir para todo mundo escrever as mesmas palavras e fazer a comparação." A menina fez uma pausa. "Mas como vamos convencer todo mundo a escrever?"

Respondi antes de Ruthanne perder a paciência com ela.

"Não vamos pedir para as pessoas escreverem as mesmas palavras. Elas vão escrever outra coisa." Eu pensava depressa. "Alguém viu Billy Clayton hoje?"

"Ele está no pátio da escola. A irmã Redempta o fez consertar a cerca que ele derrubou com a bicicleta." Ruthanne levantou uma sobrancelha. "Por quê?"

"Porque Hattie Mae vai fazer um concurso. Ela só não sabe disso ainda."

9 DE AGOSTO DE 1936

SUPLEMENTO DE NOTÍCIAS DA HATTIE MAE

Para os fiéis leitores do "Suplemento de Notícias da Hattie Mae": primeiro, uma explicação; depois, um anúncio. Peço desculpas pela confusão da semana passada. O tio Henry empilhou jornais velhos (de 1918, para ser exata) a fim de guardá-los no depósito dos fundos. Todos sabemos que o homem não consegue se desfazer de uma moeda ou um jornal.

De qualquer maneira, Fred levou os jornais até a porta dos fundos, e lá foi atacado pelo lumbago. É claro que tive que levá-lo para casa e para a cama, embora os meus joelhos não estejam muito bem ultimamente. Fred nunca foi um sofredor silencioso, mas, "na saúde e na doença", não é mesmo, moças?

Bem, acho que é pedir demais esperar que Billy Clayton realmente leia os jornais que entrega. Estou presumindo que ele tenha problemas de visão, porque acerta o telhado e os arbustos com a mesma frequência que acerta a varanda das nossas casas.

Para os que pensaram que tínhamos voltado à guerra com os alemães, que Woodrow Wilson ainda era presidente e que era possível comprar uma máquina de lavar por catorze dólares, acordem e sintam o cheiro da Depressão.

Mesmo assim, foi uma alegria ver os chapéus que eram moda na chapelaria. Lembram-se dos modelos masculinos? Aqueles colarinhos duros no pescoço e as polainas envolvendo os tornozelos. E as botas de cadarço que as mulheres costumavam usar? Senhor, tenha misericórdia.

Os leitores se lembram de quando Manifest tinha cidadãos de vinte nacionalidades diferentes? Quando se podia andar pela rua Principal e sentir o cheiro do pão quente de Mama Santoni, em vez de poeira e vento? Ouvir Caruso cantar "Eyes of Blue" na Vitrola? Quando comprávamos Liberty Bonds para sustentar os nossos bravos soldados "lá fora"?

Isso me leva ao anúncio. Devido ao "ferimento" de Fred e à chegada da mãe dele de Springfield para ajudar, vou tirar licença do "Suplemento de Notícias da Hattie Mae".

Porém, alguns dos nossos leitores mais jovens queriam saber mais sobre a nossa bela cidade naquele tempo. Então, acatando sugestões, vamos inaugurar o concurso "Você se Lembra de Quando" do *Manifest Herald*. Escreva uma lembrança favorita de 1918 na sua melhor caligrafia e mande-a para o *Manifest Herald* até sexta-feira, 23 de agosto. Vamos publicar tantos textos quanto pudermos, mas o vencedor vai ganhar um prêmio de cinco dólares em dinheiro. Pedi dez ao tio Henry, mas... bem, leia o final do primeiro parágrafo.

Boa sorte e, como sempre, para saber tudo sobre as pessoas, os eventos, os motivos e os lugares que não puder encontrar no restante deste jornal de quinze centavos, leia

HATTIE MAE MACKE
REPÓRTER DA CIDADE

CASA DE VIDÊNCIA DA SRTA. SADIE
11 DE AGOSTO

A cidade fervia com a recente "confusão" do jornal. Billy Clayton adorava uma boa brincadeira e ficou muito feliz em entregar os jornais de 1918 que não tinham sido levados para o porão.

Ele falou que não havia nada digno de ser lido nos jornais de hoje em dia mesmo. Todo mundo sabia que o presente não tinha muitas notícias, e as que existiam eram ruins. Assim, até segunda ordem, esperávamos para ver se alguém responderia ao anúncio do concurso.

Hattie Mae estava animada com a ideia. Era verdade que queríamos saber mais sobre a Manifest do passado. Só não mencionamos, nem para Hattie Mae, que estávamos particularmente interessadas em quem poderia ter a mesma caligrafia do bilhete que dizia para "deixar isso para lá".

Eu estava na frente da pia da pequena cozinha da srta. Sadie, embrulhando uma variedade de folhas para chás exóticos num pedaço de tecido gasto. Amarrei um barbante em torno da boca do pano e mergulhei o saco de chá no bule de água fervente sobre o fogão. Enquanto esperava o tempo da infusão, fiquei olhando pela janela e vendo as nuvens se moverem no céu, sobre as fileiras perfeitas do canteiro da srta. Sadie, que eu começava a sentir como se fosse meu. Aquelas sementes de todos os tipos, cenoura, ervilha, abóbora, cebola, descansavam embaixo da terra. Eu havia tocado cada uma, plantado cada uma nas fileiras. Removera e recolocara cada porção de terra, esperando que as sementes criassem raízes.

Aquelas sementes. Minhas sementes. Talvez estivessem se perguntando, como eu, se era hoje que a chuva ia cair.

Olhei para o galpão, ainda trancado e escuro. Com o aroma rico e picante do chá invadindo a cozinha, me peguei pensando se era hoje que a srta. Sadie ia contar o que existia em infusão dentro dela.

Então, senti a presença dela atrás de mim. A cada vez que eu vinha, conversávamos menos. Era como se ela tivesse menos palavras para dizer, e as que dizia eram as da história. Puxei um banquinho para ela, e a srta. Sadie sentou-se, apoiando um cotovelo no armário.

Tinha muita coisa que eu queria perguntar a ela. Queria uma conclusão para a história. Queria saber sobre a chave, o último objeto que restava da caixa de charutos. Queria saber onde Gideon se encaixava em tudo isso. Por que nunca era mencionado em nenhuma das histórias. Porém, eu sabia por experiência que a srta. Sadie contava a história do seu jeito e no seu ritmo. Temia que houvesse partes que ela talvez não fosse contar.

No silêncio da cozinha da srta. Sadie, pensei em Gideon. Pensei na sua história e por que ele mergulhara tão fundo em si mesmo, onde eu não conseguia alcançá-lo. Por que um corte na minha perna havia significado tanto? Eu sabia que tinha ficado muito doente. Mas melhorei. Eu me lembro de como ele olhava pra mim. Eu tinha acabado de fazer doze anos, e ele falou que eu estava me tornando uma bela moça. Na verdade, "belas moças" não eram encontradas com muita frequência morando na estrada, viajando de cidade em cidade e de trabalho em trabalho. Mas não era mais importante o fato de estarmos juntos? Queria saber onde Gideon estava e quando voltaria. Se voltaria.

A srta. Sadie me estudou, tentando ler os meus pensamentos. Mas eu a mantive fora da minha cabeça. Ela tinha os seus segredos, eu tinha os meus.

De repente, a chaleira soou, e o som me lembrou o apito de um trem ao longe.

A voz da srta. Sadie saiu rouca quando ela começou a história.

"O vapor Santa Fé entrou na cidade. Três dias antes do previsto..."

DIA DO JUÍZO
28 DE SETEMBRO

As pessoas de Manifest saíram cautelosas das suas casas e se dirigiram à estação. Quando Arthur Devlin desembarcou do primeiro carro de passageiros com Lester Burton e o médico do condado, eles souberam que a quarentena tinha acabado. Mas como?

Devlin fez um gesto largo. "Veja, dr. Haskell, estão todos saudáveis, não acha?"

O dr. Haskell empurrou os óculos para o alto do nariz e olhou para o grupo diante dele. Shady, Hadley, Mama Santoni, sra. Larkin e os outros. "Bem, para encerrar uma quarentena oficial, vou ter que examiná-los e..."

"E assim que declarar os meus mineiros sãos de corpo e alma, espero que eles voltem ao trabalho dentro de uma hora."

Devlin limpou a poeira inexistente do terno. "Ah, Eudora. Deve ter sido uma experiência horrível para você. Tenho certeza de que nunca teria participado de uma farsa dessa, se soubesse. Agora que acabou, talvez queira jantar comigo esta noite em Pittsburgh."

A sra. Larkin ficou inusitadamente constrangida com a atenção de Devlin e os olhares suspeitos de todos ali. "Ora, Arthur, eu..."

"Por favor, Eudora, você me rejeitou há dois anos, mas a minha esperança era que tivesse aprendido a lição. Odeio dizer isso, mas o seu marido era um pateta. Sempre trabalhando nos livros e nos números. Que tipo de vida é essa? Você sabe tão bem quanto eu, Eudora, que nós dois estamos destinados a coisas maiores."

"Mãe!" Pearl Ann Larkin gritou ao sair do trem. Ela correu e abraçou a mulher. "Manifest era o principal assunto na Universidade do Kansas. Quando descobri que estavam deixando os trens entrarem na cidade, voltei correndo para casa."

Devlin não gostou da interrupção, mas pegou a mão da sra. Larkin e a beijou. "Vejo que está ocupada. Talvez outra hora."

Devlin ordenou turnos duplos para todos os mineiros. Sem exceções, sob pena de demissão. É claro, isso acarretou a interrupção da produção do elixir. Restavam ainda dúzias de garrafas cheias no poço abandonado, porque ninguém conseguia se ausentar para ir vendê-las. O xerife Dean observava Shady e Jinx, como um gato esperando o rato roubar um pedaço de queijo para comer os dois ao mesmo tempo.

No dia 1º de outubro, Dia do Juízo, um grupo se reuniu na casa de Shady: o próprio Shady, Jinx, Donal MacGregor e Hadley Gillen, além de Callisto Matenopoulos, Olaf Akkerson e Casimir Cybulskis. A sra. Larkin, que gostava de meter o nariz em tudo, estava ausente, o que era estranho. Todos os presentes olhavam para o dinheiro sobre o balcão.

"Tudo isso por nada", disse Donal. "Tem um rato nessa cidade, e ele levou informações para Burton e Devlin. Acho que é hora de descobrirmos quem é."

"Todos nós queremos saber", respondeu Shady, "mas, no momento, temos problemas maiores."

Hadley contou o dinheiro primeiro, depois Shady, e finalmente Donal. Por mais que contassem, a soma era sempre 740 dólares.

Eles olhavam para o dinheiro como se pudessem conjurar mais 260 dólares antes da audiência no tribunal ao meio-dia. E estavam lá quando ouviram o carro parar. Com um movimento rápido, Shady puxou uma alavanca, e a parte do balcão com o dinheiro afundou e foi coberta por outro painel idêntico de madeira, que se juntou perfeitamente ao restante do bar. Tudo estava tranquilo quando Lester Burton entrou.

Desfilou era uma palavra melhor. Ele chegou como se fosse dono do lugar.

"Vocês sabem que eles vão culpar vocês por isso", disse Burton. "Os turnos dobrados e os descontos nos salários, tudo por causa do seu plano. E aí estão vocês, bem acomodados e dispostos, provavelmente contando o dinheiro."

Os outros olharam para ele com ar surpreso.

"Acharam que eu não sabia? O suposto elixir, as corridas noturnas. Demorou um pouco, mas alguém sempre aceita falar, pelo preço certo. Na verdade, é só começar os boatos apropriados, e as pessoas podem pensar que foi um de vocês quem me contou tudo, só para poder ficar com o dinheiro. Imagino que um banho de piche e penas não estaria fora de questão."

"Como se alguém fosse ter tempo para arrancar as penas", resmungou Jinx para Shady.

"Tem alguma coisa a dizer, garoto?"

Ele não respondeu.

Nesse momento, um desconhecido entrou carregando uma pasta, decididamente deslocado no ambiente. Burton recuperou a compostura e se apoiou no balcão. "Já que estou aqui, Shady, vou tomar uma dose do que tiver de melhor. Para fins medicinais, é claro."

Shady serviu uma dose e empurrou o copo sobre o balcão.

O desconhecido, um jovem vestido com terno preto, camisa branca e gravata-borboleta, deixou a pasta em cima do balcão e pediu a Shady um copo d'água.

"Água?", debochou Burton. "Ora, não ouviu falar sobre o uísque milagroso produzido bem aqui em Manifest? Beba, filho. O que prefere?"

O homem limpou a testa com um lenço branco impecável. "Eu ouvi falar, mas estou aqui a trabalho, não para me divertir."

Quando Shady serviu o copo de água, o homem reagiu como se fosse analisar a água para ver se estava dentro das especificações. Depois, ele abriu a pasta e tirou dela um frasco com um pó branco. Sob os olhares curiosos de todos, despejou o pó no copo com água e ficou olhando o líquido espumar e ferver. Ele levantou o copo contra a luz que entrava pela janela, dando a ele toda a sua atenção. Pegou um caderninho do bolso do paletó e fez algumas anotações, sempre olhando para o copo e de novo para o caderno.

"De onde tira a sua água?", perguntou a Shady com ar de autoridade.

"Quem quer saber?" Shady reagiu com uma dose de desconfiança própria de alguém que tem uma atividade clandestina.

"Da fonte a cinquenta metros daqui, não é?"

Agora Shady estava nervoso. Se o homem já estivera na fonte, também estivera desconfortavelmente perto do celeiro de uísque. Tinham planejado tirar tudo de lá antes do fim da quarentena, mas não tiveram chance.

"Sim."

Burton olhou para o homem com grande interesse. "Qual é a sua profissão, filho?"

"Eu trabalho para o governo." A resposta foi curta, como se ele não precisasse se explicar para gente como Lester Burton.

"Bem, antes de continuar bisbilhotando por aqui, acho que precisamos de um pouco mais de informação."

"Nesse caso, talvez deva procurar o conselho estadual de saúde. Chegou em Topeka a notícia de que pode haver alguma coisa muito interessante naquela nascente de água." Ele despejou um pouco da água no frasco vazio e o fechou com a tampa de borracha. De novo, levantou o frasco contra a luz, batendo nele com um dedo. Estudou a água turva e fez outra anotação no caderninho. "Hum. Muito interessante."

"O que é muito interessante?", Burton perguntou.

"Tem uma mina perto daqui? Um veio de algum mineral?"

"Sim, depois da mina a oeste."

"Isso explicaria muita coisa. Ouvi dizer que tinha bastante gente doente nessa região, e as pessoas melhoraram."

A curiosidade de Burton foi provocada pela menção à mina. "Eu sou o capataz daquela mina e tenho o direito de saber o que está acontecendo. Por que alguém do governo quer saber se tem metal na água?"

"Você é o dono da mina, senhor...?"

"Burton. Não sou, mas..."

"Então, o assunto não é da sua conta." Ele guardou o frasco na pasta e a fechou.

"Sempre soube que aquela mina mataria todos nós, de um jeito ou de outro." O sr. Matenopoulos lamentou. "Seja pela fuligem preta nos nossos pulmões ou pela contaminação da água, ela vai acabar com todos nós."

A sala ficou em silêncio, oprimida pelo peso das palavras, tão sombrias e frias quanto o poço da mina. O sr. Matenopoulos e os outros eram consumidos pela tristeza, e Burton parecia ser o único a notar quando o jovem bebeu meio copo de água turva.

"E agora?", perguntou Burton.

"Agora..." O homem arrancou uma página do caderninho, guardou num envelope pardo e o colocou no bolso interno do paletó, "tenho informações importantes para levar ao tribunal." Ele pendurou o paletó no braço e levantou o copo de água numa saudação. "Bom dia."

Burton baixou a voz para os outros no bar não poderem ouvi-lo.

"Calma aí, filho. Não há motivo para ser tão reservado. Um rapaz esperto como você não beberia essa água se tivesse algo de errado nela." Ele falava sorrindo. "Não, o meu palpite é que tem alguma coisa especial nessa água. Como naquelas fontes curativas no Arkansas e no Colorado, que atraem gente de todos os lugares para comprar a água. Água curativa, é assim que a chamam."

"Não posso responder, sr. Burton. Nunca estive em nenhum desses lugares." O desconhecido bebeu o restante da água turva de um só gole. "Só posso dizer que já me sinto melhor, é verdade." Ele deixou o copo sobre o balcão, piscou para Burton e saiu.

O juiz Carlson bateu o martelo.

"Ordem no tribunal." A sala cheia ficou em silêncio. A reunião mensal da corte era sempre um evento que atraía muita gente, porque fornecia aos cidadãos um fórum para resolver conflitos, conduzir todas as formas de transações legais e realizar audiências públicas.

A sessão daquele dia, porém, estava lotada. Todos os personagens locais estavam presentes. Lester Burton estava na primeira fila, sorridente e confiante, e Shady e Jinx estavam do outro lado do corredor. O homem do conselho estadual de saúde se acomodara na segunda fileira com a pasta no colo, com a ainda grávida sra. Cybulskis à sua esquerda e Hattie Mae à direita. Até a irmã Redempta entrou pela porta dos fundos e ficou do lado esquerdo da sala, enquanto a mulher húngara se acomodou do lado direito.

Hattie Mae estava com papel e caneta nas mãos, pronta para registrar tudo sobre as pessoas, os eventos, os motivos e os lugares, e tentava não notar o homem bonito sentado ao lado dela. Ele, por sua vez, nem tentava deixar de notá-la.

"Temos uma agenda cheia hoje, senhoras e senhores, então, vamos em frente." O juiz Carlson leu a agenda através dos óculos, como se não soubesse qual era o primeiro item da lista.

"Para começar, vamos..."

"Excelência." A sra. Larkin o interrompeu da área do júri, que era usada como espaço extra. "Temos uma questão de alguma urgência que, insisto, deve ser tratada agora mesmo." Ela ficou de pé. "Soube que Shady Howard está produzindo substâncias ilegais em propriedade pública."

Metade da sala olhou para ela de cara feia. Por mais que a mulher tivesse sido vista várias vezes dando telefonemas do posto do correio e usando a máquina do telégrafo, passando sabe-se lá que informações para Arthur Devlin, ninguém ali conseguia acreditar que ela era capaz de aproveitar essa oportunidade para atacar Shady pelas costas.

"Sra. Larkin." O juiz Carlson esfregou a testa como se pressentisse que aquele era o início de uma longa tarde. "Garanto que vamos tratar do seu problema, mas o primeiro item da agenda é a propriedade da Viúva Cane."

A sra. Larkin sentou-se, calando-se temporariamente.

O juiz continuou. "Conforme estabelecido, a cidade de Manifest tem os direitos prioritários sobre a terra mediante pagamento retroativo de impostos e o valor do terreno, que corresponde a mil dólares."

Shady se levantou e falou pelo grupo. "Excelência, temos um pouco menos que mil dólares e solicitamos uma prorrogação do prazo para levantar o valor que falta."

O honorável juiz Carlson era exatamente isso: honorável. Uma das poucas autoridades por ali que não estava no bolso de Arthur Devlin. Ele ficava sempre do lado da lei, qualquer que fosse esse lado. No entanto, sua voz não escondia o peso do que ele estava prestes a dizer. O magistrado balançou a cabeça.

"Lamento, Shady. O estatuto é claro. A partir de 1º de outubro, se a cidade não comprar a terra, ela fica disponível para a venda ao público."

"Mas, Excelência, podemos pagar o valor que temos agora e..."

Lester Burton ficou de pé. "Excelência. Esses impostores estão enganando todo mundo há um bom tempo. Produzindo álcool ilegal, ou elixir, como o chamam, para levantar fundos e comprar a terra. Acho que é hora de pôr o terreno à venda."

O martelo do juiz Carlson ficou parado no ar por um momento. "Muito bem. Vamos prosseguir. Como os cidadãos não podem pagar o preço total nesse momento, de acordo com o estatuto público, a área de terra antes mencionada está agora aberta a ofertas públicas."

Lester Burton olhou em volta, desafiando alguém a enfrentá--lo no leilão. Todos estavam quietos. "Excelência, como não há determinação de que toda a área seja vendida de uma vez só, gostaria de fazer uma oferta pelo trecho que inclui a fonte, dos trilhos até o rio."

A sala se agitou com os murmúrios e cochichos. O juiz Carlson bateu o martelo.

"Pensei que a mina estivesse interessada em toda a extensão de terra."

"A parte que quero não envolve o veio. Essa pertence à mina. No momento, não estou comprando em nome da mina. Estou comprando para mim e o que me interessa é a fonte. Vou começar com um lance de cinquenta dólares."

Shady tentou deduzir o que Burton pretendia. Jinx olhou para o homem do governo sentado na segunda fileira.

"Shady, aquele sujeito de Topeka não disse que a água estava contaminada. Só perguntou se a fonte ficava perto da mina", cochichou.

"E daí?"

"E se isso for bom? E se foi por isso que as pessoas melhoraram?"

"Está dizendo que pode ser água curativa?" Shady considerou a ideia. "Como a daqueles locais no Arkansas e no Colorado?"

"Sim, e as pessoas viajam quilômetros para beber, até para se banhar nela. Burton vai ganhar uma fortuna."

"Dou-lhe uma..." O juiz Carlson olhou para a sala.

"Você não pode deixar o homem comprar a fonte", sussurrou Jinx.

"Mas o dinheiro é da cidade."

"E a fonte também vai ser dela. Ainda terão uma chance de escapar do controle de Burton e da mina", insistiu o menino.

"Dou-lhe duas..." O martelo pairou no ar.

"Cem dólares", Shady falou baixo.

"O quê?" O juiz Carlson tentou localizar a origem do lance.

Shady levantou-se. "Cem dólares."

Burton olhou para Shady.

"Não vai querer continuar com isso, Shady."

"Acredito que quero."

"Duzentos dólares", ofereceu Burton.

"Trezentos."

O leilão continuou em lances que aumentavam de cem em cem dólares, até chegar a setecentos. Foi quando Lester Burton soube que a vitória estava próxima.

Shady ofereceu: "Setecentos e vinte dólares".

"Setecentos e trinta."

As mãos de Shady tremiam. Ele parecia capaz de pagar setecentos dólares por uma bebida forte, só para controlar o tremor.

"Setecentos e quarenta."

A sala estava em silêncio, como se ninguém mais respirasse. Todos sabiam que ele fizera o possível. E todos sabiam que não era o suficiente.

"Setecentos e quarenta e um."

Burton esperou a contraoferta que não aconteceria.

O juiz Carlson levantou o martelo como um homem pronto para encerrar o sofrimento de um animal moribundo.

"Dou-lhe uma. Dou-lhe duas. Vendido." Ele bateu de leve com o martelo. "Sr. Burton, assine a documentação com o agente municipal, por favor, e vamos continuar com a venda do restante da propriedade da Viúva Cane."

Burton pegou uma caneta e assinou os documentos com um sorriso no rosto.

"Excelência?" Era a sra. Larkin novamente. "Sobre a propriedade..."

"Sim, eu sei, sra. Larkin", disse o juiz. "Garanto que vamos cuidar do seu problema no momento adequado. Sente-se, por favor."

"Mas, Excelência..." Ela saiu da área do júri. "Meu marido, o falecido Eugene Larkin, era avaliador do estado, e eu tenho acesso aos mapas que ele fazia para traçar o uso de terra pública e privada nesse território. A terra que acabou de ser comprada pelo sr. Burton..." Sem pedir licença para se aproximar da mesa, a sra. Larkin abriu o mapa que carregava e o estendeu diante do juiz Carlson. "Vê aqui? É o ângulo nordeste do terreno."

"Sim, estou vendo. Porém, onde Shady supostamente prepara as tais misturas não muda em nada o fato dessa terra estar agora disponível para venda ao público. Portanto, se voltar ao seu lugar..."

"Ah, mas muda, Excelência", argumentou a sra. Larkin. "Agora que o sr. Burton comprou essa parte do terreno, fica menor a área que tem impostos em atraso. E, na verdade, agora o sr. Burton deve uma parte dos impostos atrasados."

Olhares confusos estudavam o rosto da sra. Larkin. Até o juiz Carlson foi incapaz de responder de imediato.

Lester Burton foi o primeiro a se recuperar. "Que diferença isso faz? Eles ainda não têm o suficiente, então, vamos prosseguir com a venda." Era evidente que ele estava abalado com o seu erro quase devastador.

A sra. Larkin não desistia. "Na verdade, Excelência, ainda tem mais."

"É claro que tem." O juiz Carlson se encostou na cadeira e cruzou os braços.

"A propriedade do sr. Burton inclui uma fonte, que é considerada um recurso público. Portanto, é necessário que os impostos sobre essa terra sejam pagos à municipalidade mais próxima. Nesse caso, a cidade de Manifest."

"E isso significa...?" O juiz estava ficando interessado.

"Significa que se, de fato, a cidade de Manifest angariou 740 dólares, mesmo que os meios para isso tenham sido nefandos e flagrantes", ela olhou por cima dos óculos para Shady e Jinx, "devido ao fato de o sr. Burton ter comprado a fonte, eles agora têm o dinheiro para comprar o restante da propriedade da Viúva Cane, e ainda sobram oito dólares. A secretária pode verificar." Ela entregou o mapa e os cálculos à secretária.

"Isso é absurdo", protestou Burton. "Eles tiveram a chance de comprar a propriedade. Agora ela está disponível para venda ao público."

Arthur Devlin se levantou do seu lugar, o rosto inchado e vermelho de raiva. "Sente-se, Burton", rosnou ele. "Você já conseguiu complicar muito a situação. Eu ofereço 5 mil dólares pelo resto da propriedade, Carlson. Vamos acabar com isso."

"Sr. Devlin", o juiz falou se inclinando para a frente, mantendo a voz serena, "com toda essa comoção, talvez o senhor esteja um pouco confuso. Não estamos na sua mina. O senhor está no meu tribunal, e pode me chamar de juiz ou de excelência."

Arthur Devlin estreitou os olhos e se sentou.

"Agora", o juiz Carlson baixou os óculos, "lembrem-se de que o primeiro passo desse processo não é o leilão. O estatuto determina claramente que a municipalidade de Manifest tem direito prioritário à terra em questão, desde que possa pagar os impostos atrasados e o valor do terreno até 1° de outubro. Então, e só então, a terra é oferecida em leilão público. Sr. Devlin, de acordo com o meu calendário, hoje ainda é 1° de outubro, e se tudo que a sra. Larkin disse for comprovado..." Ele olhou para a secretária, que assentiu. "Então, já que o sr. Burton pagou à cidade de Manifest um dinheiro inesperado, por lei eles ainda podem adquirir a terra restante, que inclui o veio."

Devlin apagou o charuto. Sendo um verdadeiro homem de negócios, sabia quando era derrotado. Ele falou apenas quatro palavras: "Burton, você está demitido".

"Muito bem", respondeu Burton. "Todos vocês vão ter que me procurar para beber um pouco daquela água curativa. E podem apostar que não vai ser barato."

A plateia se agitou. Do que ele estava falando? Foi por causa daquilo que Shady tinha entrado no leilão pela fonte?

"É isso mesmo, senhores", continuou Burton. "Perguntem ao nosso amigo visitante, um agente do governo que veio de Topeka. Ele tem o relatório pronto sobre o alto teor de metal na água e das suas propriedades curativas. Vá em frente, filho, faça a sua apresentação."

Todo mundo olhou para o jovem sentado na segunda fileira do tribunal.

Finalmente, Hattie conseguiu olhar para ele de frente. Ela segurou a caneta e se preparou para fazer as anotações. O homem balançou a mão.

"Acho que esse não é o momento e..."

Burton fumegou. "Você veio até Manifest para trazer uma informação importante, não foi?"

"Sim, mas..."

"Então, tenho certeza de que o juiz não vai se importar de colocá-lo no topo da lista."

O homem olhou para o juiz Carlson.

"Vá em frente. Vamos resolver todas as surpresas de uma vez." O juiz fez um gesto, convidando-o a falar.

"Muito bem." Ele tirou o envelope do bolso do paletó e o entregou ao oficial de justiça, que o passou ao juiz Carlson.

O juiz abriu o envelope e examinou o conteúdo com grande interesse. "Este material é fascinante, meu jovem, mas não entendo como receitas de torta de abóbora e geleia de framboesa podem interferir nos processos em andamento nesta corte. Importa-se de explicar o que significa isso, senhor..."

"Macke. Fred Macke. Essas receitas são para a minha tia Eudora."

Hattie Mae, a repórter, derrubou a caneta e olhou para o homem. Ele sorriu para ela e piscou.

"Mas..." Burton gaguejou incrédulo ao perceber que alguma coisa estava muito errada. "Isso é um ultraje, juiz. Retiro a oferta que fiz pela terra, fui enganado, manipulado. Esse homem é um charlatão. Ele disse que trabalhava para o governo."

A sra. Larkin deu um passo à frente. "Ele *trabalha* para o governo, Lester. Falei dele um milhão de vezes. É o filho da minha irmã. Ele trabalha no gabinete do governo... é assistente do assistente." E pousou a mão sobre o ombro do rapaz com ar orgulhoso.

"Mas a água...", Burton continuou. "Você examinou a água, a fez espumar e bebeu. Era água curativa."

Fred Macke levantou as sobrancelhas. "Aquele pó? Ah, aquilo era só antiácido. Tenho um estômago sensível." E deu uma olhadinha para Jinx.

Eudora Larkin falou em defesa do rapaz. "Meu sobrinho não mentiria. Ele é honesto. Talvez tenha sido um mal-entendido, Lester." Ela o encarou desconfiada. "Ou a sua ganância o impediu de fazer um bom julgamento." E olhou novamente para o sobrinho. "Fred, mande lembranças para a sua mãe e diga a ela que agradeço pelas receitas."

"Com certeza, tia Eudora. E obrigado por ter me convidado a vir." Ele sorriu para Hattie Mae. "Acho que a placa na entrada da cidade é verdadeira. Manifest certamente parece ser uma cidade com um futuro brilhante."

Hattie Mae ainda não tinha pegado a caneta de volta.

Perplexo, Burton olhou para Eudora Larkin, depois voltou a se sentar.

Devlin se colocou no corredor central e falou diretamente para a sra. Larkin. "Como eu disse, seu marido era um pateta no colégio. Podia ter escolhido alguém melhor."

A sra. Larkin ergueu os ombros, estreitou os olhos e disse: "Arthur Devlin, você e o meu marido podiam ser do mesmo ano, mas nunca foram da mesma classe".

Arthur Devlin ficou sozinho. O juiz Carlson pegou o martelo, mas Burton e Devlin saíram antes que ele pudesse bater na mesa.

Shady se inclinou para Jinx. "De onde veio tudo isso? Você planejou essa confusão toda, não foi?"

Jinx sorriu. "Foi só uma ideia que a sra. Larkin e eu tivemos enquanto conversávamos. Ela fica brava de verdade quando alguém insulta o falecido Eugene Larkin."

"Podia ter me contado. Teria sido mais fácil para todo mundo."

Jinx parecia um pouco envergonhado. "Bem, Shady, é que você não sabe disfarçar muito bem, e ficamos com medo de acabar revelando alguma coisa antes de Burton fazer a oferta pela fonte."

"Qual é o problema com a minha capacidade de disfarçar..."

O juiz Carlson bateu com o martelo na mesa de novo e massageou as têmporas.

"Se conseguirmos cumprir a agenda de hoje, vai ser um milagre. O que acha, Shady? Ainda está interessado em comprar a terra que pertencia à Viúva Cane?"

Shady levantou-se e tentou manter o chapéu firme entre as mãos trêmulas.

"Excelência, não sei se entendo tudo que aconteceu aqui." Ele olhou para a sra. Larkin como se de repente ela tivesse se tornado outra pessoa. "Mas se o que temos é suficiente, ainda queremos a terra."

"E você fala em nome dos cidadãos de Manifest?"

Shady olhou em volta. Um a um, todos se levantaram. Donal MacGregor, Hadley Gillen, Mama Santoni. Os Akkerson e os Cybulskis. O sr. Matenopoulos e o sr. Keufer. Velma T. e Hattie Mae. A sra. Larkin e o restante do tribunal.

Finalmente, Shady respondeu. "Não, Excelência. Acho que os cidadãos de Manifest falam por si mesmos."

2 DE OUTUBRO DE 1918

SUPLEMENTO DE NOTÍCIAS DA HATTIE MAE

Que eventos surpreendentes tivemos no tribunal ontem. Não vou entrar em detalhes aqui, porque acredito que quase todos os cidadãos de Manifest estavam lá para vê-los pessoalmente.

Porém, muito aconteceu desde então. Esta repórter estava presente na primeira reunião do recém-formado Comitê do Distrito de Manifest, em que um membro de cada organização fraternal tem um assento. O primeiro item negociado se referiu a Arthur Devlin que, de chapéu na mão, negociava novas regras de trabalho e remuneração para os trabalhadores da mina em troca de acesso ao veio que corre sob a terra da cidade. Foi um dia de emoção e orgulho para todos os presentes.

Também tenho o prazer de anunciar os planos para a nossa Primeira Celebração Anual de Volta às Aulas em Manifest. As festividades vão acontecer no domingo, daqui a três semanas, na propriedade recentemente adquirida e que antes pertencia à Viúva Cane. Com fonte e tudo! Alguns talvez ainda não saibam, mas, depois de perceber que teria que pagar impostos altos sobre uma velha fonte de água comum, Lester Burton aceitou uma oferta dos cidadãos e vendeu a fonte por parte do valor que pagou por ela.

As várias organizações fraternais trabalham juntas para deixar mais bonita a área em torno da fonte com canteiros de flores e bancos, e estão construindo uma fonte especial que poderá ser partilhada por todos. Embora não tenha sido comprovado que a água tem alguma propriedade especial, ela foi usada no elixir que parece ter ajudado muita gente a superar a enfermidade que ainda castiga diversas pessoas fora de Manifest. Talvez a água seja curativa, afinal de contas.

Quanto às notícias do exterior, ontem tomei chá e comi biscoitos no Restaurante do Koski com o sr. Fred Macke, um encontro puramente profissional, e ele disse que no prédio do capitólio em Topeka, onde ele é assistente do assistente, muito se fala de um armistício e de um possível fim da guerra na Europa.

Quem sabe? Talvez nossos jovens militares estejam mais perto de voltar para casa do que todos nós pedimos nas nossas orações.

Lembre-se: para saber tudo sobre as pessoas, os eventos, os motivos e os lugares que você nem sabe que precisa saber, recorra a

HATTIE MAE HARPER
REPÓRTER DA CIDADE

Soldado Ned Gillen

MONT BLANC
4 de outubro de 1918

Caro Jinx,
    O que acontece em Manifest, rapaz? A grande lua cor de laranja da colheita já aparece na sua parte do céu? Aqui tem chovido muito, o céu está nublado. Com o frio que tem nos castigado à noite, imagino que seja outubro, embora tenha perdido a noção do tempo.
    Ultimamente, tem sido difícil. Nosso regimento está agora com metade da força. Tivemos baixas por causa dessa guerra horrível. No entanto, tivemos o mesmo número de afastados por disenteria e gripe espanhola. É como se os corpos estivessem tão desgastados que, quando uma doença se instala, só piora até levar à morte. Heck, Holler e eu

não sabemos como conseguimos escapar até agora. Os elixires de Velma T. acabaram há muito tempo. Acho que corremos tanto que nenhum germe nos alcança. É o que gostamos de pensar, pelo menos.

No momento, estar aqui me faz pensar em casa. Estamos presos nas nossas trincheiras. Presos significa que tem tanta lama que não sei como conseguiria sair dela, se tentasse. A chuva parou agora, mas com as roupas e os cobertores molhados, seria melhor se ela continuasse caindo. Melhor que o vento soprando mais forte e gelando os ossos.

Então, você se pergunta por que tudo isso me faz pensar em casa. É o que tem de mais longe de tudo isso.

Com lama até o pescoço,
Ned

P.S.: Mais tarde em outubro

Estava correndo de volta ao meu regimento hoje, depois de uma reunião com o comando. Ainda faltavam uns três quilômetros. Corria entre as árvores tentando me manter nas sombras, e carregava uma sacola cheia de latas de feijão para os soldados. Um galho enroscou na bolsa e a rasgou. Meus companheiros não comiam há dias, e eu não sairia dali sem aquelas rações. Tinha enchido metade da sacola quando o vi: um soldado da infantaria alemã a menos de dois metros, apontando a arma para mim. Nada além da nossa respiração formando nuvens brancas entre nós. Eu estava morto, e não sei por quê, mas só consegui pensar em dizer ich habe widerlich footen. *Eu sabia que isso não ia me ajudar. Assim, sem nada a perder além daqueles feijões, continuei recolhendo as latas sem pressa, uma a uma. O chucrute abaixou a arma e disse duas palavras antes de ir embora. Duas palavras, Jinx.* Zuhause gehst. Vá para casa.

Ah, como eu queria, meu amigo.

Como eu queria.

A SELVA
11 DE AGOSTO

O ar da noite era quente e úmido no meu quarto. O lençol grudava no suor das minhas pernas, por isso o joguei no pé da cama numa confusão amarrotada. Até a carta de Ned deformava na umidade enquanto eu a lia pela enésima vez. Desliguei a lamparina e afastei as cortinas, pensando em Ned e procurando a grande lua cor de laranja sobre a qual ele falara. Só havia uma fatia de lua no céu.

O número de objetos no parapeito aumentara. Eu os estudava com tanta frequência que se tornaram tesouros privados para mim. Lembranças das histórias de onde saíram. A rolha, a isca de pesca Wiggle King, o dólar de prata com a Cabeça da Liberdade, até a bonequinha de madeira da pequena Eva Cybulskis.

Peguei o único objeto que restava na caixa de charutos Lucky Bill. A chave. A srta. Sadie não revelara nada sobre ela. *Em que fechadura se encaixava? Ou, melhor ainda, que esqueletos escondia?*

Senti que estava pegando no sono, e a chave conjurou imagens de coisas escondidas na minha cabeça. A música saía dessas imagens e fluía de volta para elas. Música de gaita.

Sentei quando a música começou a me chamar, me convidar. Calcei os sapatos e saí de pijama, seguindo o som doce e cheio de emoção. Estava escuro, e os galhos de árvores se estendiam para mim. A música foi ficando mais alta, e quando fiz a curva perto dos trilhos do trem, senti o calor radiando da fogueira, vi a luz nos rostos endurecidos e grosseiros. Sabia exatamente onde estava. As pessoas que moravam na rua chamavam aquele lugar de Selva.

Gideon diz que as almas que vagam costumam percorrer as mesmas estradas. Para muita gente do país, essas estradas passam por lugares como aquele. Lugares onde as pessoas que não têm casa, dinheiro ou esperança se reúnem para uma noite em volta da fogueira e talvez um pouco de feijão e café. Onde alguém deixa um espelho e uma navalha atrás de uma árvore para quem quiser se barbear. Onde, por um tempo, eles podem não se sentir tão sozinhos.

Shady estava sentado entre eles tocando a gaita, deixando as notas flutuarem em torno daqueles homens como uma canção de ninar. Quando parou, ele disse: "Alguém quer mais café? Tem bastante, cavalheiros". Eles ofereceram as canecas, e Shady as encheu.

Fiquei observando de trás dos arbustos por um tempo, sabendo que havia me enganado sobre Shady e sua relação com a bebida. Ele voltaria para casa de manhã com os olhos vermelhos da noite sem dormir e da fumaça da fogueira. E não faria a barba, porque outros dez homens usariam a sua navalha. Ele se deitaria por um tempo, depois voltaria a recolher coisas que alguém no seu caminho poderia precisar.

Por alguma razão, eu não conseguia desviar o olhar. Era isso que aqueles homens chamavam de lar? Depois de um tempo, voltei à casa de Shady e olhei mais uma vez para aquela fatia de lua, pensando de novo na carta de Ned. Nas suas noites frias, molhadas e solitárias na trincheira. Em como ele falava de casa. Pensei em Gideon e em onde ele estaria esta noite. Encolhido com alguns homens perto de uma fogueira? Comendo uma refeição quente de feijão e café? Pensando em mim?

Ah, como eu queria, meu amigo. Como eu queria.

VOCÊ SE LEMBRA DE QUANDO
12 DE AGOSTO

A resposta ao concurso *Você se Lembra de Quando* foi melhor do que esperávamos. Pessoas de toda a cidade mandaram as suas lembranças escritas em folhas de caderno, recibos, guardanapos, até em papel higiênico. Era como se todo mundo tivesse uma situação engraçada ou uma memória emocionante de alguém querido.

Hattie Mae disse que, como o concurso era ideia nossa, podíamos ajudar a julgar os textos. Assim, Lettie, Ruthanne e eu nos reunimos na sala de correspondência do *Manifest Herald* para ler cartas e mais cartas, frequentemente tão envolvidas com as histórias que esquecíamos de estudar a caligrafia e precisávamos reler tudo.

Hattie Mae publicou todas que pôde no jornal antes de o vencedor ser anunciado.

Você se Lembra de Quando...

... era possível ver Mary Pickford, Douglas Fairbanks ou Charlie Chaplin num filme emocionante no Empire Nickelodeon por um níquel? Mama Santoni tocava o órgão, e durante *Os Olhos da Múmia* ela me deixou tão aflita com a música assustadora que derrubei a limonada e todo mundo achou que eu tinha molhado a calça.

Rosa (Santoni) McIntyre

... o sr. Devlin foi a primeira pessoa na cidade a comprar um Ford Model T, e uma semana depois, a sra. Devlin, de volta para casa depois do chá da Liga da Temperança Feminina, jogou o carro dentro do lago Bonner? Deve ter sido um chá daqueles!

Andre Matenopoulos

... nós, garotos, costumávamos andar pela cidade cantando *"Pam, pam, pam, os garotos estão marchando. Eu vejo o Kaiser na soleira. Vamos buscar uma torta e jogá-la na sua cara torta. E o Kaiser vai virar poeira"*?

Stucky Cybulskis

... a Lei Seca foi aprovada, proibindo todo tipo de bebida alcoólica no Kansas? A maioria das pessoas daqui também não se lembrava disso naquela época.

Anônimo

... a irmã Redempta fez três partos em um dia? Eu fui o bebê número três. Espero que ela esteja preparada quando o meu bebê chegar, em março!

Betty Lou (Carlson) Mayes

... o sr. Underhill fez uma lápide para Proky Nesch, o leiteiro? Ele entalhou a data de nascimento correta, 1862, mas teve que refazer o nome, porque como todo mundo sabia, exceto Underhill, Proky era filho de abolicionistas convictos e "Proky" era diminutivo para Emancipation Proclamation, ou Proclamação da Emancipação.

Getty (diminutivo de Gettysburg) Nesch

... quando Otis Akkerson foi derrubado do cavalo e caiu de cara no chiqueiro do sr. Cybulskis?

Harry Akkerson

... é, bem, isso não teria acontecido se Harry não passasse pedalando a sua bicicleta, assustando o meu cavalo com a campainha. Lembram disso?

Otis Akkerson

Os nomes chamavam a minha atenção. Eu conhecia aquelas pessoas. Eram nomes que se tornaram familiares para mim, como se fossem de amigos, por intermédio das histórias da srta. Sadie. Até Betty Lou Mayes do salão de beleza. Eu a tinha reconhecido numa visita à casa da srta. Sadie, mas não sabia que o nome de solteira dela era Carlson. Devia ser irmã de Heck e Holler. E não era estéril, afinal!

Era como montar uma grande árvore genealógica. E embora eu não conhecesse as histórias que as pessoas contavam, me sentia como se não estivesse só lendo os relatos. Era mais como lembrar das coisas. E como, de alguma forma, aquelas lembranças se tornassem minhas.

"Leia esta aqui", disse Lettie, passando para mim um formulário de prescrição do consultório do dr. Dennis Monahan.

> Você se lembra de quando Margaret Evans e eu empatamos na disputa para presidente da turma de formandos e tiramos a sorte para decidir quem seria o vencedor? Eu queria o título, mas ela ganhou.
>
> *Dr. Monahan*

A tristeza se misturou à doçura e causou em mim uma sensação boa. Mas haveria uma história sobre Gideon?

Peguei outra carta da pilha. Essa vinha de Sioux Falls, Dakota do Sul.

> Você se lembra de quando Ned Gillen ganhou o primeiro lugar na prova estadual de corrida? Aquele garoto corria mais que problema... e precisava mesmo, considerando as companhias que tinha.
>
> *Holler Carlson*

Alguns dias passaram assim, com mais e mais memórias chegando. Então, no término do prazo, o sr. DeVore entregou um novo maço de envelopes. Lettie, Ruthanne e eu começamos a abrir alguns, até Lettie soltar uma exclamação de espanto. Ela ficou um pouco pálida e, sem dizer nada, entregou o papel a Ruthanne.

"Ora, mas se não é espantoso." Ruthanne me deu o papel escrito com letras retas que pareciam se arrastar pela página. "Encontramos a caligrafia!"

A QUEM INTERESSAR POSSA,

LI AS SUAS COLUNAS RECENTES SOBRE EVENTOS DO
PASSADO NESTA CIDADE. ACHO QUE DEVERIA SER MAIS
RESPONSÁVEL COM RELAÇÃO À INFORMAÇÃO QUE PUBLICA
NESSE VEÍCULO QUE ESCOLHEU CHAMAR DE JORNAL.
NÃO ME LEMBRO DE TER ERRADO AO GRAVAR NEM
MESMO UM NOME NUMA LÁPIDE, MUITO MENOS UM
NOME TÃO RIDÍCULO QUANTO PROKY. ALÉM DO MAIS,
QUEM DÁ AO FILHO O NOME DE EMANCIPATION
PROCLAMATION DEVERIA SE RECONHECER CULPADO
POR QUAISQUER ERROS DE ORTOGRAFIA.

SR. UNDERHILL

"O sr. Underhill é o Cascavel?", perguntei, incrédula. "Ele é bem sinistro, mas não parece ter o tipo do Cascavel."

"Isso mesmo, parece mais um lagarto ou um sapo", concordou Lettie.

"Mas está aqui, preto no branco", falou Ruthanne. "É a mesma caligrafia do bilhete que estava na casa da árvore e dizia para deixarmos isso para lá."

Todas nós olhamos para a folha de caderno. Era a mesma caligrafia, com a última letra se prolongando... como um último suspiro.

CASA DE VIDÊNCIA DA SRTA. SADIE
23 DE AGOSTO

Eu estava tão animada por ser portadora de notícias tão importantes que corri até a casa de Shady. Planejava contar a ele toda a história sobre como tínhamos passado o verão todo procurando o Cascavel e o encontramos. Por isso, fiquei desapontada quando não o encontrei em casa. Não posso dizer que fiquei surpresa, no entanto, agora que sabia o que o mantinha ocupado na madrugada.

Mas eu estava aflita para contar a alguém. Por isso fui até a casa da srta. Sadie e subi a escada correndo.

"Srta. Sadie, adivinha?", gritei. "Srta. Sadie?", repeti, olhando primeiro na sala e depois na cozinha. Eu a vi pela janela, sentada na varanda dos fundos. "Srta. Sadie", falei ao sair, "você não vai adivinhar o que aconteceu. Descobrimos quem é o Cascavel. Bem, achamos que é ele. É o sr. Underhill. Ele deixou um bilhete na casa da árvore, e fizemos um concurso..."

A srta. Sadie nem olhou para mim. Só ficou ali sentada, se balançando. O cabelo estava solto sobre os ombros, não tinha sido escovado. O rosto estava pálido e abatido. Pensei

que a perna talvez a incomodasse, porque estava mais vermelha e purulenta do que nunca.

Cheguei mais perto. "Quer um pouco de água fresca
e a sua pomada? Isso ajudaria, srta. Sadie?", perguntei em
voz baixa.

"A pomada não ajuda. A ferida é muito profunda e infecciona."

Fui buscar a água e a pomada, mesmo sabendo que ela estava certa. Quando o arranhão na minha perna infeccionou
e eu delirei de febre, o médico teve que lancetar, abrir a região e limpar a infecção.

Apliquei a pomada com delicadeza enquanto contava a ela
sobre o sr. Underhill. Ela assentiu, mas continuou olhando
para longe com ar desinteressado. "As coisas nem sempre são
o que parecem."

"Como assim? Acha que não é ele?"

"Às vezes, é difícil ver a linha entre a verdade e o mito."
Conforme a voz dela se tornou mais pesada e a cadeira de balanço entrou num ritmo constante, percebi que ela começava outra história. "Por mais que quiséssemos que aquilo fosse
verdade, era só um mito."

Do que srta. Sadie estava falando? O que era um mito? Senti um aperto no peito. Não estava certa de que queria saber.

No entanto, ela continuou. "Quem ousaria pensar que
o proscrito e abandonado pode encontrar um lar? Quem sonharia que alguém pode amar sem ser esmagado por esse
peso? Uma cura milagrosa para os doentes? Ah! O que nos
faz pensar que isso tudo pode ser verdade? No entanto, todos
nós participamos desses mitos, os criamos e os perpetuamos."

A voz da srta. Sadie foi ficando profunda sob o peso
da história.

"Mas o que é pior... nós acreditamos. E, no fim, somos esmaga-
dos por eles..."

VOLTA ÀS AULAS
27 DE OUTUBRO

O sábado, um dia antes das festividades de volta às aulas, amanheceu frio e nublado, mas ninguém parecia se importar, porque todos se ocupavam com os preparativos para o grande evento.

Com a mudança na cor das folhas vinha uma disposição vibrante entre as pessoas de Manifest. Homens montavam barracas, penduravam fios de luzes elétricas e davam a última demão de pintura no novo caramanchão. Seria uma grande ocasião, com um quarteto vocal, passeios de pônei, maçãs carameladas, um concurso de tortas, um torneio de bocha e uma caminhada noturna sob as estrelas. As mulheres estavam ocupadas assando, abrindo massa e preparando as suas especialidades. Fosse com *baklava* grega, *galettes* francesas, pão italiano ou *bierocks* alemães, todas queriam impressionar.

Chegou a notícia de que a sra. Cybulskis tinha entrado em trabalho de parto, e todos interpretaram o fato como um bom sinal de que a Primeira Celebração Anual de Volta às Aulas também seria de boas-vindas a uma nova vida. Até ousaram acreditar que seus filhos logo estariam de volta da guerra.

Jinx passou pelas barracas, atravessou o campo aberto perto da casa de Shady e viu Paulie Santoni explicar as regras de bocha para um grupo de rapazes. Paulie segurava um objeto redondo e grande.

"Bem, a primeira coisa que precisam saber é que nós, os italianos, inventamos a bocha."

"Não é só um jogo aumentado de bolinhas de gude?", perguntou um jovem francês.

Paulie fez uma careta. "Não. A bocha exige talento e anos de prática. Vou explicar." Ele mostrou o objeto redondo. "Imaginem que isto é uma bola de bocha. Você rola a bola e tenta colocá-la o mais perto possível da bola alvo no círculo." Ele segurou a bola com as duas mãos. "A bola precisa de sutileza e carinho, sabem? Como uma mulher. Por isso os italianos são tão bons na bocha. Vejam. Não é para derrubá-la. É só para tocar o seu rosto." Ele lançou a bola com um pouco mais de força do que o planejado, expulsando a bola menor do círculo.

Os outros rapazes — franceses, alemães, suecos e gregos — todos riram. Um escocês barulhento gritou: "Sim, isso é *amore*".

Pelo canto do olho, Jinx viu que o xerife Dean o observava. Como se isso não fosse suficientemente desconfortável, ele não conseguia se livrar do sentimento de que outra pessoa também o observava. Alguém nas sombras.

Nesse momento, Jinx encontrou Shady e olhou além dele para o xerife. Shady deu a ele um pretzel e ficou com a salsicha. "Com os cumprimentos da sra. Akkerson." Ele seguiu o olhar do garoto. "Parece que você tem um cão de guarda."

Jinx mordeu o pretzel e resmungou com a boca cheia: "É, ele observa cada movimento que faço, está sempre esperando que eu faça alguma coisa pela qual possa me prender".

"Em Manifest e nas cidades vizinhas, todos sabem que você é um homem de truques. Só que o xerife parece ter mais que truques na cabeça."

Jinx ficou quieto por um momento. "Shady, você tem sido muito bom para mim. Acho que precisa saber que tenho alguns esqueletos no armário."

Shady tirou uma faca do bolso, cortou um pedaço de salsicha e olhou para o outro lado do campo, para o xerife Dean. "Bem", ele enfiou o pedaço na boca, "o que acha de jogarmos um osso para o xerife?"

Jinx sorriu. "No que está pensando?"

"Vá me encontrar na clareira, ao lado daquele grande sicômoro onde vendíamos o elixir. Aja como se estivesse tramando alguma coisa e tenha certeza de que o xerife vai seguir você."

Alguns minutos mais tarde, Jinx puxou o chapéu sobre os olhos e olhou com ar furtivo para um lado e para o outro, depois começou a andar pelas ruas. Andava devagar e parava de vez em quando para prestar atenção aos passos do xerife atrás dele.

Quando Jinx chegou à clareira gramada, viu Shady descendo à sepultura que nunca foi fechada depois da quarentena.

"Shady", sussurrou Jinx não muito baixo.

"Aqui", respondeu Shady no mesmo tom. "Pega." Ele entregou a Jinx um recipiente com tampa de rolha. "É melhor nos livrarmos disso antes que o xerife descubra que ainda sobrou um pouco."

"Tarde demais", anunciou o xerife olhando para Shady.

Shady coçou a nuca como se tivesse sido flagrado em delito. "Só tem esses dois recipientes, xerife. O que acha de ficar com um e deixar o outro para a gente?"

O xerife Dean balançou a cabeça.

"Shady, francamente, pensei que você tivesse parado com isso." Ele pegou um dos frascos e estendeu a mão para o outro. "Acho melhor ficar com o conjunto completo." Ele abriu um dos frascos e cheirou o conteúdo. "São duas partes de álcool e uma de elixir? Tem um cheiro meio engraçado, mas depois de algumas doses, quem vai notar a diferença?"

Ele devolveu a rolha à garrafa e começou a se afastar, mas ainda falou: "Só não pense que não continuo de olho em você, garoto".

Quando o xerife foi embora, Jinx ajudou Shady a sair do buraco. "Pensei que tivesse tirado daqui todas as garrafas que sobraram. Deixei tudo trancado, como você mandou. O que havia naqueles frascos?"

"Um novo elixir." Shady pôs um charuto na boca. "Uma parte de álcool. Duas de suco de ameixa."

Naquela noite, todos estavam tão ocupados dando os toques finais nas comemorações de volta às aulas, que ninguém notou quando uma velha lambreta entrou na cidade e cuspiu uma coluna de fumaça na frente da cadeia. Um homem magro desmontou da lambreta como se ela fosse um cavalo de confiança. Ele tirou os óculos do rosto empoeirado, revelando manchas brancas e limpas em torno dos olhos. Parecia um guaxinim.

O xerife Dean estava parado na porta da cadeia, segurando uma caneca da bebida de Shady. "Ei, xerife Nagelman, o que o traz à nossa bela região? Se bem me lembro, o Kansas fica um pouco fora da sua jurisdição no Missouri."

"Pare com isso, Ed. Não tenho o dia todo. Onde está o garoto?"

"Ah, Leonard, isso é jeito de cumprimentar o seu cunhado?"

Nagelman acendeu um cigarro e percebeu que não conseguiria apressar o xerife Dean.

"Como vai a vida na cidade grande?", perguntou o xerife Dean.

"Muito bem." Nagelman bateu as cinzas. "Agora, se já acabamos com as amenidades, tenho uma cela e talvez até uma forca esperando por um certo degenerado que você abriga nessa cidade."

Dean bebeu mais um gole da caneca. "Por que tem tanta certeza de que aquele garoto, Jinx, é quem você procura? Além do mais, pensei que estivesse atrás de uma dupla."

"Um dos idosos da igreja esteve aqui na semana passada e disse ter visto o mesmo garoto que foi 'curado' no culto na tenda. Se eu conseguir pegar um deles, vou acabar encontrando o outro. E, então, Louise Haskell vai parar de me atormentar para eu encontrar a pessoa que matou o sobrinho dela, Junior. Além do mais, tenho que pegar alguém, e ele é tão bom quanto qualquer outro indivíduo."

"Por que essa pessoa da igreja não veio falar comigo? Eu sou o xerife aqui."

"Ele disse que não encontrou xerife nenhum." Nagelman olhou para a caneca na mão do cunhado e na garrafa perto dos seus pés. "Devia estar ocupado com outra coisa. Mas quem esperaria algo diferente de um xerife qualquer de uma cidade qualquer?" Nagelman deu a última tragada no cigarro e apagou a bituca no chão com um pé. "Podemos ir agora?"

O xerife Dean pensou por um minuto, depois terminou a bebida. "Muito bem. Venha comigo."

Jinx ajudava Mama Santoni e a pequena Rosa a carregar uma grande panela preta para cima do buraco da fogueira, de forma que ficasse pronta para o molho de tomate no dia seguinte, quando viu Dean e o xerife de óculos que ele sabia ser de Joplin.

"Agora você vem comer na nossa casa", disse Mama quando eles terminaram.

"Não vou poder agora, mas obrigado. Tenho que correr." E foi o que fez. Jinx fugiu da área da festa e correu para o bosque. O medo crescia. Se ficasse escondido, talvez o xerife Nagelman desistisse de procurá-lo e voltasse para Joplin. Quando chegou à clareira perto do riacho, ele parou de repente.

Um homem o impedia de continuar.

"Você tem estado ocupado, garoto."

Jinx ficou imóvel, olhando para um lado e para o outro procurando um jeito de escapar.

"Qual é o problema? Não tem nada a dizer para o seu tio Finn?"

"Pensei que seguiríamos caminhos diferentes."

"É claro que pensou, agora que está todo confortável aqui. Acha que encontrou um lar, não é?" Finn deu um passo na direção de Jinx, que saiu do meio das árvores e entrou na clareira. "Vi a placa na entrada da cidade. Como é? *Manifest: Uma cidade com um passado rico e um futuro brilhante.* Dei alguns tiros nessa teoria." Finn tirou uma arma da jaqueta e admirou o brilho do metal. "Tenho observado você, o jeito como se aproximou das pessoas daqui."

O garoto lembrou da noite no poço abandonado da mina, quando pensou ter visto Finn. E nas outras vezes, quando sentira que alguém o observava.

Finn balançou a cabeça. "Você é espantoso, menino. Eu cuido de você e da sua mãe..."

"Você nunca levantou um dedo para ajudar a minha mãe." O rosto de Jinx ficou vermelho de raiva. "Só me usou e esperou ela morrer. Não vou com você, Finn. Essas pessoas são a minha família agora."

O sorriso de Finn desapareceu e o seu rosto se contorceu numa careta zangada.

"Essas pessoas nem conhecem você. Já contou a elas que 'jinx' significa mau agouro, e que é isso que você é? A má sorte segue os seus passos e as pessoas à sua volta acabam em maus lençóis ou mortas. Primeiro o seu pai, depois a sua mãe, depois Junior. Estou surpreso por ninguém aqui ter sido tocado pela sua maldição, mas é só uma questão de tempo, não é, Jinx?"

Ele se encolheu quando as palavras de Finn o atingiram em cheio.

"É isso mesmo", continuou Finn. "Sou o único livre da sua maldição, e você está tentando se livrar de mim como uma cobra que troca a pele. Bem, vou dizer uma coisa, moleque, o sangue é mais grosso que a água, e eu sou o único sangue que você ainda tem."

Jinx balançou a cabeça. Queria que Finn calasse a boca.

"Minha mãe enlouqueceu com a doença. Ela nunca teria me deixado com você. Tudo que você queria era alguém para trabalhar. Todo trapaceiro precisa de um informante, não é verdade? Muito bem, para mim já chega. Você segue sozinho."

Jinx e Finn estavam na clareira cercada por árvores e arbustos que os isolava da cidade, da casa de Shady, do socorro. Houve um farfalhar de folhas e um estalo alto ao longe, mas ninguém apareceu. Devia ser um animal preso caindo numa armadilha de caçador. Toda criatura tem um instinto básico de sobrevivência, mas para aquele pobre animal, não havia mais como fugir.

O instinto de sobrevivência de Jinx entrou em ação. Ele sabia que não voltaria a se associar a Finn. "Vou contar a eles. Vou me entregar e contar que foi um acidente. E vou dizer que você estava lá."

O homem assentiu. Por um segundo, Jinx pensou que poderia ir. Depois, com um movimento rápido, Finn o agarrou, o girou e empurrou a arma contra as suas costas. "Isso seria mentira. Porque não foi um acidente."

"Como assim?"

"Quero dizer que eu o matei de propósito. Só pus a faca na sua mão antes de você recobrar a consciência. Você devia saber que não teria feito aquilo, garoto. Não tem coragem."

Jinx sentiu uma onda de alívio, rapidamente seguida pela raiva.

"Me solta!"

"Não posso. Junior me ameaçou e teve o que merecia. E agora você me ameaçou. Isso faz tudo ficar bem simples. Vou dizer ao xerife que foi você quem matou Junior e que, quando eu avisei que ia procurar a polícia para contar a verdade, aconteceu uma briga e..." Finn engatilhou a arma. "Bem, você já sabe como as coisas vão acontecer de agora em diante. Vá até o meio daquelas árvores."

Jinx tentou se libertar, mas Finn o segurou com firmeza. A escuridão os cercou quando entraram no bosque denso em volta da clareira. O garoto deu alguns passos adiante e parou, sem conseguir enxergar para onde ia. Em seguida, sentiu o movimento à frente. Pela tensão no corpo de Finn atrás dele, sabia que o tio também tinha escutado alguma coisa.

Os dois recuaram um passo, e mais um quando uma silhueta escura se moveu na direção deles. Ecoou no bosque o som fraco de um chocalho. A silhueta se movia de um jeito sinistro, flutuando e os empurrando de volta à clareira.

Jinx sentiu que Finn não o segurava mais com tanta força, depois ouviu um estalo alto. Estava livre. Podia fugir. Mas, antes de conseguir se virar, a arma disparou. Jinx sentiu a dor rasgá-lo só por um instante, depois caiu e o mundo ficou escuro.

A tarde seguinte estava quente e clara com os tons de laranja, vermelho e amarelo das folhas caídas. Boa parte da população de Manifest podia ser vista andando pela área da comemoração de volta às aulas, aproveitando os dias de veranico. Mas todo mundo sabia que um veranico não duraria muito. Diversas coisas não duravam muito tempo. Naquela tarde, três homens estavam reunidos em volta de uma cova aberta. A mesma cova que Jinx e Shady usaram no dia anterior para enganar o xerife Dean. Shady, Donal MacGregor e Hadley Gillen baixaram o caixão.

O xerife Dean e o xerife Nagelman se aproximaram da sepultura quando Shady terminava de dizer algumas poucas palavras. "E, Senhor, pedimos que abençoe esta alma, que esteve conosco por tão pouco tempo. Que ele descanse em paz."

Donal levantou a pá para começar a devolver a terra à cova.

CASA DE VIDÊNCIA DA SRTA. SADIE
23 DE AGOSTO

"O quê?", gritei. "Não pode ser. Essa história deve estar errada." Lágrimas quentes inundaram os meus olhos e as palavras saíram raivosas e tristes, como água pingando numa panela quente. "Jinx não morreu. Ele cresceu e continuou vivendo." *E teve uma filha. Eu.* Não falei nada disso em voz alta, mas era essa linha que eu tinha seguido durante todo o verão. Conhecia Jinx de um jeito como não conhecia nem o meu pai, que estava tão distante. Fora um consolo me envolver na história dele. Passar a amá-lo e me preocupar com ele. Querer e torcer para que, talvez, ele tivesse crescido e se tornado o meu pai. Que fosse leal, fiel e verdadeiro. E que nunca abandonaria a sua filha.

Mas se Jinx morreu, não podia ser Gideon. E isso significava que eu tinha perdido Gideon de novo. Estava sozinha outra vez.

A srta. Sadie continuava balançando, esperando eu entender tudo sozinha. O que ela tinha dito mais cedo? *Às vezes, é difícil ver a linha entre a verdade e o mito.* Então era só isso? Um mito? Apenas um conto do passado que não tinha nada a ver comigo?

Eu sabia quais eram as minhas opções. Podia sair daquela casa de vidência naquele instante e encerrar tudo isso. Podia deixar a srta. Sadie e nunca mais voltar. Mas eu conhecia essas pessoas. Jinx, Ned, Velma T., Shady e Hattie Mae. Até a sra. Larkin. Eles se tornaram parte de mim. E eu os amava. O que mais a srta. Sadie havia dito? "Quem sonharia que alguém pode amar sem ser esmagado por esse peso?"

Endireitei as costas e me sentei ereta. A história era sobre pessoas de verdade que viviam e amavam. E, de algum jeito, eu tinha sido aceita no mundo delas. E elas me acolheram. O único jeito de recompensá-las era ser fiel à história. Ouvi-la até o fim. Eu seria fiel. Mesmo que isso me deixasse devastada.

A srta. Sadie sentiu a minha decisão e continuou de onde havia parado.

"Donal levantou a pá para começar a devolver a terra à cova..."

ST. DIZIER
28 DE OUTUBRO

"Espere", disse Nagelman com a mão erguida. Ele olhava para a lápide no chão. "Esse não é o nome dele."

Shady respondeu: "É o nome de batismo. Ninguém nasce para ter um nome como Jinx".

O xerife parecia cético. Ele fez um gesto para o xerife Dean. "Veja se é mesmo o garoto."

O xerife de Manifest pegou a pá de Donal e levantou a tampa do caixão. Ele olhou atentamente para o rosto morto de Finn Bennett e estranhou que lhe faltasse um pé.

Shady, Donal e Hadley se entreolharam com ar derrotado. Ninguém contara com a possibilidade de eles abrirem o caixão.

O xerife Dean contraiu a mandíbula e apertou o palito de dente. Depois coçou a costeleta e estudou o corpo. Então, fechou o caixão, devolveu a pá a Donal e declarou com firmeza: "É ele".

"Muito bem", respondeu o xerife Nagelman, esfregando as mãos na roupa como se tivesse acabado de jogar o lixo fora. Depois estendeu uma delas para Dean. "Acho que foi melhor assim."

"É, acho que sim", respondeu o xerife Dean com os braços cruzados.

"Certo." Nagelman recolheu a mão ignorada e foi embora.

Assim que o viram a uma distância segura, Shady, Hadley e Donal soltaram um suspiro coletivo. E todos olharam confusos para o xerife Dean.

"Onde está o garoto?", perguntou.

"Na minha casa, descansando", respondeu Shady. "A bala atravessou o ombro e ele ficou inconsciente por um tempo. Está recebendo cuidados. Deve ficar bem."

O xerife apontou o caixão. "E quem é o morto?"

"É o homem que matou aquele sujeito em Joplin e tentou culpar Jinx. Ele veio atrás do garoto, mas se assustou com alguma coisa. Pisou numa das armadilhas de Louver Thompson, caiu e bateu com a cabeça numa pedra. Eu não desejaria esse fim para ninguém, mas o homem era fruto de semente ruim."

O xerife pensou por um instante. "Isso explica o pé ausente. Deve ter ficado na armadilha."

De novo, Shady, Hadley e Donal olharam atordoados para o xerife.

Ele pareceu apreciar a reação que provocou e, depois de algum tempo, tirou o palito da boca. "Posso não ser o xerife mais perspicaz e rápido da cidade, mas, na última vez que olhei, eu era o único. E nenhum xerife arrogante de outra cidade vai chegar aqui e comandar o espetáculo." Ele devolveu o palito à boca. "É melhor eu ir andando. Shady, aquela bebida que você me deu ontem não caiu bem", disse, e foi embora.

Depois de um minuto de silêncio durante o qual os três homens observaram o xerife se afastando e se entreolharam, Donal balançou a cabeça e disse: "Bem, eu nunca pensei".

E os outros dois responderam: "Nunca".

Donal começou a jogar terra na cova aberta enquanto Shady lia em voz alta o verso que fora gravado na lápide. "O Senhor é o meu pastor e nada me faltará."

A Primeira Celebração Anual de Volta às Aulas começou sem problema algum. Muita gente desconhecia os eventos daquela noite e o sepultamento incomum realizado no mesmo dia. As pessoas só andavam de barraca em barraca, experimentando comidas, aplaudindo e torcendo pelos seus jogadores favoritos na corrida de saco, no arremesso de ovos e no torneio de bocha, que acabou empatado entre os italianos e os escoceses porque as maçãs usadas como bolas se partiam.

O dia virou noite e a música suave começou, os cavalheiros de Manifest tomaram a mão das suas damas e as conduziram à pista de dança ao ar livre iluminada por um toldo de lâmpadas.

Jinx estava sentado ao lado do palco com o ombro envolvido por um curativo e o braço apoiado numa tipoia. Shady levou para ele um copo de ponche. Juntos, eles viram as crianças correndo felizes e, depois de um tempo, adormecendo nos braços das mães. Ivan DeVore olhava discretamente para Velma T. do outro lado da pista de dança, tentando tomar coragem para tirá-la para dançar. Hadley Gillen estava no palco tocando trompete na banda. Hattie Mae, que hoje não carregava caneta ou papel, estava esplendorosa num vestido de *chiffon* cor-de-rosa, dançando valsa com o sr. Fred Macke.

Pearl Ann, de volta da universidade, servia ponche enquanto a sra. Larkin presidia um grupo de mulheres. As mulheres ouviam atentas a história sobre como a sra. Larkin e o menino, Jinx, tramaram o esquema para enganar Lester Burton e induzi-lo a comprar as fontes e como tinha sido ideia dela não contar a ninguém, nem mesmo a Shady, sobre os seus planos. A sra. Larkin havia feito algum trabalho no teatro do colégio. Ela fora protagonista na produção da turma dos formandos de *All on Account of Polly* e tinha certeza de que conseguiria desempenhar o seu papel, mas acreditava que poderiam conseguir um desempenho melhor de Shady se ele não soubesse de nada.

As pessoas sorriam. Especialmente a sra. Cybulskis, que estava sentada ao lado da pista de dança segurando um bebê saudável. A cidade inteira era dominada pela esperança e pela promessa de que os tempos difíceis tinham ficado para trás.

Até o caminhão do Exército chegar.

No começo, todos acharam que fosse só alguém atrasado para o baile. No entanto, quando o jovem de uniforme marrom saiu do automóvel, as pessoas perceberam que estavam enganadas. A música terminou num gemido doloroso. O soldado foi até a multidão. Ele mostrou um papel ao sr. Matenopoulos, que apontou a plataforma onde estava a banda.

Hadley se levantou, esperando pela notícia.

"Você é o sr. Hadley Gillen?", o soldado perguntou.

Hadley assentiu.

O homem falou algumas palavras em voz baixa e entregou um envelope a Hadley, que o segurou por um momento e passou para Shady. "Leia, Shady. Para todos nós."

Shady leu.

LAMENTAMOS INFORMAR QUE SEU FILHO NED GILLEN FOI MORTO EM AÇÃO OITO OUTUBRO PT CORPO RESGATADO EM REGIÃO ARGONNE SUL FRANÇA PT SEPULTADO EM ST. DIZIER PT OBJETOS PESSOAIS A CAMINHO PT

Um silêncio de morte substituiu a música que reverberava por toda a área. A cidade de Manifest amava Ned Gillen. E agora a cidade de Manifest era esmagada pelo peso desse amor.

Mas o menino, Jinx. Aquilo o enterrou.

Soldado Ned Gillen

6 de outubro de 1918

Caro Jinx,
Ontem fui atingido por um estilhaço no braço. Nem sei de onde veio, mas foi só um arranhão. Não se preocupe. Hoje foi um bom dia. Sempre que paramos de correr ou lutar por tempo suficiente para olhar em volta, a França se revela um belo lugar. Ultimamente, parece que tudo que vemos é o uniforme verde enlameado, por isso as folhas de outono são como um caleidoscópio colorido.
Parei um pouco hoje na beira da estrada. Um grupo de substitutos recém-chegados passou por mim. E eu falando em cores. Eles eram mais verdes que o próprio verde. Sujeitos limpinhos andando como se tivessem algum lugar para estar.

Heck, Holler e eu ficamos lá sentados, pensando que aqueles rapazes nos lembravam de alguém. Podia ser alguém de casa? Esse lugar ainda existia? Então percebemos que estávamos lembrando de nós mesmos em junho. "Alguma vez fomos assim?", perguntei. Heck respondeu: "Sim, quando estávamos no sexto ano". Depois Holler gritou: "Por que a pressa, moças? O passeio dos formandos foi na semana passada". No passado, teríamos dado uma daquelas risadas que continuam depois de esquecermos o que era tão engraçado. Só que isso não acontece mais.

Estamos andando há dois dias e tivemos a sorte de encontrar trincheiras já cavadas. É possível dizer muito sobre um homem pela trincheira que ele cava para si mesmo. Algumas são rasas e irregulares. Outras são fundas e espaçosas o bastante para dois. É como dormir na cama de outra pessoa, mas sempre sinto que tenho uma dívida de gratidão com quem cavou a trincheira. Engraçado, isso também me faz tomar mais cuidado quando cavo, porque a trincheira pode ser o local de descanso do próximo soldado que passar por ali.

Eu me lembro de uma frase de um livro que li no colégio. "Não está em nenhum mapa. Os verdadeiros lugares nunca estão." Posso garantir que essas tocas de raposa não serão encontradas em nenhum mapa depois que a guerra acabar. Mas, por enquanto, minha casa é onde eu e os meus companheiros descansamos a cabeça à noite. E onde rezamos a Deus para acordar de manhã.

Tem havido algumas conversas sobre paz. Armistício, é como eles chamam. Esperança é coisa que nenhum de nós tem tido ultimamente. Alguns homens tentam evitá-la como um resfriado forte. Outros se deixam envolver por ela como se fosse um cobertor. Eu? Ela se esgueira silenciosamente para dentro dos meus sonhos e parece com o meu pai, com você e com a minha casa.

Vive la nuit (Viva a noite),
Ned

A SOMBRA DA MORTE
23 DE AGOSTO

A srta. Sadie olhava para a frente. Dessa vez, ela continuou na história depois de contá-la, como se procurasse um fim diferente.

Ela não falou para eu ir embora, mas levantei e comecei a caminhar para a porta. Então, virei e peguei a bússola do gancho onde ela tinha ficado pendurada durante o verão inteiro. Meu trabalho aqui estava concluído. Mas era como se todos nós tivéssemos trabalhado.

Não sei para onde ia quando desci a escada da varanda e segui pelo Caminho da Perdição. Quando cheguei no fim dele, soube que não tinha para onde ir. Andei um pouco por ali e, depois de um tempo, encontrei a lápide que tinha visto no dia em que Lettie, Ruthanne e eu fomos caçar sapos. A que ficava isolada na clareira, perto de um velho sicômoro.

Estudei as letras na lápide, deixando que elas me contassem a sua história. Deixando que me ajudassem a entender uma coisa que não fazia sentido. As cartas mencionavam o nome do meu pai. Gideon Tucker. Esse era o meu pai. O menino Jinx. Eles eram a mesma pessoa, como imaginei e esperei o tempo todo.

Sentada com as costas apoiadas na pedra, peguei a bússola no bolso e abri o estojo. Dentro dele estavam as palavras que confundi com o nome do fabricante da bússola. Agora sabia o que eram. St. Dizier, 8 de outubro de 1918. Era a bússola de Ned, na qual Gideon gravou a data da morte e o local de sepultamento de Ned. Porque, para o meu pai, nesse dia ele tinha começado a vagar pelo vale da sombra da morte.

Fiquei sentada, chorando a perda de Ned, um jovem soldado. Lamentando a morte de uma cidade. Querendo o meu pai, que ainda estava pelo mundo.

Minhas lágrimas caíram por um tempo quando Shady me encontrou. Ele ficou parado ao meu lado, afagando o meu cabelo.

"Ele achou que a culpa era dele, não achou, Shady? Porque ajudou Ned a levantar os 25 dólares para se alistar no Exército mesmo sendo menor de idade, e Ned foi morto. Ele achou que foi má sorte."

"Acho que sim."

"Então, o que aconteceu naquela noite? Depois da chegada do telegrama sobre Ned?"

Shady sentou-se ao meu lado. "Ele foi embora e nunca mais voltou. Com Ned morto, acho que sentiu que tinha feito a única coisa pela qual a cidade não poderia perdoá-lo. Nós não o culpamos. Não, senhor. Não havia nada disso de 'perdoá-lo'. O problema era que não podíamos perdoar a nós mesmos."

"Por quê?"

"Por não termos conseguido realizar aquilo em que acreditávamos. Que havia alguma coisa especial em Manifest. Que poderíamos superar o passado e recomeçar."

"E a fonte de água, o veio na terra?"

"Alguns começaram a acreditar na história que criamos. Que a água podia ser curativa, que o solo era sagrado. Mas era só água e terra, simples assim."

"Mas o elixir salvou vidas."

"Ajudou as pessoas a se sentirem melhor por um tempo. Até a pior onda da gripe espanhola chegar, algumas semanas depois. A onda mortal. Nenhum elixir poderia ter curado aquela doença."

Pensei um pouco nas palavras, depois me levantei. "Mostre-me."

Shady segurou a minha mão e me levou a pouco mais de seis metros de onde estávamos sentados. Afastando alguns galhos, ele criou uma abertura numa fileira de arbustos. E lá estavam. Dúzias de lápides cercadas de arbustos e mato. Corpos que não foram enterrados no cemitério da cidade porque morreram por uma doença fatal. Aquilo era terra de ninguém.

Andei de lápide em lápide sentindo a perda de cada pessoa. O juiz Carlson. Callisto Matenopoulos. Mama Santoni. Até a pequena Eva Cybulskis. Nenhuma família tinha sido poupada. Donal MacGregor e Greta Akkerson. E Margaret Evans, presidente da turma dos formandos de 1918. Shady disse que ela fora a primeira pessoa a morrer vítima da gripe em Manifest. Todos morreram em 1918.

Vi o nome que, provavelmente, era o mais difícil de acreditar: a sra. Eudora Larkin. Na minha cabeça, ela era tão vigorosa, tão resistente que, com certeza, se a morte se aproximasse, ela a receberia com um bom sermão e a mandaria embora.

No entanto, como a sra. Sadie dissera: "As coisas nem sempre são o que parecem". Era claro que a morte tinha chegado a Manifest e não se deixara ignorar.

Shady me puxou. "Venha, srta. Abilene. Você já viu o suficiente. Vamos para casa."

A palavra soou estranha. *Casa*. Era uma palavra cujo significado eu não conhecia. "Acho que quero um pouco de café. Café forte."

Shady entendeu. Ele me levou pelos trilhos da ferrovia até a curva perto do bosque. De volta à Selva, onde havia rostos que eu conhecia. Pessoas perdidas, vagando. Como Gideon. Como eu.

Sentei-me perto da fogueira e fui recebida por acenos de cabeça dos homens acampados ali para passar a noite. Shady me deu uma caneca de metal. O café quente queimou os meus lábios quando bebi.

Não era de estranhar que Gideon tivesse começado a se recolher dentro dele mesmo. Pensando bem, acho que não começou quando cortei a perna, mas quando fiz doze anos. Eu estava crescendo, e ele provavelmente se preocupava por saber que a estrada não era um bom lugar para criar uma moça. Quando o acidente aconteceu e eu adoeci, o mundo dele desabou. Ele se convenceu de que ainda era Jinx, um mau agouro, e de que, de um jeito ou de outro, minha vida não seria boa com ele. Quando cortei a perna naquele dia, disse a mesma coisa que estava escrita na carta de Ned. *Foi só um arranhão*. Gideon teve medo e me mandou para longe.

Bebi mais um gole e deixei o café escaldar a garganta.

"Ele não vai voltar, vai?", perguntei a Shady. "Vai vagar sozinho pelo vale da sombra da morte."

Shady olhou desconfortável para a própria xícara de café, como se procurasse um jeito de responder.

"Quando recebemos o telegrama do seu pai dizendo que você viria, deduzimos que seria de um jeito ruim. Talvez eu devesse ter contado mais a você sobre quando ele esteve aqui, mas foi há tanto tempo. E quando a srta. Sadie começou a sua história, achei que aquela poderia ser a melhor maneira para você saber o que aconteceu."

Bebi o que restava do café, reagindo com uma careta ao amargor da bebida. Todas aquelas semanas sentindo que Gideon tinha me abandonado. Tentando capturar fragmentos de quem era o meu pai, encontrar ao menos uma pegada nessa cidade que eu pudesse reconhecer como dele. Agora percebia que, por intermédio da srta. Sadie, eu tinha testemunhado tudo. E entendi. Gideon não me mandou para longe porque não me queria com ele. As palavras da srta. Sadie voltaram à memória. "Quem sonharia que alguém pode amar sem ser esmagado por esse peso?" Lágrimas quentes queimavam os meus olhos. Ser *amado* também podia ser esmagador.

Shady coçou as costeletas. "A questão é que ninguém percebeu que *nós* precisávamos ouvir as nossas histórias tanto quanto você. Todos aqueles *Você se Lembra de Quando* no jornal nos fizeram lembrar quem éramos e o que nos reuniu." Ele encheu a caneca com o café, deixando o vapor aquecer o seu rosto. "Ter você aqui nos deu uma segunda chance."

Isso me aqueceu por dentro. "Para fazer tudo de novo?"

"Para fazer tudo de novo."

Shady, srta. Sadie, Hattie Mae. Todos cuidaram de mim esperando que eu criasse raízes nesse lugar.

Mas eu não podia deixar de olhar para o rosto endurecido dos homens sentados a uma distância respeitosa. A Selva. O vale da sombra da morte. Manifest. Gideon. Qual era o meu lugar? Onde era a minha casa? Eu precisava percorrer outra vez o Caminho da Perdição.

✱

O GALPÃO
24 DE AGOSTO

✱

O sol nascia quando voltei à casa da srta. Sadie. Cortei caminho pela cerca dos fundos e segui diretamente para o galpão, sabendo que ainda estaria trancado. Mas eu tinha a chave. Ela nem fora mencionada nas histórias da srta. Sadie, mas, na minha cabeça, a chave tinha encontrado um jeito de se anunciar. Antes eu me perguntei que esqueletos ela esconderia. Bem, não podia ter mais esqueletos do que no galpão da srta. Sadie.

A chave se encaixou com facilidade na porta, e eu a abri sem nenhum problema. O galpão estava lá, esperando por mim. Esperando para revelar o que tinha escondido e infeccionado por tanto tempo.

Era um galpão de jardim normal com tesouras de poda, baldes, regadores e toda a coleção correspondente de teias de aranha, insetos mortos e terra. No entanto, também havia dez ou doze recipientes. Fora ali que Jinx guardara o elixir trancado com chave. E ele tinha guardado a chave.

Uma caixa repousava numa prateleira alta. Eu a peguei e abri. Achei fotos, boletins, recortes de jornal, desenhos de criança e trabalhos escolares. Todas as recordações de um menino. Um menino chamado Ned.

Não tive pressa, fiquei ali absorvendo as coisas que a srta. Sadie não conseguiu me contar. Entrei na casa, e, na cozinha, peguei uma garrafa de álcool para fricção e algumas bolas de algodão. Depois encontrei uma faca afiada e a aqueci na chama do fogão. A srta. Sadie estava sentada na varanda da frente, balançando, esperando por mim.

"Está pronta?", perguntei.

"Sim."

Ajoelhada ao lado dela, aproximei a lâmina quente da ferida e a perfurei, deixando sair toda a dor. Não lembro se a srta. Sadie contou o resto da história enquanto eu limpava seu ferimento, ou se fui eu que contei a ela o que deduzi sozinha. Não faz diferença. Tudo que sei é que a história dela fluiu pela minha, entrou e saiu. E dá para dizer que adivinhei o resto.

A VIDENTE

Essa é a história de uma húngara que faz parte de uma família de videntes. E ela tem um filho.

Quando jovem, viu muita dor e sofrimento. Quer uma vida melhor para o filho. Ela vai para os Estados Unidos.

Sua história é como a de milhares de outras pessoas, mas a dela é só isso: uma história. A mulher e o filho partem para uma grande jornada. Atravessam o oceano Atlântico num grande navio a vapor e chegam à ilha Ellis. Lá, com a multidão em movimento, ela e o filho são levados por currais para serem examinados por médicos que verificam se têm alguma doença.

Na cacofonia de diferentes idiomas ecoando na sala, ela ouve atrás dela uma voz que fala palavras que entende. É Gizi Vajda, uma jovem do seu vilarejo. Elas não se viram durante anos e acabaram juntas ali, nos Estados Unidos. Ou quase.

Um médico olha os seus documentos, depois os do menino. Seu nome é Benedek, diz o médico.

O menino sorri ao ouvir o nome. Ele levanta quatro dedos para informar quantos anos tem. O médico toca a cabeça dele com ternura. É saudável, diz, embora o garoto não entenda. Depois o médico examina a mãe. Olha nos seus olhos. Um deles está vermelho e fosco. Ele escreve um T no braço dela. *Tracoma*, uma infecção no olho. É muito contagiosa, por isso ela não vai poder ficar. Deve retornar ao barco e viajar de volta.

Isso não é possível. Depois de vir até aqui... é só um resfriado que atingiu o olho. Nada sério.

Porém, suas palavras não são entendidas. E o filho, ela não pode levá-lo de volta para o barco. Ele pode ficar, então não recebe uma passagem de volta, e ela não tem dinheiro para comprar uma. Gizi diz que fica com o garoto. Ela tem um lugar para ficar em Nova York. E dá o endereço. Quando o olho melhorar, ela pode voltar.

A jovem abraça o filho, o beija de novo e de novo e, em meio às lágrimas, diz para ele ser um bom menino e promete que vai voltar. Mas vai me encontrar? É o que ele pergunta. A mulher tira um berloque do pescoço. Dentro dele, tem uma bússola. Vê? Ela pergunta. Esta agulha aponta sempre o norte. Mas aqui, ela explica, apontando o próprio coração, tenho uma bússola que aponta sempre para você. Esteja onde estiver, eu vou encontrar você.

Ela pendura o berloque no pescoço do filho, e Gizi segura a mão dele enquanto os dois se despedem acenando.

A mulher faz a longa viagem de volta à Europa. Seu olho melhora e ela trabalha duro para ganhar dinheiro e fazer de novo a viagem de barco. Dessa vez, consegue entrar nos Estados Unidos e vai ao lugar onde Gizi é costureira de uma família rica. Contudo, a criada que abre a porta balança a cabeça. Gizi ficou muito doente. Ficou no hospital por três semanas e morreu.

Mas e o pequeno Benedek? O menino que estava com ela? A criada dá de ombros. Não sabe para onde o levaram.

Durante um ano inteiro, a mulher anda pelas ruas de Nova York. Bate na porta de igrejas, de orfanatos e de hospitais. Ninguém pode ajudá-la. Ninguém viu o seu filho. Até que, um dia, ela bate na porta do Orfanato do Bom Pastor. Sim, haviam recebido um menino ali. O nome dele era Benedek. Mas ele foi posto no trem dos órfãos e mandado para o Oeste.

A mulher continua procurando por muitos meses. Quando vai para o Oeste do país, ela chama atenção. As pessoas estranham o seu sotaque forte. Levantam a sobrancelha para a pele escura. A mulher diz a elas que é de uma família de videntes, pessoas que leem os sinais da terra e da água. Mas as pessoas não entendem. Ela é repelida e chamada de cigana e adivinhadora.

A mulher pergunta por um menino, e as pessoas escondem os filhos atrás delas. Então, chega a uma cidadezinha no sudeste de Kansas chamada Manifest. E encontra o seu filho.

Agora, porém, o pequeno Benedek tem sete anos de idade. Ele foi adotado por Hadley Gillen, que tem uma loja de ferramentas. O homem ama o menino, e o menino está feliz. A criança fala o idioma daquele povo como se não se lembrasse da língua que ouvia quando era bebê.

Se ela se apresentar como mãe dele, vai envergonhá-lo. Eles vão rejeitá-lo como a mulher foi rejeitada. E o que ela faz? O que um vidente faria. Ela observa. Espera. E ama.

Quando as pessoas a procuram para ler a mão ou saber do futuro, ela oferece um espetáculo. Veste-se de acordo. Mas o que dá a elas é a verdade que observa e sabe sobre eles. Para a jovem esposa que a procura, triste, por não conseguir ter um filho, a srta. Sadie dá ervas que acalmam os medos e abrem o útero. Quando a velha avó que está perdendo a memória e tem medo de perder o juízo a procura, a srta. Sadie, a vidente, a conforta. Segura a mão dela e diz que as coisas que ela lembra, coisas de um passado muito distante, são tão reais quanto o que aconteceu no dia anterior.

Mas, principalmente, ela observa, espera, ama.

Só uma mulher na cidade percebe. Vê a sua dor. Reconhece o olhar de uma mãe atenta ao filho, mesmo de longe. A freira que também é parteira. Ela promete guardar o segredo da mulher. Mas dá a ela boletins, desenhos infantis, trabalhos escolares. Faz o melhor que pode para fazer o que uma parteira faz. Ela ajuda a mulher a perceber, de algum jeito, sua maternidade. Ela ajuda a mãe a cumprir a promessa feita na canção que um dia cantou para o filho. Onde o menino se esconde? Onde está o menininho? Mamãe está sempre olhando você. Onde você estiver, mamãe sempre saberá.

Porém, a mulher, a mãe, ela observa, ela espera, ela ama. E suporta o peso desse amor. Suporta a perda do filho para a guerra. Suporta a história de Manifest. Quando todo mundo é esmagado por isso, pela perda, pela dor. Quando ninguém mais suporta lembrar. Ela é a guardiã da história. Até chegar alguém que precisa ouvi-la. Então será hora de torná-la conhecida. De manifestá-la. Isso é o que uma vidente faz.

COMEÇOS, MEIOS E FINS
30 DE AGOSTO

Nos dias seguintes, Lettie, Ruthanne e eu demos longas caminhadas. Elas ouviam enquanto eu contava toda a história. Sobre Jinx e Ned, a srta. Sadie e Gideon. E sobre mim.

Também falávamos sobre outras coisas. Sobre como a cidade parecia ter voltado à vida. Todas as histórias *Você se Lembra de Quando* publicadas no jornal levaram os habitantes a falar sobre como Manifest era no passado. E todas as boas lembranças que tinham. E como as pessoas costumavam cuidar umas das outras. Também havia lágrimas, mas pareciam ser lágrimas de cura.

Falamos sobre como Ivan DeVore, o responsável pelo correio, finalmente reunira coragem para convidar Velma T. para o Segunda Celebração Anual de Volta às Aulas, que aconteceria dezoito anos depois da primeira. Ela disse que sabia que era ele quem mandava os bilhetes anônimos anos atrás, mas que não cabia a uma mulher tomar a iniciativa.

E as mulheres estavam fazendo outra colcha, mas agora, em vez de colcha da vitória, seria a colcha da amizade, e elas convidaram a srta. Sadie para fazer o quadrado central. Afinal, não era culpa da srta. Sadie se o primeiro emprego de um garoto fora fazer um portão com o nome da família dela, Redizon, no topo. As letras forjadas por mãos inexperientes e um pouco tortas acabaram ficando parecidas com Perdição.

A sra. Dawkins da drogaria deu um dólar para Lettie, um para Ruthanne e um para mim pela nossa ideia de oferecer água gelada gratuita para as pessoas que passavam pela estrada. Quando instalamos a placa com o anúncio VENHA A MANIFEST PARA BEBER ÁGUA GELADA DE GRAÇA, ELA NÃO CURA OS SEUS MALES, MAS MATA A SUA SEDE, os carros começaram a chegar. Muita gente bebia a água gelada dela e comprava alguma coisa antes de seguir viagem.

O mais estranho foi como descobrimos que o sr. Underhill não era o Cascavel, afinal. Ah, sim, foi ele quem escreveu o bilhete e o prendeu na nossa árvore. Tinha nos visto no cemitério, observando os seus passos naquele primeiro dia, quando ele media a área para uma cova. Descobrimos que ele enganava a população há anos, diminuindo os caixões e as covas de quinze a trinta centímetros e cobrando o preço normal. Porém, quando soube que estávamos procurando por um espião, ele ficou preocupado de verdade. Afinal, o sr. Underhill tinha sido uma espécie de informante. Ele pensou que havíamos descoberto que fora ele que tinha passado informações para Devlin e Burton durante a falsa quarentena. Na semana anterior, Hattie Mae entrara na Funerária Dias Melhores e dito: "Sr. Underhill, você tem explicações a dar". Ele devia estar aflito há muito tempo, preocupado com a possibilidade de alguém descobrir, porque desabou ali mesmo e confessou tudo.

O homem ficou um pouco abalado quando Hattie Mae disse que só tinha ido perguntar por que ele questionou a sua competência como repórter e se estava ou não cobrando por letra para gravar as lápides depois do incidente envolvendo Emancipation Proclamation Nesch.

Resumindo, o Cascavel continuava solto.

As cartas do *Você se Lembra de Quando* continuavam chegando. Uma delas era surpreendente.

> Você se lembra da colcha da vitória encharcada? Muita gente não sabe que ela secou e foi devolvida à sra. Eudora Larkin com um pedido de desculpas de Ned Gillen e do seu amigo, Jinx. Os dois assinaram no quadrado do meio, bem em cima da assinatura borrada do presidente Wilson. Foi um gesto adorável e aquela colcha ficou no meu divã durante todos esses anos. Mas eu a estou passando para uma jovem aos cuidados de Shady Howard, que nos ajudou a lembrar quem nós éramos e de onde viemos.
>
> *Pearl Ann (Larkin) Hamilton*

No entanto, foi Heck Carlson quem venceu o concurso. A mensagem dele dizia:

> Você se lembra de quando Manifest parecia um lugar muito distante para voltar lá? Um lugar bom demais para ser real. Um lugar que dava orgulho de chamar de lar. Lembra? Para quem fez dessa cidade um lar, vamos sempre lembrar. E para aqueles que não voltaram para casa, não vamos nunca esquecer.

Porém, restava ainda uma pergunta: onde era a *minha* casa? Lettie finalmente perguntou o que todas nós estávamos evitando. "Abilene, o que você vai fazer?"

Eu não tinha certeza, até dar uma olhada mais atenta no livro que acidentalmente roubara do colégio e ainda não tinha devolvido. Durante semanas ele havia ficado em cima da minha mesa de cabeceira, aparentemente esperando para ser notado. E, então, eu notei. Era *Moby Dick*, o livro que a irmã Redempta mencionou quando citei o que Gideon dizia sobre lar. A mesma citação que Ned tinha escrito na sua última carta. *Não está em nenhum mapa. Os verdadeiros lugares nunca estão.*

Virei algumas páginas procurando aquelas palavras. Eu ainda não as tinha encontrado, e faltavam cerca de seiscentas páginas para virar. Mas encontrei outra coisa. O cartão de retirada preso na frente do livro. Havia nomes do passado. E um carimbo de data: 12 de setembro de 1917. Além disso, vi o nome de Ned Gillen numa letra conhecida. E ele devia ter lido o livro todo, porque o retirou mais duas vezes depois dessa.

Mas foi o nome seguinte que encheu os meus olhos de lágrimas. A data: 6 de março de 1918 — Gideon Tucker. Havia encontrado. Eu havia encontrado o meu pai. E o encontraria de novo.

A manhã de 30 de agosto chegou. Estava nublada quando o trem das 9h22 chegou na estação. Lettie e Ruthanne, uma de cada lado, me acompanharam até a estação. Eu usava uma bonita camisa lilás que a sra. Evans fizera para mim a partir de um vestido velho que tinha sido da filha dela, Margaret. A sra. Evans disse que ele realçava o meu cabelo castanho e os olhos cor de âmbar. Eu nem sabia que o meu cabelo era castanho.

Lettie afagou a minha mão. "Tem certeza disso, Abilene?"

"Tenho", respondi quando o trem soprou uma coluna de vapor. Eu segurava a minha sacola com a caixa de charutos cheia de objetos e as cartas.

"Você mandou um telegrama para ele, não mandou?", perguntou Ruthanne.

"Sim. Foi um pouco vago."

" Nesse caso, talvez seja melhor voltarmos para a casa de Shady", sugeriu Lettie.

Um a um, os passageiros começaram a descer do trem. Charlotte Hamilton, a srta. Salão de Beleza, desceu os degraus e olhou para mim um pouco abalada. "Ainda está por aqui?"

Eu me limitei a sorrir quando a mãe dela a chamou da plataforma. Não estava muito preocupada com Charlotte Hamilton, filha de Pearl Ann Larkin Hamilton e neta da sra. Eugene Larkin, além de provável futura presidente do grupo Filhas da Revolução Americana. Ela vinha de uma boa linhagem e superaria as dificuldades.

Era como se todos que desembarcariam já tivessem saído do trem. Ruthanne e Lettie olharam para mim como se não soubessem o que dizer.

"Talvez ele não tenha recebido o telegrama", disse Ruthanne.

"Sim. Provavelmente, vai chegar no trem de amanhã", acrescentou Lettie.

"Não. Ele não vai estar no trem de amanhã", respondi, olhando para os trilhos na direção de onde a composição viera. E então, como se os trilhos me chamassem, comecei a correr. Senti-me em terra firme de novo ao ouvir o ritmo dos meus passos sobre os dormentes dos trilhos. Passei pela placa da cidade de Manifest, ainda marcada pelos tiros, antes de vê-lo. Qualquer pessoa que se preze sabe que é melhor dar uma olhada num lugar antes que ele dê uma olhada em você.

Ele andava na minha direção, um dormente do trilho atrás do outro, como se tivesse passado o verão inteiro voltando para mim. Estava magro. As roupas caíam meio largas. Eu sabia que ele tinha recebido o meu telegrama. Provavelmente, o truque nem foi assim tão convincente, mas eu contava com a possibilidade de ele ter sentido saudade de mim. A verdade é que não tinha certeza de que ele viria. Sabia que ele me amava e que só partira por acreditar que era melhor assim. Mas, por ora, ele estava ali. Para ficar?

Ele vinha na minha direção como um homem no deserto, com medo de estar olhando para uma miragem que desapareceria quando se aproximasse dela. Eu caminhei na direção dele diminuindo a distância, e, finalmente, ele se ajoelhou e me abraçou. Manteve o rosto próximo do meu, e quando olhou nos meus olhos com lágrimas nos dele, eu soube. E ele soube. Estávamos em casa.

Segurei a mão do meu pai, e nela estava o telegrama amassado que Ivan DeVore me fez o favor de enviar sem cobrar nada.

WESTERN UNION
SERVIÇO DE TELÉGRAFO

CARO GIDEON TUCKER PT LAMENTO INFORMAR GRAVE DOENÇA SUA FILHA ABILENE TUCKER PT ELA RESISTE COM CORAGEM MAS LUMBAGO SE INSTALOU E TEMEMOS QUE A HORA DELA ESTEJA PRÓXIMA PT SUAS ÚLTIMAS PALAVRAS ATÉ AGORA SÃO: HERMAN MELVILLE DEVIA SE ATER A ESCREVER SOBRE GRANDES BALEIAS BRANCAS, PORQUE LUGARES VERDADEIROS SÃO ENCONTRADOS EM MUITOS LUGARES, INCLUSIVE NOS MAPAS PT ACHAMOS QUE GOSTARIA DE SABER PARA PODER VIR A MANIFEST E FAZER SUAS HOMENAGENS PESSOALMENTE PT TENTAREMOS FAZÊ-LA RESISTIR ATÉ SUA RÁPIDA CHEGADA PT BOA SORTE E BOA VIAGEM PT.

O CASCAVEL
31 DE AGOSTO

Ouvi dizer que toda boa história tem um começo, um meio e um fim. Quando Gideon e eu nos sentamos por um tempo, só nós dois, bem ali nos trilhos do trem, contei a ele a história que eu tinha precisado ouvir. E soube que ele também precisava ouvi-la até o fim.

Dei a ele a sua caixa de recordações e o vi tocar em cada objeto: a isca de pesca Wiggle King, o dólar de prata, a rolha, a bonequinha da pequena Eva e a chave. Tesouros que tinham servido de gatilhos para a história da srta. Sadie e me levado de volta ao meu pai. Os olhos de Gideon se encheram de lágrimas quando entreguei a ele as cartas de Ned, todas juntas num maço organizado e amarrado com barbante. Ele disse que gostaria de lê-las mais uma vez. Depois as entregaria à srta. Sadie. Era o que nós dois queríamos.

Juntamos algumas peças do quebra-cabeça. O mapa do espião não era realmente um mapa. Era só o desenho que Ned tinha feito de casa, um lugar que ele queria lembrar.

E por um tempo me perguntei por que Shady mantinha a garrafa de uísque à mostra, mas não bebia uma gota dela. Gideon disse que era porque, às vezes, os demônios de um homem podem atormentá-lo. Ele achava que Shady preferia saber onde estava o seu demônio para poder ficar de olho nele.

E quanto ao Cascavel? Havia existido uma figura misteriosa conhecida como o Cascavel, que nunca foi realmente um espião. Era apenas uma figura fantasmagórica que alguns viam andando pelo bosque à noite, com um som fraco de chocalho acompanhando o movimento.

Porém, numa noite tinha sido diferente. A noite em que Finn encontrara Jinx. "Jinx" seria o nome pelo qual eu sempre me referiria ao meu pai jovem. Havia várias pessoas no bosque naquela noite. Jinx e Finn discutiam. O tio Louver espalhava as armadilhas de guaxinim. E a figura sombria e misteriosa surgira do nada, assustando Finn acidentalmente e provocando a sua queda numa das armadilhas de tio Louver. Ao cair, ele batera com a cabeça numa pedra, e o impacto foi tão forte que o matou.

Nem Gideon conseguia esclarecer esse mistério. Mas eu conseguia pensar numa pessoa que poderia ter andado pelo bosque à noite depois de ter sido chamada à casa dos Cybulskis para ajudar num parto. E que pareceria um pouco fantasmagórica no escuro vestida com o seu longo hábito. E que fazia barulho de chocalho quando andava. Ah, eu tinha certeza de que a srta. Sadie cuidara do ferimento de Jinx. Contudo, as joias de uma vidente tilintam. As contas do rosário de uma freira fazem barulho de chocalho. É um universal.

Com tudo isso, eu sabia que tinha a minha história para entregar no primeiro dia de aula. E formei a primeira linha na minha cabeça enquanto Gideon e eu andávamos para a cidade e passamos pela placa com grandes letras azuis:

MANIFEST: UMA CIDADE COM UM PASSADO.

6 DE SETEMBRO DE 1936

SUPLEMENTO DE NOTÍCIAS DA HATTIE MAE

Como a minha tia Mavis costumava dizer, uma menina que assobia e uma galinha que cacareja precisam saber a hora de parar. Bem, é hora desta garota aqui pendurar o seu chapéu de repórter. Sim, esta é a última edição do "Suplemento de Notícias da Hattie Mae", e sou grata pelos anos em que todos vocês me leram.

Todavia, tenho a satisfação de anunciar que deixarei meu lugar para uma escritora em ascensão que, de acordo com a irmã Redempta, tem um olhar atento para coisas interessantes e faro para notícias.

Essa jovem escritora garante que será fiel à verdade e que trará fatos verdadeiros e honestos todas as semanas.

Então, para saber tudo sobre as pessoas, os eventos, os motivos e os lugares, leiam o verso da coluna "Porcos e Bovinos" todos os domingos para o novo suplemento de notícias da...

ABILENE TUCKER
REPÓRTER DA CIDADE

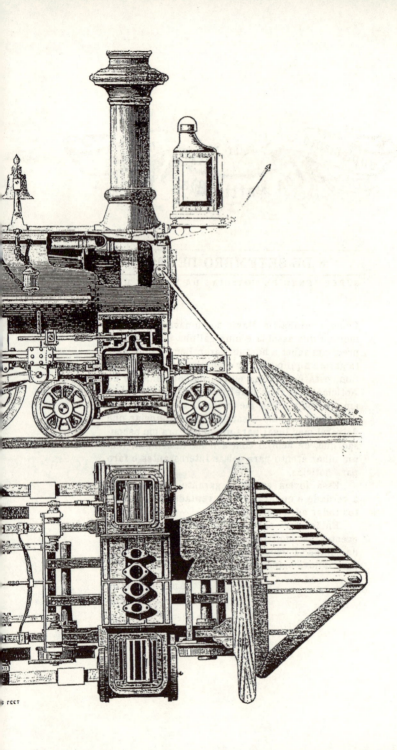

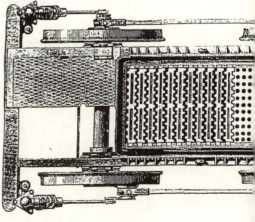

✻
NOTA DA AUTORA
✻

Como muitos leitores de ficção histórica, acho interessante saber o que é fato e o que é ficção. Às vezes, o que considero mais interessante é de onde vem o fato ou a ficção.

Manifest, Kansas. *Minha Vida Fora dos Trilhos* é uma história que teve origem nas minhas raízes de família. A cidade de Manifest, embora muito real e nítida na minha mente, é fato e ficção. Manifest se baseia na cidade de Frontenac, Kansas. Originalmente, escolhi a cidade de Frontenac como cenário da minha história, porque os meus avós eram daquela região no sudeste do Kansas. Porém, ao fazer essa escolha, encontrei uma comunidade que era rica em cores e história.

Decidi mudar o nome da cidade para permitir mais flexibilidade no que poderia incluir nela, mas, além de ser um pouco menor e ter igrejas e escolas fictícias, Manifest é basicamente a mesma coisa. Frontenac era uma cidade mineira que se formou em 1918 por imigrantes de 21 países. Na verdade, naquela época, só 12% da população de Frontenac tinha pais nascidos nos Estados Unidos. A mineração de carvão era a principal atividade em Frontenac, e histórias de família falam de cupons da companhia e do controle da mina sobre a cidade.

A Lei Seca de 1917 fez do Kansas um "estado seco". Isso significava que o álcool era ilegal ali bem antes da lei se tornar nacional. Porém, as duas cidades no extremo sudeste do Kansas, Cherokee e Crawford, frequentemente chamadas de Pequenas Bálcãs, eram conhecidas como a capital da bebida clandestina no Meio-Oeste.

Trens de órfãos. Ned chegou em Manifest a bordo do que era conhecido como um trem de órfãos. Muitas crianças órfãs iam parar nos trens que partiam da costa Leste para o Meio-Oeste, onde eram adotadas por famílias que não conheciam. Algumas crianças, como Ned, eram adotadas por lares amorosos. Porém, nem todos tinham a mesma sorte. Algumas iam servir de mão de obra nas fazendas ou ajudar como empregados domésticos.

Gripe espanhola (ou influenza) começou como uma gripe altamente contagiosa que podia infectar centenas de pessoas em questão de horas. Especialistas acreditam que ela começou no campo Funston, uma base militar perto de Manhattan, Kansas, em março de 1918. No começo não era fatal, mas depois que as tropas levaram a doença para o exterior durante a Primeira Guerra, o vírus sofreu uma mutação e se tornou mortal. Os mesmos navios militares levaram o vírus de volta aos Estados Unidos, e assim começou a primeira onda de uma pandemia que ceifou milhões de vidas antes de concluir o seu ciclo.

Imigrantes. Na minha pesquisa sobre imigrantes que passaram pela ilha Ellis, não encontrei nenhuma história como a de Ned e da srta. Sadie. Porém, a ilha foi chamada tanto de Ilha da Esperança quanto de Ilha das Lágrimas. Há incontáveis relatos de sofrimento e dificuldades encontrados por imigrantes na sua jornada para os Estados Unidos, coisas não muito diferentes das que imaginei nesta história.

O resto da história...
É claro que a maioria do livro é ficção. No entanto, até a ficção tem que vir de algum lugar. Muitos elementos no livro foram inspirados por histórias de família e artigos de jornais regionais de 1918 e 1936.

A bota que ainda tinha o pé de Finn saiu de uma história que o meu pai me contou sobre o seu trabalho investigando acidentes com aviões. Entre os destroços de um desastre, ele encontrou uma bota "com o pé ainda lá dentro".

A água gelada gratuita que a sra. Dawkins oferecia saiu da história de um casal que fundou a famosa Wall Drug Store em Wall, Dakota do Sul. Eles anunciavam água gelada de graça durante a Depressão, e carros começaram a passar pela cidade levando novas oportunidades de negócios para a comunidade em dificuldades.

O portão da Perdição é baseado num portão verdadeiro que vi durante a minha viagem de pesquisa a Frontenac. Não havia a palavra "Perdição" no portão, mas uma variedade de objetos de metal soldados nele: ferraduras, um ancinho, uma pá, uma enxada e duas rodas de carroça. Estava lá no outono, e havia até duas abóboras de Halloween espetadas no topo.

Pessoas reais. Há quatro personagens no livro que são verdadeiras. No último dia de aula, a irmã Redempta chama os alunos pelo nome para entregar os boletins. Dois deles são os meus avós, Mary Hughes e Noah Rousseau. Só tem mais dois parentes daquela região que conheci pessoalmente, os primos do meu avô, Velma e Ivan DeVore. Eles eram irmãos, e nenhum dos dois se casou. Lembro-me deles como pessoas simples e de bom coração. Encontrei o nome de Ivan num artigo de jornal que anunciava uma vaga de emprego no correio de Frontenac em 1934. Assim, Ivan DeVore é o responsável pelo correio no livro, e Velma se tornou Velma T. Karkrader, a professora de química.

Galettes. Finalmente, galettes são um biscoito amanteigado francês que minha mãe fazia, e a mãe dela fazia antes dela. Minha avó usava uma pesada frigideira de ferro para waffle sobre uma chama aberta. É uma empreitada muito trabalhosa assar um ou dois biscoitos de cada vez, mas como pode confirmar qualquer pessoa que os tenha experimentado, o esforço vale a pena.

FONTES & LEITURA COMPLEMENTAR

MACKIN, ELTON E.
Suddenly We Didn't Want to Die.
Novato, CA: Presidio Press, 1993.

MINCKLEY, LOREN STILES.
Americanization Through Education.
Frontenac, KS: 1917.

O'BRIEN, PATRICK G. E PEAK, KENNETH J.
Kansas Bootleggers.
Manhattan, KS: Sunflower University Press, 1991.

SANDLER, MARTIN W.
*Island of Hope: The Story of Ellis Island
and the Journey to America.*
Nova York: Scholastic, 2004.

UYS, ERROL LINCOLN.
*Riding the Rails: Teenagers on the Move
During the Great Depression.*
Nova York: Routledge, 2003.

Todo escritor se empenha para criar uma boa história com personagens variados, um cenário vivo e interessantes viradas na trama. Contudo, o elemento que nos escapa é a voz. Então, antes e acima de tudo, quero agradecer às quatro pessoas cuja voz ouvi do tempo e lugar onde se desenrola *Minha Vida Fora dos Trilhos*: meus avós maternos, Noah e Mary (Hughes) Rousseau, e os primos do meu avô, Velma e Ivan DeVore. Suas vozes e histórias, que ouvi quando era menina, são o coração e a alma deste livro. Da mesma forma, agradeço aos meus pais, Leo e Mary Dean Sander. Este livro é dedicado a eles. É comum ouvir escritores agradecendo às pessoas sem as quais os seus livros não poderiam ter sido escritos. Meus pais me ensinaram a não perder tempo tentando imaginar se eu seria capaz de fazer alguma coisa. Melhor é pensar em como fazê-la. Sem a confiança deles, eu teria desistido... muitas vezes. Com o tempo, eu teria desistido até de desistir. Acho que isso significa que nem teria começado. Por isso sou grata a eles, por terem me dado a força para continuar tentando e descobrir como as coisas poderiam ser feitas.

Agradeço à minha maravilhosa agente, Andrea Cascardi, pela sua amizade e orientação. Você é uma artista. Michelle Poploff, a editora dos sonhos de qualquer escritor. E à assistente dela, Rebecca Short. Vocês duas fizeram da minha primeira experiência editorial um livro agradável e gratificante.

Um agradecimento especial ao meu grupo de amigas escritoras, Debra Seely, Dian Curtis Regan e Lois Ruby, pelas muitas leituras que fizeram deste livro, na sequência e fora dela, pelos comentários que o melhoraram e pelos anos de apoio e incentivo. Aos meus amigos no Milton Center, Essie Sappenfield, Jerome Stueart, Mary Saionz, David e Diane Awbrey, David e Virginia

Owens, Naomi Hirahara, Gordon Houser, Christie Breault, Nathan Filbert, Bryan Dietrich, todos membros do meu primeiro grupo crítico, onde comecei a escrever palavras numa página e ouvir o que outras pessoas tinham a dizer sobre elas. Muito obrigada por tudo que disseram.

Agradeço Marcia Leonard pela sua ajuda em dar forma a este livro.

Kathy Parisio pela frase que ela e os filhos inventaram quando eram crianças, e que se tornou a maldição da srta. Sadie: *Ava grautz budel nocha mole.* Espero que a minha tradução para ela seja aceitável. E Tim Brady pelo aviso constante ao amigo Ned Blick na faculdade: "Ned, você está no caminho da perdição". E é claro que se Ned estava lá, todos nós queríamos ir também!

Ao meu grupo de amigas do clube do livro, que insistiram em dizer que um dia leriam um dos meus livros no clube. Isso foi muito importante. Eu não ia citar nomes, mas recentemente uma delas me pediu para não grafar nenhum nome errado. Então, sem nenhuma ordem específica, e torcendo para escrever tudo corretamente, Annmarie Algya, cy Suellentrop, Dawn Chisholm, Julie Newton, Vicki Kindel, Cara Horn, Chandi Bongers, Gigi Phares, Molly Cyphert, Angie Holladay e Kathy Kryzer.

E minha irmã mais nova, Annmarie, porque ela é muito divertida e ficaria aborrecida se não fosse mencionada. Mas, de verdade, porque nunca serei capaz de escrever sobre uma garota cheia de atitude sem que ela seja dois terços Annmarie.

Finalmente, tem um grupo pequeno, mas especial, que traz alegria à minha vida diária. Luke, Paul, Grace e Lucy Vanderpool. Vocês são os melhores.

E finalmente, agora de verdade, meu marido, Mark.

Por ser sempre único.

CLARE VANDERPOOL cresceu lendo livros em lugares incomuns: vestiários, banheiro, andando pela calçada (às vezes, dando com a cara em postes), igreja, aula de matemática. Ela desconfia que alguns professores sabiam que ela escondia um livro atrás do livro da escola, mas os bons nunca falaram nada. Clare foi a primeira autora estreante a receber o cobiçado prêmio John Newbery Medal de mais distinta contribuição para a literatura infantil norte-americana, da American Library Association, por *Minha Vida Fora dos Trilhos*. Seu segundo romance, *Em Algum Lugar nas Estrelas* (DarkSide® Books, 2016), foi eleito um dos Printz Honor Books em 2014.

DARKSIDEBOOKS.COM

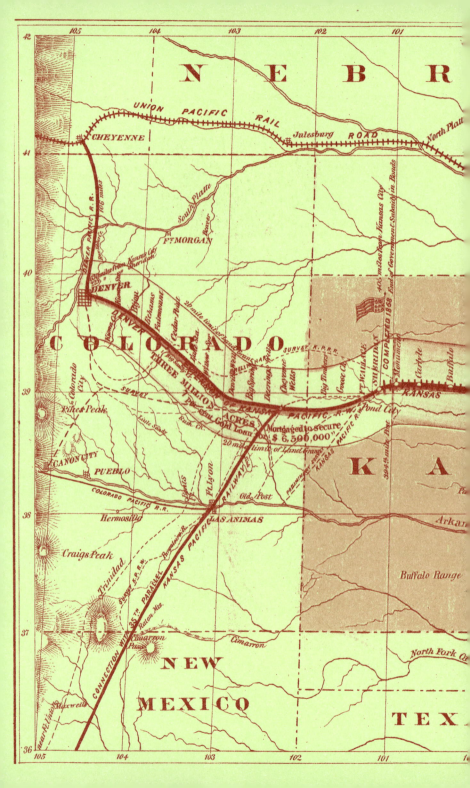